KB012695

만 년 만에 귀환한 플레이어

나비계곡 퓨전 판타지 장편소설

WISHBOOKS FUSION FANTASY STORY

만 년 만에 귀환한 플레이어 7

나비계곡 퓨전 판타지 장편소설

초판 1쇄 찍은 날 | 2020년 01월 16일
초판 1쇄 펴낸 날 | 2020년 01월 23일

지은이 | 나비계곡
펴낸이 | 권태완 우천제

기획 | 위시북스
편집책임 | 한준만
편집 | 위시북스

펴낸곳 | (주)케이더블유북스
등록번호 | 제25100-2015-43호
등록일자 | 2015. 5. 4
KFN | 제2-17호

주소 | 서울시 구로구 디지털로31길 38-9, 401호
전화 | 070-8892-7937 팩스 | 02-866-4627
E-mail | fantasy@kwbooks.co.kr

ISBN 979-11-293-4617-9 04810
        979-11-293-3914-0 (set)

만년 만에 귀환한 플레이어

나비계곡 퓨전 판타지 장편소설
WISHBOOKS FUSION FANTASY STORY

7

만년만에 귀환한 플레이어

CONTENTS

◆ 1장 ◆
영웅 김시훈

레이날드가 예언의 악마, 사탄의 손에 죽은 지 일주일. 가디언즈 멤버들은 슬픔을 뒤로한 채 각자의 일상으로 돌아와 악마교의 움직임에 주의를 기울이며 각종 임무를 수행하고 있었다.

가디언즈의 주된 임무는 악마교에 관한 조사와 게이트를 넘어온 몬스터의 처치, 그리고 세계를 무대로 이루어지는 각종 인명 구조였다.

"남미에 가달라고요?"

"예."

강우는 턱을 쓰다듬으며 잠시 고민에 잠겼다.

가이아의 말이 이어졌다.

"아직 남미 쪽에 사는 토착민들이 얼마 전에 동시다발적인 몬스터의 습격을 받았다고 해요. 미국에 구조 요청을 보내기는 했는데, 난민들이 숫자가 꽤 많고 범위가 넓게 포진되어 있어서 인력이 부족하다고 합니다. 강우 씨와 시훈 씨가 함께 그곳의 토착민들을 미군에게 인도해 주는 역할을 맡아주셨으면 해요."

당연한 얘기지만, 남미나 중동에 있는 대부분의 국가가 멸망하고 인외(人外)의 지역이 되었다고 해서 아예 단 한 명의 사람도 살고 있지 않은 지역이 된 것은 아니었다.

아르헨티나와 브라질 등 국가가 거의 이름만 남은 상황에서 다시 국가를 재건하기 위해 움직이는 사람들도 있었고 여러 사정 때문에 위험한 지역에 사는 사람들도 여전히 다수 존재했다.

과거 일본에서 대지진으로 인해 원전이 폭발했을 때조차 그 지역에 남아 있는 사람이 있었을 정도니 몬스터의 영역이 되어버린 지역에 사람이 사는 것도 이상할 것은 없었다.

'딱히 땡기지는 않는데.'

그쪽 사정이 어떻건 위험한 지역에서 사는 것은 그들이 선택한 일. 아니, 설사 어쩔 수 없는 상황으로 인해 그 지역에 사는 입장이라고 하더라도 강우에게 그들을 구할 의무가 있는 건 아니었다.

'영웅놀이를 할 것도 아니니까.'

악마들, 그리고 혹시 모를 다른 차원의 존재들의 손에서 지구를 지키는 것이 그의 목적이었다.

하지만 그것은 어디까지나 강우 개인의 욕망을 위한 일. 사실상 세계 문명이 무너질 정도의 일이 아니라면 그가 전 세계를 돌아다니며 영웅놀이를 할 필요는 없었다.

'하물며 이미 이름만 남은 국가의 난민들이야.'

그들이 죽는다고 해서 세계는 조금도 변하지 않는다. 아니, 오히려 받아들였을 때 사건 사고가 더 잦아질 정도.

인도적인 측면에서 보자면 잔혹하고, 잔인하기 짝이 없는 생각이었지만 애초에 강우는 인도적인 측면을 쥐똥만큼도 생각하지 않는 인간이었다.

'뭐, 눈앞에서 습격을 받고 죽어가는 거라면 몰라도.'

사람의 도덕성은 인지할 수 있는지 없는지에 크게 영향을 받는다.

세계 반대편에서 수백만이 기아에 시달려 죽어간다는 소식보다 당장 눈앞에 굶주린 사람이 쓰러져 죽어가는 모습이 더 크게 와닿는 것처럼. 구해줄 수 있다면 구해주지만, 굳이 찾아서 구해주려는 노력을 할 필요는 없다. 강우에게 남아 있는 도덕성이라고는 딱 그 정도.

'뭔가 이득을 얻을 수 있는 것도 아니고.'

얼마 전 티리온의 힘을 흡수하면서 어마어마한 성장을 이룩할 수 있었다. 특히, '깊은' 쪽의 마기를 제한적이라도 사용할 수 있는 것은 큰 변화.

'사용할 수 있는 권능이 늘어난 게 크지.'

'깊은' 쪽의 마기를 사용하지 않으면 사용할 수 없는 권능이 존재했다. 아니, 사실 대악마급의 악마가 보유한 권능들은 대부분 깊은 쪽의 마기로만 사용할 수 있었다.

하지만 그런 성장을 했다고 해서 만족할 수는 없는 노릇. 아직까지 대공을 향한 길은 멀었고, 그만큼 강해지는 데 집중해야 할 때였다.

'미카엘인가 뭐시긴가 걔도 좀 문제고.'

어쨌든 태평하게 사람들을 구하러 다닐 상황은 아니었다.

"물론 위험한 일이라는 사실을 알고 있습니다."

가이아는 탐탁지 않아 하는 강우의 반응을 보고 다른 생각을 한 모양.

"하지만 시훈 씨와 같이 가기도 하고 필요하시면 더 많은 인력을 지원……."

"아, 위험해서 그런 건 아닙니다."

강우는 단호하게 답했다.

거짓은 없었다. 남미와 중동 등 더 이상 사람이 살 수 없는 몬스터들의 영역으로 가서 인명 구조를 하는 것. 그것은 악마교에 관련된 일을 제외하고는 가장 위험도가 높은 임무였다. 아니, 어지간한 악마교에 관한 일도 이 정도로 위험하지는 않을 것이다.

하지만 크게 걱정이 되지는 않는 것이 사실. 마기 스탯이 129에 도달하면서 대악마급 이상의 힘을 갖추게 된 강우에게는 그다지 어렵지 않은 일이었다.

"흠."

그는 팔짱을 낀 채, 고민에 잠겼다.

생각을 이어갔다. 딱히 땡기지 않는 것은 사실이지만 그렇다고 지금 다른 일을 할 게 있냐면 그런 것도 아니었다.

'악마교가 움직이지 않고 있으니까.'

스탯의 성장이 막힌 지금 악마의 영혼을 수급하여 마령의 제1조건을 달성하는 것이 급선무. 하지만 정작 중요한 악마가 없었다. 다른 플레이어들과 달리 그에게는 딱히 수련 같은 것도 의미가 없기에 더더욱 할 일이 없었다.

'잠깐 영웅놀음이나 해볼까.'

가이아와 김시훈을 비롯한 다른 가디언즈 멤버들은 그를 영웅신의 힘을 이어받은 영웅의 후예로 생각하고 있었다. 사실이든 아니든 그들이 그렇게 생각하는 이상 영웅적인 모습을 보여줘야 하는 것도 사실. 그에 대한 신뢰를 더 확고히 하기 위해서도 쓸모없는 일은 아니었다.

'몬스터의 갑작스러운 습격도 악마교의 짓일 가능성이 있으니까.'

그들의 행방을 조사할 겸 자신이 '영웅신의 후예'라는 신뢰를 더욱 확고히 할 겸 인명 구조를 하는 것도 나쁘지 않을 것 같다는 생각이 들었다.

강우는 고개를 끄덕였다.

"예. 제가 그 임무를 맡도록 하겠습니다."

"아! 감사합니다, 강우 씨."

가이아는 방긋 미소를 지었다. 만지면 부서질 것만 같은 가냘픈 외모였지만 그 미소는 뭇 남성들의 가슴을 자극하는 마력이 있었다.

'시훈아, 이 형에게 고마워해라.'

김시훈의 사랑을 위해 어쩔 수 없이 죄 없는 레이날드를 제거한 것이 못내 마음에 걸렸지만 이렇게 되니 뿌듯함이 느껴졌다.

'그나저나 얘는 요즘 뭐 하길래 코빼기도 안 보이지.'

수련을 위해 다른 곳으로 갔다는 얘기는 듣지 못했다. 수호의 전당에서 몇 번 마주치기는 했지만 간단한 인사를 나눈 것이 전부. 김시훈 쪽에서 강우를 피하고 있다는 느낌이 들었다.

'설마 전에 그 일 때문은 아니겠지?'

티리온의 힘으로 인해 몸이 타들어 가고 있던 자신. 그런 자신의 고통을 알아차려 주지 못한 서러움에 그에게 잠깐 냉랭하게 대한 적이 있었다.

"그럼 남미 쪽으로 향하는 비행편을 마련해 두겠습니다. 강우 씨는 지금 임무를 김시훈 수호자님에게 전달해 주실 수 있나요?"

"아, 예. 물론입니다."

"요즘 김시훈 수호자님이 기운이 없으시던데……. 무슨 일인지 같이 한번 물어봐 주세요."

가이아는 걱정스러운 목소리로 말했다.

강우는 고개를 끄덕였다. 그녀가 말하지 않아도 물어볼 생각이었다.

'설마 진짜 그것 때문은 아니지 시훈아?'

김시훈을 찾아가는 발걸음이 빨라졌다.

김시훈이 있는 곳은 수호의 전당 내부에 있는 수련실.

그곳으로 향하니 묵직한 폭음이 울려 퍼졌다.

달칵.

쿠웅! 콰아앙! 쾅!

"허억! 허억! 허억!"

연습용 허수아비를 향해 검을 휘두르는 김시훈. 특수한 마법 장치로 만들어진 허수아비가 걸레짝처럼 너덜너덜해져 있었다.

"시훈아."

"혀, 형님?"

강우가 들어오자 김시훈의 표정이 딱딱하게 굳었다. 그는 강우의 시선을 슬쩍 피하며 말을 이었다.

"여긴 무슨 일이십니까?"

"잠깐 할 얘기가 있어서."

"……."

김시훈은 굳게 입을 다물었다. 강우는 그런 그의 모습을 가만히 지켜보다가 이내 입을 열었다.

"좀 편한 곳으로 이동하자."

"형님?"

김시훈을 끌고 간 곳은 강우가 사는 아파트의 옥상. 고가의 아파트답게 옥상에서 내려다보는 풍경은 퍽 아름다웠다.

강우는 난간에 팔을 기대며 물었다.

"요즘 무슨 일 있냐?"

"……."

"설마 전에 내가 섭섭하게 했다면 미안……."

"아뇨, 형님 때문에 그런 것은 아닙니다."

김시훈은 쓴웃음을 지으며 강우의 옆에 섰다.

"……이건 제 문제입니다."

쓸쓸함이 묻어 나오는 목소리.

"무슨 문제인데?"

"……."

짧은 침묵이 이어졌다.

한동안 고민을 이어가던 김시훈은 자조 섞인 미소를 입가에 지었다.

"전에, 레이날드 씨가 죽었을 때 있지 않습니까."

"응."

"사실 그때……."

입술을 깨물었다. 난간을 쥔 주먹에 힘이 들어갔다.

끼익.

난간의 쇠가 우그러졌다.

김시훈은 떨리는 목소리로, 힘들게 말을 이었다.

"사실, 조금 마음이 편했습니다."

'뭐야, 그런 것 때문이었구나.'

강우는 피식 웃었다.

연적이 사라진 것에 대해서 기쁨을 느껴 버린 자신에 대해 혐오감을 품었다는 의미. 김시훈답다면 김시훈다운 고민이었다.

강우는 가볍게 웃으며 그의 어깨를 두드렸다.

"걱정하지 마라. 인간이라면 어쩔 수 없는 일이니까."

"……하지만 형님은 다르시지 않았습니까."

"뭐가 달라. 내가 네 상황이었으면 그 자리에서 춤을 췄을걸?"

"하하하."

가볍게 던진 말에 김시훈이 웃음을 터뜨렸다. 아마 농담이라고 생각하는 모양.

'농담 아닌데.'

아마 강우라면 진짜 춤을 췄을 것이다.

강우는 김시훈을 돌아보며 입을 열었다.

"하나 물어보자."

"무슨……."

"너, 왜 그렇게 자신한테 엄격한 거냐?"

사실 전부터 궁금하던 것이 있었다. 정확히는 알렉을 위해 목숨을 걸고 검을 들어 올린 김시훈을 봤을 때부터.

'단순히 성격이라고 하기엔 부자연스럽단 말이지.'

자신의 말을 들었다고는 하나 김시훈은 마물로 변한 일반인들을 가차 없이 베어 넘겼다.

그건 알렉이나 레이날드였다면 할 수 없는 일이었다. 김시훈은 그들과 '같은' 것이 아니라 '같아지려고 하는 것'에 불과했다.

"……."

다시 한번 무거운 침묵이 내려앉았다.

김시훈의 눈빛이 가늘게 떨렸다. 이번 고민은 길었다.

침묵이 이어졌다.

"하하, 역시 형님에게는 숨길 수 없네요."

김시훈은 가볍게 웃으며 말을 꺼냈다.

"어렸을 적에… 어머니에게 들은 말이 있습니다."

그는 어딘가 아련한 눈빛으로, 하늘을 올려다봤다.

"너를 낳아서 미안해, 라는 말이었죠."

"……."

김시훈은 주먹을 움켜쥐었다. 힘줄이 돋아났다.

"저는 그 말이 너무 싫었습니다. 참을 수 없을 정도로, 싫었습니다."

"하지만."

"예. 물론 지금은 그렇게 생각하시지 않으시겠죠. 아니, 아마 예전에 저런 말을 제게 했다는 것도 기억 못 하실 겁니다."

억눌린 목소리로, 그는 말을 이었다.

"하지만 그것은 제가 이뤄낸 일이 아닙니다. 제 손으로 얻어낸 결과가 아닙니다. 형님에게 구원받은 거죠."

이어지는 그의 목소리가 점점 더 뜨거워졌다.

"저는, 형님처럼 되고 싶었습니다. 다른 사람들에게, 과거의 저처럼 고통만 받았던 이들에게 구원이 되어주고 싶었습니다. 그래서… 어렸을 적 들었던 그 말에 당당히 아니라고 대답하고 싶었습니다."

"……."

"그래서, 이런 편협하고 이기적인 저 자신을 용납할 수 없습니다."

김시훈의 말이 끝났다.

강우는 깊은 한숨을 내쉬었다.

'구원자라.'

뭔가 이제야 '김시훈'이라는 인간에 대해서 안 것 같은 기분이 들었다.

그는 영웅이 되고 싶었던 것이 아니었다. 사람들의 존경을 받으며, 정의를 울부짖고 싶었던 것이 아니었다. 그는 그저 도움이 필요한 사람들에게 손을 뻗고 싶을 뿐이었다. 자기 자신에게 당당해지기 위해.

'멍청한 새끼.'

강우는 표정을 찡그렸다.

어떤 의미에서 알렉보다 멍청했다. 답답하고, 짜증 나고, 유치한 생각이었다.

어렸을 적의 트라우마를 극복하기 위해 다른 사람의 도움이 되고 싶다니, 중2병에 걸린 머저리나 할 생각이었다. 강우로서는 절대 이해할 수도, 공감할 수도 없는 사고방식. 하지만.

턱.

"형님?"

김시훈의 머리 위에 손을 올렸다. 거칠게 그의 머리칼을 헝클어뜨렸다.

"악! 왜, 왜 그러십니까, 형님!"

"하아."

절로 한숨이 흘러나왔다. 당황스러운 표정으로 자신을 바라보는 김시훈의 얼굴에 피식 웃음이 흘러나왔다.

"시바, 나도 많이 물러졌네."

순간이지만, 김시훈을 응원했다. 이해를 따진 것이 아니라, 이득을 계산한 것이 아니라, 어디까지나 순수한 마음으로.

그에게는 어울리지 않는 모습이었다.

'토할 것 같잖아.'

너무 오글거려서 손발이 찌그러질 것 같았다. 하지만, 썩 나쁜 기분은 아니었다.

"형님……?"

"출발하자."

"어, 어디로 말씀이십니까?"

강우는 씨익 웃으며 김시훈의 머리를 가볍게 두드렸다.

"사람 구하러."

"세 개의 조로 나눌 거야."

강우와 김시훈. 거기에 한설아, 에키드나, 차연주, 강태수, 백화연, 구현모, 천소연과 천무진까지. 이왕 시작한 것 본격적으로 하자고 생각한 강우는 그의 인맥을 사용해 여러 사람을 끌어들여 남미에 도착했다.

그들이 처음 도착한 곳은 남미 중에서도 가장 위쪽에 자리한 베네수엘라. 격변의 날 이후 대부분의 국가가 무너지고 몬스터의 영역이 된 남미에서 그나마 국가의 틀이라도 유지하고 있는 곳이었다.

베네수엘라의 국력이 강하거나 특출한 플레이어가 있는 것은 아니었다. 그들이 국가의 틀을 유지할 수 있는 것은 전적으로 세계 최강국 미국의 도움 덕분이었다. 미국은 그나마 거리가 가까운 베네수엘라를 기점으로 남미에서 몬스터들을 몰아내고 복구하는 작업을 하고 있었고, 더 나아가 세계 전체를 수복할 계획을 추진하고 있었다.

'뭐, 좋은 의도는 아니겠지만.'

당연하지만, 미국이 이렇게 복구 작업에 적극적으로 나서는 것은 그들이 선량하기 때문은 아니었다. 겉으로야 세계 평화를 위해서니 인류의 발전을 위해서니 열심히 떠들어대지만 그 목적이 '세계 최강국'이라는 타이틀을 공고하게 만들기 위한 일이라는 것은 누구나 알고 있는 사실.

'이유야 어쨌건 도움이 되는 건 사실이지.'

미국이 없었다면 세계 복구 작업은 시작조차 하지 못했을 것이 사실. 오히려 그들에게 자극받아 중국, 한국 등 동아시아 국가들도 중동 지역 복구를 시작하는 좋은 계기가 되었다.

"열 명인데 조를 세 개나 나누는 건 좀 과하지 않아?"

차연주의 물음에 강우는 고개를 저었다.

"어차피 메인이 되는 건 미군이고 토착민들이 있는 범위가 워낙 넓어서 다 같이 움직이는 건 효율이 너무 안 좋아."

남미에 남아 있는 대부분의 토착민들은 유목민처럼 소수가 마을을 이뤄서 생활하다가 몬스터가 습격하면 마을을 버리고 도망치면서 살고 있었다.

사실상 난민이나 다를 바 없는 생활. 그 때문에 어디 한 곳에 모여 있지 않고 위치도 들쑥날쑥하기에 구조하려고 해도 구조가 쉽지 않았다.

"그러면 조는 어떻게 나눌 생각인가?"

"상황을 보니 토착민들을 습격한 몬스터들을 토벌하는 조와 토착민들을 구조해서 미군에 인도하는 조로 나누는 게 좋아 보이네요."

천무진의 질문에 서류를 살피던 천소연이 대답했다. 두 사람은 한국, 일본과 협력해 중동 지역 복구 계획을 추진하던 도중 강우의 부탁을 받고 참고가 될 것 같다며 망설임 없이 참여했다.

강우는 고개를 끄덕였다.

"그럼 천무진 씨를 중심으로 소연이, 구현모 씨, 화연이, 연주가 같이 몬스터 토벌조를 맡아줘. 시훈이 너는 설아와 태수를 데리고 토착민들을 구조해서 미군에게 인도해 주고."

"형님은 어떻게 하실 생각이십니까?"

"나랑 에키드나는 기본적으로는 토벌조와 같이 몬스터를 잡으면서 돌아다닐 거야. 다만, 단순히 몬스터만 토벌하는 게 아니라 악마교의 흔적까지 같이 찾아볼 생각이야."

"아."

"이번 일이 악마교와 연관 있다고 생각하시나요?"

한설아가 물었다. 강우는 어깨를 으쓱였다.

"모르겠어. 그래도 갑작스럽게 몬스터들이 동시다발적인 습격을 했다니 한번 조사해 볼 필요는 있겠지."

"위, 위험하신 거 아닌가요?"

한설아가 걱정스러운 표정으로 그의 팔을 붙잡았다. 강우는 순간 헤벌쭉한 미소를 짓다가 이내 헛기침을 했다.

"크흠. 뭐, 위험할 일은 없을 테니까 걱정하지 마."

인원수로 보면 강우와 에키드나가 가장 위험했지만 가진 무력으로 따진다면 그렇지도 않았다. 강우의 힘은 이미 지구의 인간이 범접하기 어려운 수준까지 올라선 지 오래. 지금 그를 위험에 처하게 만들기 위해서는 대공이라도 나서지 않는 한 불가능했다.

"오히려 위험하다면 천무진 씨가 있는 조가 제일 위험할 거야. 무슨 일 있으면 꼭 연락하고. 아 참, 에키드나가 준 목걸이 다 가지고 있지? 그거 통역마법이랑 추적마법 달린 거니까 잃어버리지 말고."

"네가 걱정하지 않아도 잘할 거거든요."

차연주는 콧방귀를 끼며 몸을 돌렸다. 백화연이 쓴웃음을 지으며 그녀의 뒤를 따라가다가 작은 목소리로 입을 열었다.

"이해해 주게나. 이게 다 자네와 같은 조가 아니……."

"백화연!!"

"어이쿠. 하하하. 그럼 우린 먼저 가보겠네."

천무진으로 중심으로 몬스터 토벌조가 먼저 출발했다.

강우는 한설아에게 다가갔다.

"몬스터의 습격을 받았다고 하니 토착민들 중에서 부상을 입은 사람들이 많을 거야."

"예."

"부상을 입었다고 무조건 치료해 주지 말고 정말 위급한 사람들만 치료하고 미군이 있는 곳으로 인도해 줘. 마력의 반 정도가 달면 꼭 쉬면서 마력을 채우고."

"후훗. 비상시를 대비하라는 말씀이시죠? 그 정도는 이제 말씀해 주지 않으셔도 알고 있어요."

한설아는 방긋 미소를 지으며 고개를 끄덕였다.

"시훈이랑 태수는 토착민들 사이에 분쟁이 있거나 몬스터가 습격하면 바로 막아주고. 설아 다치지 않게 잘 부탁한다."

"흐흐! 나만 믿으쇼 형님! 형수님 손끝도 건드리지 못하도록 하겠소!"

"최대한 신속하게 사람들을 구조하겠습니다."

"그래."

강우는 몸을 돌려 에키드나와 함께 하늘로 날아올랐다.

"……"

김시훈은 그런 강우의 뒷모습을 빤히 바라보았다.

"출발하죠."

"네, 시훈 씨."

"간만에 이렇게 뭉치는 것 같소, 시훈 형씨!"

"하하. 그러네요. 은비는 없지만요."

"쯧. 고 스무 살도 안 된 꼬맹이를 이렇게 위험한 곳에 데려올 순 없지 않소."

"그렇죠."

김시훈은 오랜만에 모인 파티원들을 바라보며 가볍게 웃음을 터뜨렸다.

"아이고오! 감사합니다! 정말 감사합니다!"

"엄마!"

다섯 살 정도로 보이는 꼬마가 어머니의 품에 안겼다. 아직 상처가 완전히 낫지 않아 절뚝거렸지만, 숨이 넘어가기 직전이었던 처음과 비교하면 몰라볼 정도로 좋아진 셈.

한설아는 방긋 미소를 지으며 꼬마를 향해 손을 흔들었다.

아이의 어머니가 다가와 연신 허리를 숙였다.

그때였다.

와아아아!

막사 밖에서 환호성 소리가 들렸다. 한설아의 옆을 지키고 있던 태수가 호탕한 웃음을 터뜨렸다.

"시훈 형씨가 온 모양이요!"

"네, 그런 것 같네요."

밖으로 나가자 마을 입구에 도착한 김시훈과 마을의 남자들이 보였다.

그와 함께 도착한 마을 남자들이 소리쳤다.

"여러분! 오늘 미군이 도착한답니다!"

"근처에 있던 몬스터들도 이분이 다 처리해 주셨어요!"

사람들의 시선이 김시훈을 향했다. 김시훈은 멋쩍은 미소를 지으며 머리를 긁었다.

토착민을 이끄는 리더가 그에게 다가와 손을 잡았다. 주름진 그의 눈가에는 눈물이 맺혀 있었다.

"감사합니다. 정말… 정말 감사합니다. 당신이 아니었다면 저희는 모두 죽었을 겁니다."

"아, 아뇨."

갑작스러운 그의 말에 김시훈은 당황스러운 표정을 지었다.

"시훈 씨는 저희의 영웅입니다."

"……"

활짝 지어진 미소. 김시훈의 가슴에 묘한 감각이 찌르르 울려 퍼졌다.

'너를 낳아서…….'

그 순간, 언젠가 들었던 아련한 목소리가 떠올랐다.

김시훈은 다급히 고개를 저었다.

"아닙니다. 전……."

영웅이 아닙니다.

그는 뒷말을 삼키며 어색한 미소를 지었다. 말로는 표현하기 힘든 감각.

김시훈은 몸을 돌려 한설아와 강태수가 있는 막사로 향했다.

"흐흐, 우리의 영웅, 시훈 형씨 아니요?"

"읏, 그런 말 하지 말라고 했잖아."

"호호. 지난 며칠간 수백 명의 사람을 구하셨잖아요. 시훈 씨가 영웅이 아니면 누가 영웅이겠어요?"

"……저 혼자서 한 일이 아닙니다."

김시훈은 쓴웃음을 지으며 두 사람을 바라보았다. 한설아도, 강태수도 몬스터의 습격받은 토착민들을 위해 정신없이 움직였다.

"강우 형님이랑 사부님과는 연락……."

콰아아아앙!

"꺄아아아악!!"

김시훈의 말을 끊어내며, 굉음이 울려 퍼졌다. 이어 어마어마한 충격에 막사가 뒤흔들리더니, 무너져 내렸다.

"시, 시훈 씨!"

"이게 무슨 일이오!"

한설아와 강태수가 다급히 일어섰다.

김시훈은 그들이 일어서기도 전에 검집을 움켜쥔 채 굉음이 터져 나온 방향으로 달려갔다.

"이게 무슨."

김시훈의 눈이 떨렸다.

마을의 외곽. 마치 종이에 동그란 구멍을 뚫은 듯 반듯한 구체의 형태를 그리며 바닥 곳곳이 패여 있었다.

마을 사람들의 비명이 곳곳에서 터져 나왔다.

"시, 시훈 씨!! 살려주… 커헉!"

"아."

조금 전, 그를 영웅이라고 말해주던 촌장의 몸에 둥그런 구멍이 생겨났다. 정교한 기계로 도려낸 것 같은 정교한 단면. 피가 분수처럼 쏟아지고 촌장의 몸이 바닥에 쓰러졌다.

김시훈은 쓰러진 촌장에게 시선을 향하지 않았다. 그의 시선이 향한 곳은 마을의 입구.

"악, 마."

두 개의 뿔에 박쥐의 날개, 칠흑색 피부와 파충류를 연상시키는 노란 눈동자. 분신을 만들어낸 듯한 착각이 들 정도로 똑같이 생긴 세 악마가 입구에 서 있었다.

-저 인간이 맞나?

-맞는 것 같군. 신의 기운이 느껴져.

-가이아의 권속이라.

세 악마가 서로 대화를 나눴다.

김시훈의 몸이 덜덜 떨렸다.

'강해.'

보기만 해도 알 수 있었다. 피부 위를 타고 소름이 돋아났다.

-일단 생포한 다음 가이아의 화신이 있는 장소를 물어보도록 하지.

-할파스, 네가 할 거냐?

-그래. 가이아의 권속이 어느 정도 힘을 가졌는지 궁금하니까.

가운데에 있던 악마가 앞으로 걸어 나왔다.

"시훈 씨!"

"시훈 형씨!"

한설아와 강태수. 두 사람이 도착했다.

"저건……."

"악마입니다."

김시훈은 초조한 표정으로 입술을 깨물었다. 머리가 굳어 버린 듯, 어떻게 해야 할지 생각나지 않았다.

-그럼, 시작하지.

악마는 그에게 생각할 여유를 주지 않았다.

할파스가 그를 향해 손을 뻗었다. 검은 마기의 구체가 쏘아졌다.

"시훈 형씨!"

콰아아앙!!

"커헉!!"

강태수가 다급히 방패를 들고 나섰다. 단 한 방. 검은 구체를 맞은 강태수의 몸이 종잇장처럼 뒤로 튕겨 나갔다.

"태수 씨!"

한설아는 다급하게 그를 부르며 치유마법을 쏟아부었다. 강태수의 몸에 새하얀 빛무리가 감돌았다.

-응?

할파스의 눈이 빛났다. 그는 흥미롭다는 듯 강태수의 몸을 휘감은 빛을 바라보았다.

-이건…….

"하압!!"

김시훈이 발을 박차고 달려들었다. 푸른빛을 뿜어내는 엘쿠에로 블레이드에서 검기가 뻗어 나왔다.

-흐음.

할파스는 몸을 비틀며 손을 휘저었다. 순식간에 만들어진 검은 구체들이 김시훈에게 쏟아졌다.

"제길!"

투두두두두두!!

다급히 몸을 굴렀다. 그가 있던 자리에 검은 구체들이 쏟아져 폭발을 만들었다. 김시훈은 할파스의 공격을 피하며 검을 휘둘렀다.

교전이 이어졌다.

콰아아아앙!

"크윽!"

압도당하고 있는 것은 김시훈.

김시훈은 변변찮은 공격 한 번 성공하지 못한 채 할파스의 공격을 피해 이리저리 도망만 쳤다.

-이게 가이아의 권속이 가진 힘인가.

-실망스럽군.

전투를 지켜보던 말파스, 페넥스가 혀를 찼다.

둘의 대화는 김시훈의 귓가에도 들렸다.

'제기랄.'

표정이 일그러졌다. 주먹에 힘이 들어갔다.

그 짧은 사이 다시 공격이 쏟아졌다. 구체가 다리를 스쳤다. 옷이 찢어지며 상처가 벌어졌다.

"시훈 씨!"

"……."

한설아가 다급히 치유마법과 버프를 걸었다. 그러자 상처가 아물며 활력이 솟았다. 하지만 이 정도로 저 악마들을 상대하기는 턱없이 부족하다는 것을 그 자신이 가장 잘 알고 있었다.

"……태수와 함께 도망치십쇼."

"예?"

"마을 사람들을 데리고 빨리 이곳을 벗어나세요!"

"하, 하지만."

"빨리!"

고민은 길지 않았다.

지금 두 사람과 함께 싸운다고 해서 결과는 달라지지 않았다. 저 할파스라는 악마 하나여도 이길 수 있을지 없을지 확실하지 않은 상황에 세 악마를 동시에 상대한다는 것은 불가능한 일.

김시훈은 품속에서 쪽지를 꺼내 한설아에게 던졌다.

"미군이 오기로 약속한 장소입니다. 이곳으로 되도록 빨리 피해주세요. 제가 시간을 끌겠습니다."

"……"

한설아는 망설이는 표정으로 김시훈을 올려다보았다.

김시훈은 거친 목소리로 소리쳤다.

"빨리 가세요! 여기에 세 명이 있어 봤자, 다 같이 죽는 것밖에 안 됩니다!"

한설아는 눈을 질끈 감으며 쪽지를 받아들였다. 태수가 무언가 말하려고 했지만, 그전에 그녀가 태수의 손을 잡아당겼다.

"강우 씨에게 바로 연락할게요."

한설아는 태수를 억지로 잡아끌며 도망치기 시작했다.

김시훈은 멀어지는 두 사람의 모습을 바라보며 깊게 숨을 들이쉬었다.

-내가 가지.

말파스가 도망치는 한설아와 태수를 향해 몸을 틀었다.

"어딜!"

김시훈이 땅을 박찼다.

창룡보법. 바닥에 뱀이 지나간 듯 꾸불거리는 자국이 남으며 그의 몸이 쏘아졌다. 이어 단전에서 뻗어 나온 내공이 팔을 타고 엘 쿠에로 블레이드에 맺혔다.

이윽고 검강이 솟구치며 말파스의 머리를 노렸다.

-웃.

검강을 무시할 수는 없었는지 말파스는 표정을 일그러뜨리며 뒤로 몸을 뺐다. 그러나 엘 쿠에로 블레이드가 그의 어깨에서부터 가슴을 스치고 지나가는 데 성공했다. 상처가 벌어지며 검은 피가 흘러나왔다.

말파스가 손을 뻗었다. 순식간에 만들어진 검은 구체가 김시훈에게 쏘아졌다.

콰아아아아앙!!

"커헉!!"

폭음과 함께 김시훈의 몸이 바닥을 굴렀다.

"쿨럭!"

검붉은 피가 쏟아졌다. 검은 구체에 고작 한 방 얻어맞았을 뿐인데 정신이 아득해지는 충격과 고통이 전신에 퍼져 나갔다.

김시훈은 이를 악물고 검을 지팡이 삼아 몸을 일으켰다.

-호오. 그래도 꼴에 가이아의 권속이라 이건가.

-뒤로 비켜 있어라, 말파스.

-도망친 놈들은?

-중요치 않다. 가이아의 권속 외에는 필요 없어.

할파스가 다시 나섰다.

김시훈은 세 악마를 바라보며 굳게 입을 다물었다.

'이길 수 없다.'

셋 중 하나조차 제대로 상대하지 못했다. 그들이 동시에 나서기라도 한다면 이길 수 있는 확률은 제로에 가까웠다.

"하아. 하아."

공포에 몸이 떨렸다. 두 다리가 후들거렸다. 당장에라도 한설아와 태수를 따라 도망치고 싶은 생각만이 머릿속에 가득했다.

-떨고 있군.

할파스가 비웃음을 머금었다. 덜덜 떨리고 있는 김시훈의 다리가 보였다.

김시훈은 뒷걸음질 쳤다.

"……."

툭.

그때 발아래 무언가 걸렸다.

고개를 내려 보니, 그것은 그를 영웅이라 칭송했던 촌장의 시체였다.

'이번에도.'

구하지 못했다.

'너를 낳아서 미안해.'

또다시 목소리가 떠올랐다.

익숙한 일이었다. 그의 삶은 언제나 그 목소리에서 떨어지지 못했다.

"영웅은 개뿔."

검 자루를 쥔 손에 힘을 더했다. 덜덜 떨리는 두 다리에 힘을 주었다. 그리고 고개를 들어, 할파스를 노려보았다.

'나는.'

영웅이 될 생각도, 되고 싶지도 않았다.

'나는.'

지긋지긋한 목소리. 낙인이 찍히듯 뇌리에 새겨진 그 목소리.

'나는.'

그 목소리에서 벗어나고 싶었다. 언젠가 다른 누군가 그에게 같은 말을 했을 때 당당히 고개를 저으며 아니라고 대답해 주고 싶었다.

'나는.'

유치하고, 멍청했다. 차라리 스크린 속 히어로를 동경하는 꼬마가 더 나을 것이다.

트라우마에 시달리는 찌질이. 나잇값 못 하는 머저리. 불운과 불행으로 가득 찬 과거에서 한 발자국도 내딛지 못한 병신.

'나는.'

알고 있다. 모르지 않았다. 자신이 품고 있는 생각이 얼마나 헛웃음 나오는 생각인지.

하지만. 그럼에도.

-호오.

김시훈은 검을 들어 올렸다. 떨리는 두 다리를 앞으로 내디뎠다.

'도망치지 않는다.'

발을 박찼다. 검 자루를 쥔 손에 의식을 집중했다.

신검합일. 마치 신체의 일부가 늘어나 검이 된 것 같은 일체감. 내공이 검신으로 뻗어 나가며 묘한 고양감이 전신에 퍼졌다.

"후우."

호흡을 들이킨다. 호흡에 따라 단전 안의 내공이 움직였다. 팔로, 다리로, 검으로.

쩌적.

거칠게 밟은 땅에 선명한 발자국이 새겨졌다. 보법을 사용해 미끄러지듯 쏘아졌다.

-재밌군.

할파스가 웃었다. 검은 구체가 사방으로 쏘아졌다.

김시훈의 눈이 날카롭게 빛났다. 그를 노리고 쏘아지는 수십 개의 구체. 단 하나라도 맞으면 살점이 뭉텅이로 떨어져 나가는 치명상을 입을 것이다.

'막을 수 없다.'

몇 개는 튕겨낼 수 있을지도 모른다. 하지만 구체의 숫자는 수십. 모두 다 막아내는 것은 불가능했다.

'공중으로 피한다?'

고개를 저었다. 피할 범위를 예상했는지 구체가 위로 넓게 퍼져 있었다. 하늘을 날 수 없는 이상 위로 피하는 건 불가능했다.

'그렇다면.'

몸을 숙였다. 지면에 가슴이 닿을 정도로, 당장에 바닥에 넘어질 정도로 몸이 낮아졌다. 그 상태로 진각을 밟았다.

쿠웅!

낮게 몸을 깐 채 날아갔다. 중력으로 그의 몸이 포물선을 그리며 바닥에 처박혔다.

그때.

'창룡비상.'

몸을 비틀며 땅을 향해 검을 휘둘렀다.

순간 관성이 사라진 듯 그의 몸이 직각으로 솟아올랐다. 발 아래로 놀란 눈빛의 할파스가 보였다.

'창룡일섬.'

검을 내려찍었다. 검날에 검강이 솟구쳤다. 푸른빛 검강이 할파스의 머리를 노렸다.

-좋군!

할파스의 입가가 비틀어 올랐다. 싱겁다고 생각했던 전투에 흥이 달아오르기 시작했다.

왼팔을 뻗었다. 마기의 방벽이 만들어졌다.

콰아아앙!

폭음이 울러 퍼졌다. 강렬한 충격에 희뿌연 흙먼지가 피어 올랐다. 뒤로 살짝 물러난 할파스는 거칠게 발을 구르며 양팔을 활짝 펼쳤다.

-좀 더 발버둥 처라, 가이아의 권속이여!

활짝 벌린 양팔 사이에 주먹만 한 크기의 검은 구체가 만들어졌다.

-하하하하!

할파스가 웃음을 토해냈다. 폭발적인 마기가 그의 몸에서 뿜어져 나왔다.

검은 구체가 그 몸집을 키웠다. 30센티에서 50센티, 1미터까지. 점점 더 크기를 키우는 검은 구체.

-자, 이것도 막아보거라!

-진정해라, 할파스.

-그러다 권속이 죽기라도 하면 어쩌라고 하는가.

다른 두 악마가 그를 말렸다.

하지만 할파스는 듣지 않았다. 이미 도화선에 붙여진 불꽃.

전투를 갈망하는 악마의 육체는 광기를 만들어냈다.

검은 구체는 2미터가 넘도록 몸집을 키웠다.

김시훈의 피부에 소름이 돋았다. 어둠이 일렁이는 구체에 담긴 아찔한 파괴력이 느껴졌다.

콰드드드드득!

검은 구체가 쏘아졌다. 경로 안의 모든 것이 검은 구체 안으로 빨려 들어갔다.

"크윽!"

무시무시한 흡입력. 태풍이 몰아치듯 거센 바람이 그의 등을 떠밀었다. 힘을 풀어도 쏘아지는 검은 구체 안으로 몸이 빨려들 것 같았다.

김시훈의 표정이 창백하게 질렸다.

그렇다고 계속 그 자리에서 버티고 있을 수도 없었다. 검은 구체는 당장에라도 그의 몸 전체를 집어삼킬 듯이 빠른 속도로 다가오고 있었다.

"제길!"

입술을 깨물었다. 피할 수 없다는 것을 본능적으로 깨달았다.

김시훈은 검 자루를 쥔 손에 힘을 더했다. 푸른빛의 검강이 더욱 밝게 타올랐다.

"후-우. 후우."

등줄기를 타고 땀 한 방울이 흘러내렸다.

마른침을 삼켰다. 다시 한번 죽음에 대한 공포가 그의 전신을 지배했다.

'집중해.'

떨리는 다리에 내공을 불어넣고 주먹을 쥐었다.

'피할 수 없다면.'

쩌적!

망치로 못을 내려치듯, 내공을 담은 주먹으로 무릎을 내려찍었다. 그의 두 다리가 무릎까지 땅에 박혔다.

두 다리를 땅에 박아 넣은 채 검 자루를 두 손으로 움켜쥐었다.

'막는다.'

검을 머리 위로 들어 올렸다. 일렁이는 어둠이 그를 향해 입을 벌렸다.

내공을 폭발시켰다. 검강이 길게 솟아났다.

"후우."

깊게 숨을 들이쉬고, 숨을 멈췄다. 몸의 긴장을 풀고, 시선은 검은 구체를 향한다. 기회는 한 번뿐. 할 수 있는지, 없는지도 확실치 않다.

'그게 중요한 게 아니지.'

입가에 미소가 지어졌다. 오히려 이런 절체절명의 상황이 되니 마음이 한결 가벼워졌다.

누군가의 뒷모습이 보였다. 김영훈에게 죽을 뻔했을 때,

그의 앞에 나타나 준 한 사람.

'강우 형.'

피는 이어져 있지 않았다. 그가 누구인지, 과거 어떤 사람이었는지조차 알지 못했다.

하지만 한 가지는 확실했다.

그때 그는 자신을 구원했다. 영원히 이어지리라 생각했던 진흙탕 같은 삶에서.

콰드드드득!!

검은 구체가 지척에 다가왔다.

김시훈은 머리 위로 들어 올린 검을 내리그었다. 속도는 빠르지 않았다. 어디까지나 천천히. 조급해하지 않고.

[고유 스킬 '천룡일섬(天龍一閃)'을 습득하였습니다.]

그때 눈앞에 메시지창이 떠올랐다. 하지만 신경 쓰지 않았다. 내려 긋는 검이 검은 구체에 닿았다.

-응?

할파스의 표정이 일그러졌다.

그가 방금 전 만든 검은 구체는 그들의 주인, 악신 루시퍼의 힘을 나누어 받아 사용한 기술. 아무리 가이아의 권속이라고 해도 고작 인간 따위가 받아낼 수 있는 기술이 아니었다.

하지만.

-할파스!!

-피해라!

두 악마의 다급한 목소리가 들렸다.

검은 구체가 반으로 갈라졌다. 구체를 반으로 갈라 버린 푸른 기운이 그에게 쏘아졌다.

할파스는 본능적으로 몸을 비틀었다.

촤악!

-크윽!

푸른 기운이 그의 왼팔을 잘랐다. 아찔한 격통이 팔을 타고 전해졌다. 할파스의 표정이 딱딱하게 굳었다.

'위험했다.'

순간적으로 몸을 비틀지 않았다면 몸이 두 쪽으로 갈라졌을 수도 있는 공격이었다. 아니, 피하지 않았다면 그의 죽음은 확실했으리라.

-인간 따위가!!

분노가 타올랐다. 수치심에 귀가 뜨거워졌다. 다른 형제들 앞에서 이런 수모를 겪다니!

쿵!

검은 구체를 반으로 가른 김시훈이 땅에 박아 넣은 두 다리를 밖으로 꺼냈다. 그는 망설이지 않고 할파스에게 달려들었다.

할파스는 일그러진 표정으로 오른팔을 들어 올렸다. 순간적으로 방심을 한 탓에 공격을 허용했지만, 두 번 허용할 생각은 없었다.

촤악!

-크윽!

김시훈의 검이 한 줄기 빛살이 되어 움직였다. 오른팔을 타고 올라오는 검이 그의 어깨를 베었다.

할파스는 초조한 표정으로 오른팔을 휘둘렀다.

'내가 더 빠르다.'

빠르기만 할까, 압도적으로 강하기까지 했다. 인간의 검은 눈에 훤히 보일 정도로 느렸고, 가볍게 튕겨낼 수 있을 정도로 나약했다.

하지만.

촤악!

-어째서!

공격이 막히지 않았다.

검은 구체를 소환해 쏘아내도, 마기 방벽을 만들어 검로를 차단해도, 역으로 그를 공격하려 해도 공격을 피할 수가 없었다. 할파스의 몸에 상처가 늘어났다.

그리고.

후웅!

-크윽!

푸른빛 검날이 그의 목을 노렸다. 할파스는 다급히 뒤로 물러났다.

하지만 소용없었다. 검날은 그가 '이해할 수 없는' 궤도를 그리며 따라붙었다. 죽음의 공포가 그를 자극했다.

'이런 인간 따위에게 내가 죽는다고?'

있을 수 없는 일이었다. 있어서는 안 되는 일이었다. 그는 악신 루시퍼를 섬기는 악마. 고작 인간에게 지는 것은 용납되지 않았다.

-이 멍청한 놈!

페넥스가 나섰다. 그는 할파스를 공격하는 김시훈을 향해 발을 걷어찼다.

퍼억!

"커헉!"

페넥스의 발에 걷어차인 김시훈이 튕겨져 바닥을 굴렀다.

-고작 인간 따위를 상대로 이 무슨 추태냐, 할파스!!

-…….

할파스가 고개를 떨궜다. 그는 잘려 나간 왼팔의 단면을 손으로 막으며 침묵했다.

페넥스는 혀를 차며 김시훈을 향해 다가갔다.

-반병신이 된 신이라고 해도 상급신의 권속이라 이건가.

페넥스는 쓰러진 김시훈의 팔에 발을 올렸다. 그리고 짓눌렀다.

우드드득!

"아아아악!"

김시훈의 입에서 비명이 터져 나왔다.

페넥스가 손가락을 튕겼다. 순식간에 만들어진 손톱만 한 검은 구체들이 김시훈에게 쏟아졌다.

푸욱! 푸욱! 푸욱!

"으아아아악!!"

피부가 뚫렸다. 어깨, 가슴, 배, 허벅지. 몸 곳곳에 손톱만 한 구멍이 만들어졌고, 피가 쏟아졌다.

"쿨럭! 쿨럭!"

김시훈의 입에서 선홍빛 피가 토해졌다. 검은 구체에 꿰뚫린 배에서 내장이 조금 빠져나왔다. 끔찍한 격통이 그의 몸을 덮쳤다.

-쯧. 더 하면 죽어버리겠군. 할파스, 가이아의 화신이 있는 위치는 네가 책임을 지고 알아내라.

-크윽. 알겠다.

할파스는 분하다는 듯 입술을 깨문 채 고개를 끄덕였다.

"하아. 하아."

점점 멀어져가는 의식. 김시훈의 눈을 타고 한 줄기 눈물이 흘러내렸다.

두려웠다. 억지로 극복하려 했지만, 막상 이렇게 되니 온몸이 떨려왔다. 의식이 몽롱해지는 것이 느껴졌다. 어머니의 얼굴과 동료들, 심지어 김영훈과 김재현의 얼굴까지 떠올랐다.

"혀, 엉."

꼴사납게 구원을 바랐다.

도망치지 않겠다고 각오했는데, 그 결과는 이 모양. 죽음의 문턱이 가까워지니 커져가는 공포에 머릿속이 새하얗게 변하는 기분이었다.

김시훈의 입에서 헛웃음이 흘러나왔다. 한심하기 짝이 없는 자신의 모습에 흐르던 눈물조차 멈췄다.

'나는.'

이번에도.

이번에도.

이번에도.

'아무것도 하지 못…….'

쿠우우우우웅!!!

그의 생각을 끊어내며, 거친 폭음이 귓가를 울렸다.

김시훈의 시선이 그곳을 향했다.

"아……."

뿌옇게 피어오르는 연기를 헤치며 새하얀 가면을 쓴 청년이 나타났다.

"……."

강우는 주변을 살폈다. 바닥에 쓰러진 김시훈의 모습이 가장 먼저 눈에 들어왔다.

오른팔을 기괴한 방향으로 꺾여 있었고, 전신에는 피가 쏟아지고 있었다. 배 쪽의 상처는 특히 심해서 내장까지 삐져나온 상태. 수호자고 나발이고 인간인 이상 죽지 않는 것이 용할 정도로 심각한 상처였다.

저벅. 저벅.

김시훈을 향해 걸어갔다. 손을 뻗어, 쓰러진 그의 멱살을 움켜잡았다.

"김시훈."

슬프지 않았다. 화가 차오르지도 않았다. 살아 있는 것이 오히려 이상할 정도로 심각한 상처를 입은 그의 모습을 보고도, 아무런 감흥은 느껴지지 않았다.

"누가 멋대로 싸우라고 했어 이 개자식아."

그에게 있어 김시훈의 존재는 딱 그 정도.

애초에 편리하게 이용해 먹기 위해서 그를 사역마로 만든 것이다. 비유하자면 장기판에 놓는 장기말 같은 존재. 그 이상의 가치는 없었다.

"혼자 남을 테니 먼저 도망치라고?"

고작 장기말 하나를 잃어버릴 뻔했다고 길길이 날뛸 정도로 무르지 않았다. 김시훈의 가능성은 높게 치지만, 그가 없다고 해서 그가 세운 계획이 모두 망가질 정도로 치명적이지도 않았다.

"꼴에 멋진 척이라도 하고 싶었냐? 어?"

멱살을 잡은 손에 힘줄이 돋아났다. 제어되지 않는 마기가 미친 듯이 날뛰었다.

"왜, 씨발 주변에서 영웅, 영웅 떠받들어 주니까 눈에 뵈는 게 없디?"

물론, 분노한 것은 아니었다. 고작 이런 일로 분노할 리가 없었다.

"형, 님⋯⋯."

"못 이기겠으면 나중에라도 도망쳐야 할 거 아니야, 이 병신새끼야!!!"

토해내듯 소리쳤다. 호흡이 거칠어졌다. 두 눈에 핏발이 서고, 몸이 가늘게 떨렸다.

강우는 가면을 살짝 비껴 올리며, 엄지손가락을 입안에 넣었다.

으드득.

손톱까지 함께 씹어 뜯어버린다. 뜯겨 나간 손가락에서 피
가 쏟아졌다. 김시훈의 입안에 피가 쏟아지는 손가락을 넣고
전력으로 재생의 권능을 사용했다. 그러자 상처들이 빠른 속
도로 낫고 있는 것이 보였다.

"사람 구하겠다며, 인마. 어? 어렸을 적 트라우마에서 벗어
나 보겠다며. 이게 그 방법이야? 응? 멋대로 나대다가 뒤지면
누가 알아주……."

-인간.

페넥스가 일그러진 표정으로 강우에게 다가왔다.

-방해하지 말…….

틱.

-어?

강우는 김시훈의 멱살을 잡고 있던 손을 뻗어 페넥스의 뒤
통수를 움켜잡았다. 페넥스가 반응을 하기도 전에, 그의 머리
를 땅에 내다 꽂았다.

쩌적!

-커헉!

페넥스의 머리가 땅에 처박혔다. 발을 들어 땅에 처박힌 그
의 머리를 거칠게 짓밟았다.

콰드드득!

페넥스의 머리가 터져 나갔다.

"지금 얘기하는 중이잖아."

고개를 돌렸다.

그의 흰자위가 검게 물들며, 눈동자가 노란색으로 변하기 시작했다. 가로로 찢어진 검은 동공은 광기로 번들거렸다.

"입 닥치고 찌그러져 있어 이 개자식들아."

◆ 2장 ◆
빛의 이름으로

-페넥스!

-이게 무슨…….

말파스와 할파스의 입이 벌어졌다.

머리가 터진 페넥스의 몸이 경련을 일으키듯 움찔거리며 떨리고 있었다. 두 눈으로 보고도 믿어지지 않는 광경.

-페넥스. 지금 내가 인간에게 패배할 뻔했다고 장난치는 거냐?

할파스는 노기가 담긴 목소리로 물었다.

방심했기 때문이라고 해도 가이아의 권속에게 패배할 뻔했다는 것은 부정할 수 없는 사실. 그들의 위대한 주인, 악신 루시퍼를 섬기는 종복으로서 수치스럽기 그지없는 일이었다.

상대가 가이아의 권속이라는 것은 의미 없는 변명이었다. 그런 의미에서 본다면 그들 또한 악신 루시퍼의 권속이었으니까.

심지어 그 가이아는 그녀가 담당하는 시스템을 제대로 관리하지 못해 반쯤 죽어 있는 상태. 그런 반병신이 된 신의 권속에게 진다는 것 자체가 말이 되지 않았다.

-페넥스! 장난치지 말고 일어나라! 지금 그런 헛짓을 할 때가 아니다!

말파스 또한 할파스와 같은 생각이었다.

악마라는 존재는 태생부터가 인간과는 격을 달리하는 상위 개체. 비유하자면 호랑이가 고양이가 휘두른 앞발에 한 방 얻어맞고 절명한 셈이니 그 사실을 곧이곧대로 받아들일 수 있을 리가 없었다.

-페넥스?

하지만 돌아오는 답은 없었다. 갑작스럽게 나타난 인간의 발에 짓밟힌 페넥스는 미동조차 하지 않고 있었다.

-페넥스! 장난칠 때가 아니라고 했다!

말파스가 표정을 일그러뜨리며 페넥스에게 다가갔다.

"야."

페넥스를 짓밟았던 인간이 몸을 돌렸다.

"내가 조용히 찌그러져 있으라고 했지?"

강우는 김시훈의 상태를 살폈다.

아직 완전히 치료된 것은 아니었지만 위험한 고비는 넘긴 상태. 김시훈의 재생 능력을 생각한다면 가만히 내버려 둬도 알아서 회복될 수 있을 정도로 상처가 치료됐다.

"형님……."

"자고 있어. 나중에 마저 얘기할 테니까."

강우는 김시훈의 몸을 바닥에 내려놓았다.

사역마에 대한 강제적인 명령권이 발휘되며 김시훈의 눈이 스르륵 감겼다. 그리고 규칙적인 호흡 소리가 귓가에 들렸다.

"하아."

강우는 그제야 한숨을 내쉬었다. 처음 죽기 직전 상태의 김시훈을 봤을 때보다는 한결 마음이 가벼워졌다.

깊게 숨을 들이쉬었다. 마음이 가벼워졌다고는 해도 날뛰는 마기들이 쉽게 제어되지 않았다. 끓어오르는 충동이 그를 자극했다.

'진정해.'

자기 자신에게 말했다.

두 손으로 얼굴을 덮자, 시야가 차단됐다. 그리고 다시 천천히 눈을 떴다. 김시훈은 이 꼴로 만든 악마들의 모습이 다시 눈에 들어왔다.

머릿속이 차갑게 타오르고 있었다. 차갑게 타오르고 있다는 말 자체가 모순이었지만 그 표현 이외에 지금 그를 설명할 수 있는 방법은 없었다.

"제길! 제기랄!"

욕지기가 치밀었다. 수많은 생각과 상념이 복잡하게 엉겼다.

그 감정의 중심에 있는 것은 김시훈.

"병신 새끼!!"

이가 갈렸다. 지구에 와서 이런 기분을 느낀 것은 처음이었다.

과거 지옥에 있던 시절, 발록이 대공 마몬의 손에 몸이 반 넘게 재가 되어 사라졌을 때 이후, 이 정도로 '짜증'을 느낀 적은 없었다.

'그래.'

화가 난 것이 아니다. 단순히 지금 이 상황이 몹시 짜증스러울 뿐이었다. 참을 수 없을 정도로.

'그렇다면.'

자신에게 다가오는 악마를 향해 시선을 옮겼다. 지금 이 짜증을 풀 수 있는 방법은 하나였다.

-응?

강우에게 다가오던 말파스의 표정이 굳었다.

이쪽을 향하는 그의 눈을 살폈다.

가면을 쓰고 있었기에 얼굴은 보이지 않았지만, 그 사이로 보이는 눈만큼은 확실하게 보였다.

'악마……?'

검은자위에 노란 눈동자. 악마들 대부분이 가지고 있는

특징이었다.

몇몇 특이 케이스로는 평소에는 흰자위였다가 극도로 흥분하거나 분노했을 때 눈동자가 저렇게 변하는 경우도 있었다.

'사탄이 그렇다고 말씀하셨지.'

분노의 대공 사탄. 평소 흰자위였다가 전투가 시작되면 검은색으로 바뀐다고 루시퍼에게 들은 기억이 있었다. 사탄과 만났을 때 그의 눈동자가 검은색이면 뒤도 돌아보지 말고 도망치라는 말과 함께.

'설마 저자가 사탄?'

말파스는 고개를 저었다. 그럴 리가 없다는 생각이 들었다. 사탄 말고도 저런 독특한 특징을 가진 악마도 존재했다. 그 숫자가 극소수에 불과할 뿐.

-흠.

어쨌든 인간이라고 보기는 어려운 상황. 노란 눈동자야 그렇다 치지만 검은자위를 가지고 있는 인간은 이제까지 본 적 없었다.

-네놈, 진짜 인간인가?

돌아오는 대답은 없었다.

말파스는 가볍게 혀를 찼다. 대답이 없다면 강제로 말하도록 만들면 되는 일.

그는 오른팔을 앞으로 뻗었다. 검은 구체 수십 개가 만들어졌다.

"……."

강우는 굳게 입을 다문 채 말파스를 노려보았다. 그리고 천천히 발걸음을 떼었다. 그런 그를 향해 말파스가 쏘아낸 검은 구체가 그를 향해 쏟아졌다.

딱.

손가락을 튕겼다. 퍼져 나간 마기의 파동이 검은 구체들을 모조리 튕겨냈다.

말파스의 표정이 경악에 휩싸였다.

강우는 한 발자국 앞으로 내디디며 전신의 마기를 일으켰다. 마기들이 심장을 주변으로 모여들었다.

만마전. 무한한 마기의 바다의 '깊은' 곳과 연결된 통로를 만들었다. 거대한 마기가 몸 안으로 흘러들어 오며 짜릿한 전율이 전신을 자극했다.

-이, 이게 무슨…….

한 걸음.

허공에 녹아내듯 사라진 강우의 몸이 말파스의 바로 앞에 나타났다. 말파스가 다급하게 팔을 들어 올렸으나 강우는 그 팔을 잡고, 뜯었다.

우드드득!

-아아아아악!!

끔찍한 고통. 팔이 뜯겨 나가며 검은 피가 사방에 뿌려졌다.

말파스는 이를 악물고 힘을 일으켰다. 그의 가슴 앞에 주먹만 한 크기의 검은 구체가 만들어졌다. 악신 루시퍼, 그들의 주인이 내려준 힘을 사용한 것이다.

검은 구체가 순식간에 그 몸집을 불렸다. 주변의 모든 것을 빨아들여 짓이겨 버리는, 말 그대로 '파괴'라는 이름이 어울리는 힘. 검은 구체가 강한 흡입력으로 강우의 몸을 빨아들였다.

"……."

강우는 손을 뻗었다. 그를 빨아들이는 흡입력에 거스르지 않았다.

강우의 손이 검은 구체에 닿는 것을 본 말파스는 짙은 미소를 머금었다.

틱.

-어?

그러나 아무런 일도 일어나지 않았다. 구체에 닿은 인간의 손이 짓이겨지지도, 몸 전체가 빨려들지도 않았다.

콰드드드득!

-어, 어? 뭐, 뭐야.

아니, 오히려 검은 구체가 인간의 손에서 뿜어져 나온 검은 연기에 '잡아먹히기' 시작했다.

말파스의 표정이 창백하게 질렸다. 루시퍼가 건네준 힘이 빠른 속도로 사라지기 시작했다.

-무슨 짓이냐!!

다급히 외쳤다. 무언가 잘못되어가고 있다는 생각과 함께 본능적인 공포가 그를 지배했다. 포식자에 대한 공포. 초식 동물이 육식 동물에게 느끼는, '잡아먹힌다'는 공포.

-그, 그럴 리가 없다!!

발작하듯 소리쳤다. 발을 굴러 뒤로 몸을 피했다.

'우선 거리를 벌린다.'

그를 비롯한 할파스, 페닉스는 원거리 전투에 특화되어 있었다. 거리를 벌리고, 강력한 힘이 담긴 마기의 탄환을 쏘아내는 것이 기본적인 전투 스타일. 그 장점을 살리기 위해서라도 거리를 벌리는 것은 중요했다.

하지만.

-어?

말파스의 눈동자가 떨렸다. 그는 믿을 수 없는 광경을 봤다는 듯이 두 눈을 크게 떴다.

전력을 다해서 거리를 벌렸다. 1초 만에 수백 미터를 뒤로 물러났다. 그럼에도.

"찌그러져 있으라고 했어, 안 그랬어?"

마치 악몽을 꾸는 것처럼 그는 눈앞에 있었다. 그것도 숨소리가 들릴 정도로 가깝게.

-히, 히익!

말파스는 새된 소리를 내지르며 발버둥 치듯 몸을 비틀었다.

강우가 손을 뻗어 말파스의 두 다리를 움켜쥐었다.

우드드득!

-아아아악!!!

거대한 프레스기에 짓눌리듯, 말파스의 허벅지가 찌그러지기 시작했다.

강우가 걸레를 쥐어짜듯 손을 비틀자 피부가 짓이겨졌다. 살점이 터져 나오며 검은 피가 쏟아졌다.

다리를 붙잡은 손에서 검은 연기가 뿜어져 나왔다. 검은 연기가 상처를 타고 그의 '몸 내부'로 흘러 들어갔다.

우득! 우드득! 우득!

-무, 무슨 짓을… 아악!! 아아아악!! 그, 그만!!

아득한 고통. 말파스는 바닥에 쓰러진 채 미친 듯이 몸을 떨었다. 눈이 뒤집히고, 입에서는 거품이 흘러나왔다.

불멸자의 몸으로 아득한 세월을 살아오면서도 이런 고통은 느껴본 적 없었다. 마치 수천, 수만 마리의 벌레가 몸 내부에서 살점을 뜯어 먹는 듯한 고통. 이 정도로 생생하게 '잡아먹히는' 감각을 느낄 수 있는 일은 없을 것 같다는 생각이 들었다.

-네놈!!

할파스가 다급히 달려왔다.

그는 김시훈에게 잘려 나간 팔을 부여잡으며 검은 구체를 쏘아냈다.

"네 차례는 나중이야."

강우는 손가락을 튕겼다. 할파스가 쏘아 낸 검은 구체가 튕겨져 그에게 되돌아갔다. 김시훈과의 전투로 큰 상처를 입은 할파스는 튕겨 나오는 자신의 공격을 피하지 못했다.

-아아악!

검은 구체에 꿰뚫린 그의 몸이 바닥에 쓰러졌다.

강우의 시선이 다시 말파스를 향했다.

-그, 그만!! 제, 제발!!

그의 몸을 씹어 먹고 있는 검은 연기들이 혈관을 타고 전신에 퍼졌다. 전기 고문을 받는 것처럼 말파스의 몸이 펄떡펄떡 튀어 올랐다. 아니, 차라리 전기 고문을 받았다면 이 정도의 고통은 느껴지지 않았을 것이다.

끔찍한 고통에 이성이 날아갔다. 루시퍼에 대한 굳은 충성심마저 지금 이 순간은 아무런 쓸모가 없었다.

-죄, 죄송합니다!! 아아아악!! 그, 그만!!

눈물이 흘러나왔다. 하지만 수치심을 느낄 만한 여유조차 그에게는 남아 있지 않았다.

그의 절규가 닿았기 때문일까, 끔찍한 고통이 멈췄다.

"1000빼기 7은?"

-예? 그, 그게 무슨… 아아아악!!

"많이 물어보지 않을 거야."

깊게 가라앉은 눈빛으로 말파스를 내려다보았다.

"1000빼기 7은?"

-993!! 993입니다!

"잘했어."

입가를 비틀어 올렸다.

강우는 검지를 가볍게 까딱였다. 말파스의 몸 안에 흘러 들어가 있는 포식의 권능이 그의 살점을 한 입 뜯어 먹었다.

-크아아아아아악!!

끔찍한 비명. 손톱만 한 크기조차 되지 못한 살점이었으나 포식의 권능은 그의 통각을 극대화시켰다.

다시금 그의 몸이 펄떡펄떡 튀어 올랐다.

"그다음."

-아아악! 그, 그만!! 제발!!

"계속해."

-986……! 아악!!

"계속."

-979!

숫자가 점차 줄어들었다. 숫자를 말할 때마다 포식의 권능이 살점을 조금씩 뜯어냈다.

아득한 과거, 지옥에 떨어지기 전 읽었던 만화에서 본 방법.

높은 숫자에서 숫자를 빼는 것으로 강제적으로 머리를 쓰게 만들면서 더욱 생생한 공포와 고통을 느끼게 만드는 방법이라고 한다.

"계속."

-419!

실제로 그 효과는 좋았다.

악마라고 해서 딱히 인간에 비해 연산 능력이 뛰어난 것은 아니었다. 그들은 그저 인간에 비해서 압도적으로 강한 힘을 가지고 있을 뿐이었다.

-6……

점차 줄어든 숫자가 끝났다.

말파스는 입에서 침을 질질 흘리고 있었다. 의식을 놓기 직전의 모습.

강우는 그의 머리를 움켜쥐며 고개를 가까이 가져갔다.

"자, 그럼 연습은 이걸로 충분하지?"

-무엇을……

"이제부터 진짜 시작이야."

이제까지 말파스가 단 한 번도 보지 못했던, 느껴보지 못했던 광기(狂氣)가 그를 짓눌렀다.

강우는 천천히 입을 열었다.

"두 방정식 P(x)=0, Q(x)=0의 서로 다른 실근의 개수는 7개,

9개이고, 집합 A={(x,y)│P(x)Q(y)=0이고 Q(x)P(y)=0 x와 y는 실수는 무한 집합이다. 집합 A의 부분 집합 B={(x,y)│(x,y)∈A이고 x=y}의 원소의 개수를 n(B)라고 하면 이것은 P(x), Q(x)에 따라 변한다. 여기서 n(B)의 최댓값을 구해라.”

-뭐?

“빨리 풀어.”

-아니, 잠깐. 그게 무슨… 아아아아악!!

끔찍한 비명 소리가 다시금 울려 퍼졌다.

강우는 씨익 미소를 지었다.

“알겠냐, 말파스?”

이게 대한민국 화속성 수리 영역의 맛이다.

-커헉……. 끄으윽.

애처로운 비명 소리가 흘러나왔다.

말파스는 두 눈을 까뒤집은 채, 바닥에 쓰러져 움찔움찔 몸을 떨었다. 입에서는 침이 흘렀고, 몸에서는 검은 피가 쉴 없이 흘러내리고 있었다.

“휴우.”

강우는 개운하다는 표정으로 기지개를 켰다.

"이제야 좀 진정이 되네."

머릿속을 가득 채우던 '짜증'이 조금은 해소된 기분.

-바, 방정식 $n(B)$의 최댓값⋯⋯.

"뭐야, 아직도 못 구한 거냐?"

강우는 낄낄 웃음을 터뜨렸다.

어차피 처음부터 풀라고 던져준 문제는 아니었다. 기나긴 시간을 산다고 해서 그것이 꼭 지식이 많다는 의미가 되지는 않았다.

악마는 전투 이외에는 별다른 관심이 없는 종족. 그중 특이한 케이스가 몇몇 있긴 했지만, 일반적으로 지식과는 거리가 먼 종족이었다.

'뭐, 사실은.'

강우도 저 문제의 답은 몰랐다.

스마트폰으로 찾은 문제를 대충 던진 것에 불과했다. 고아로 자란 그에게 학업이란 것은 머나먼 세계의 이야기였으니까.

"아, 보람찬 시간이었다."

만족스러운 미소가 지어졌다. 하마터면 머릿속에 가득 찬 '짜증' 때문에 꽤나 큰일이 일어났을 수도 있었다.

'위험했겠지.'

단순한 비유가 아니었다. 인간이 '짜증'을 느끼는 것과 같다고 생각해서는 안 됐다.

강우는 악마였고, 악마의 육체는 욕망과 감정을 충동질한다. 길 가다가 어깨가 부딪쳤다는 이유로 상대의 머리통을 날려 버리는 것과 같은 어처구니없는 상황이 자연스럽게 일어날 수 있는 것이 바로 악마의 육체였다.

'실제 마몬 때는 큰일이었지.'

발록이 죽기 직전까지 몰리면서 쌓인 '짜증'은 꽤나 격렬했다.

'그때······.'

과거의 기억이 떠올랐다. 망가진 대지와, 검게 타오르는 하늘이 보였다. 그리고 그곳에······.

"쯧."

가볍게 혀를 찼다.

딱히 떠올리고 싶지 않은 광경이었다.

"어디 보자."

강우는 스마트폰을 꺼낸 뒤 셀카 모드로 바꿔 자신의 눈을 살폈다. 새하얀 가면 너머로 눈동자가 비쳤다. 흰자위에 검은 동공. 익숙한 눈동자였다.

'괜찮아졌네.'

그는 극도로 흥분하면 눈자위의 색이 변했다. 그리고 눈동자의 색이 변했을 때는 주의를 기울여야 했다. '그때와 같은 일'이 일어날 수도 있으니까.

'그러고 보니 사탄 그 새끼도 나랑 비슷했지.'

기억을 더듬어보니 사탄과 자신 사이에 공통점이 하나 있었다. 미처 생각하지 못한 공통점.

절로 눈살이 찌푸려졌다.

"예언의 악마 따위랑 공통점이 있다니."

반길 만한 일은 절대 아니었다. 누가 잘못 안다면 예언의 악마가 사탄이 아닌 자신이라고 오해할 수도 있는 일 아닌가? 다른 것은 다 용납해도 그것만큼은 용납할 수 없는 일이었다.

'그나저나.'

강우는 고개를 돌려 말파스를 내려다보았다.

그는 몸을 움찔움찔 떨면서 끊임없이 무언가를 입에서 중얼거리고 있었다. 완전히 미쳐 버린 듯한 모습.

"얘한테 뭐 물어보기는 그른 것 같은데."

좀 심했나, 라는 뒤늦은 후회가 밀려왔다.

강우는 말파스에게서 할파스에게로 시선을 옮겼다. 할파스는 바닥에 쓰러져 기절해 있었다.

강우는 쓰러진 할파스를 향해 발걸음을 옮겼다.

"아저씨, 여기서 주무시면 안 돼요."

발끝으로 할파스를 건드렸다. 쓰러져 있던 할파스가 천천히 눈을 떴다.

-크헉! 크으으!

일어난 그는 상처를 부여잡으며 신음을 흘렸다. 고개를 들어 강우를 바라보는 그의 눈은 공포에 질려 있었다.

-너, 너는…….

퍼억!

얼굴을 걷어찼다. 할파스의 머리가 바닥에 처박혔다.

강우가 낮은 목소리로 말을 이었다.

"질문할 처지가 아니라는 것 정도는 알지 않아?"

-…….

침묵이 이어졌다. 다행히 상황 파악도 못 하는 머저리는 아닌 모양.

강우는 가늘게 눈을 뜨며 할파스를 내려다보았다.

"너희들은 누구냐?"

처음 보는 악마들이었다.

가진바 힘은 구천지옥의 악마. 그중에서도 꽤나 상급에 속하는 힘을 가진 놈들. 하지만 구천지옥에서 기나긴 전쟁을 하면서 저런 놈들을 본 기억은 없었다.

'뭐, 그건 그럴 수 있다고 치는데.'

구천지옥을 지배했다고 해서 그곳에 있는 모든 악마들을 안다는 의미는 아니었다. 구천지옥은 넓었고, 그만큼 많은 악마가 존재했으니까.

문제는 따로 있었다.

'이놈들, 루시퍼의 힘을 썼다.'

강력한 흡입력을 가진 어둠의 구체. 과거 루시퍼와의 전투 중에서 그가 그런 기술을 사용했던 기억이 있었다. 단순한 우연이라고 치부하기에는 기술의 특성이 너무 비슷했다.

"너희들, 루시퍼의 권속이냐?"

-크읏.

할파스의 표정이 일순 일그러졌다. 그 짧은 반응만으로 대답은 충분했다.

'루시퍼의 권속 중에 저런 놈은 없었는데?'

강우는 할파스와 말파스, 페넥스의 얼굴을 하나하나 떠올렸다. 겉모습으로는 구분할 수 없을 정도로 똑같이 생긴 외형. 그런 독특한 특징을 가지고 있다면 자신이 기억하지 못할 리가 없었다. 루시퍼와의 전쟁은 꽤나 오랫동안 이어졌으니까.

'새롭게 만든 권속인가.'

아마 그럴 가능성이 클 것이다.

강우는 턱을 쓰다듬으며 생각에 잠겼다. 만약 그들이 루시퍼의 권속이라면 골치 아파졌다.

'루시퍼 놈, 이미 전성기 때의 힘을 되찾은 건가.'

세 악마의 힘은 절대 낮지 않았다. 그들을 압도할 수 있었던 이유는 얼마 전 티리온의 힘을 흡수하며 폭발적인 성장을 이뤘기 때문. 깊은 쪽의 마기를 사용할 수 없는 상태였다면 이처럼 쉽게 압도하기는 힘들었을 것이다.

'구천지옥에서 권속을 키운 것도 아닐 텐데.'

루시퍼가 떨어진 장소는 에르노어 대륙. 그곳이 어떤 곳인지는 잘 몰랐지만, 구천지옥처럼 마기가 넘쳐나는 환경은 아닐 것이다. 그런데도 이 정도 힘을 가진 악마들을 만들어낼 수 있다면 그만큼 루시퍼의 힘이 막강하다는 의미.

'좋지 않은데.'

권속을 딸랑 셋만 키웠을 리가 없었다. 이보다 더 강한 권속들이 얼마나 있을지 알 수 없는 상황.

'천사들이랑 싸웠다고 했지.'

그렇다면 그들과 다시 싸우기 위해서라도 많은 세력을 만들었을 가능성이 컸다.

"젠장."

눈살을 찌푸렸다.

에르노어 대륙의 존재들이 이렇게 연이어 넘어오는 것을 보니 지구와 에르노어 대륙 사이의 차원의 벽이 많이 약해졌음을 어렵지 않게 짐작할 수 있었다. 악마교 하나로도 짜증 나는 상황에서 루시퍼의 세력이 본격적으로 넘어오기 시작한다면 여간 골치 아픈 것이 아니었다.

'제발 그냥 나 좀 내버려 둬라, 이 새끼들아.'

지난 천 년간 개고생의 대가로 좀 인생 좀 즐기면서 살자는데 왜 이렇게 사방팔방에서 방해한단 말인가.

'시바, 내가 뭘 그렇게 잘못했다고.'

하늘을 우러러 한 점 부끄러움 없는 착한 삶을 살았다고 자부할 수 있었다.

차오르는 억울함에 강우는 깊은 한숨을 내쉬며 입을 열었다.

"그래서, 너희들이 이곳에 온 목적은 뭐냐?"

-마, 말할 수 없…….

"너도 쟤처럼 되고 싶니?"

할파스의 시선이 말파스에게 향했다. 끔찍한 고통으로 인해 미쳐 버린 말파스의 모습.

악마라고 해서 저런 모습에 담담할 수 있는 것은 아니었다. 아니, 오히려 생에 대한 집착과 욕망이 큰 악마의 경우 더욱 큰 공포를 느낄 수밖에 없었다.

-우, 우리가 이곳에 온 이유는 사탄을 찾기 위함이다.

"뭐?"

강우는 깜짝 놀란 표정으로 그를 바라봤다.

'진짜 사탄이 여기에 있었어?'

뒤통수를 한 대 세게 얻어맞은 기분.

"사탄을 찾아왔다고?"

-그렇다. 얼마 전, 영웅신 티리온이 사탄의 손에 의해 이 세계에서 소멸했다. 루시퍼 님께서는 그를 찾아 협력을 요청하라고 말씀하셨다.

"아아."

강우는 탄성을 내뱉으며 고개를 끄덕였다. 대충 상황이 이해되기 시작했다.

'나 말하는 거였구나.'

진짜 사탄이 지구에 있는 줄 알고 놀랐던 가슴이 진정됐다.

'아니, 아니지.'

다급히 고개를 저었다.

'사탄은 지구에 있잖아.'

예언의 악마 사탄. 그자가 지구로 건너와 악마교를 이끌고 있다는 사실은 이미 몇 번이나 증명된 사실. 지구에 사탄이 존재한다는 것은 이미 한참 전부터 알고 있던 사실이었다.

'그럼, 그럼. 수호자 알렉을 죽인 것도, 티리온의 사도 레이날드를 죽인 것도 모두 사탄의 짓이지.'

아주 중요한 사실을 잠깐 잊어버릴 뻔했다.

'그나저나.'

강우는 가늘게 눈을 떴다.

사탄. 루시퍼. 협력. 세 개의 단어가 머릿속에서 빠르게 돌아갔다.

"너, 사탄에 대해서는 어디까지 알고 있지?"

-정확히는 모른다. 이 세계에서 권속을 만들어 힘을 키우며 가이아의 권속들과 싸우고 있다는 것 정도만 알고 있다.

'호오.'

강우의 눈이 빛났다. 입가가 비틀어 올라갔다.

'이거.'

이용할 수 있겠다는 생각이 머릿속을 스쳐 지나갔다.

생각은 빨랐다.

강우는 배를 움켜쥐며 폭소를 터뜨렸다.

"하하하하하하하!"

-크윽!! 이, 이게 무슨……!

마기를 폭발시켰다. 의도적으로 '마기의 지배자' 특성이 가진 힘은 사용하지 않았다.

할파스는 강우에게서 느껴지는 어마어마한 마기의 기운에 창백하게 표정을 굳혔다.

"정확히 모르는 게 아니라 아예 하나도 모르고 있군!"

-……무슨 소리냐.

강우는 낄낄 웃으며 말을 이었다.

"본인을 바로 눈앞에 두고 사탄을 찾으러 왔다니, 참으로 웃기는 상황이 아닌가?"

-뭐, 뭐라?

할파스의 동공이 커졌다.

'이자가 사탄이라고?'

그럴 리가 없었다. 가면을 쓰고 있다고 하지만 눈앞의 존재는 어딜 봐도 인간으로밖에 보이지 않았다. 아니, 외모야 그렇다 치더라도 사탄이 왜 가이아의 권속을 지키며 자신들을 공격한단 말인가?

"그 모습을 보니 눈은 장식으로 달고 있는 게 확실한 것 같군. 이참에 쓸모없는 그 눈을 직접 거둬 가주지."

-뮛… 아아아악!!

할파스의 한쪽 눈에 손가락이 파고들었다. 그의 입에서 끔찍한 비명이 터져 나왔다.

할파스는 피가 쏟아지는 한쪽 눈을 부여잡으며 그를 올려다보았다. 지금 이 순간, 그를 내려다보는 인간의 모습은 그 어떤 악마보다 '악마 같이' 느껴졌다.

-서, 설마 당신이… 저, 정말 사탄이십니까?

"보고도 모르겠나? 이거… 남은 한쪽 눈도 쓸모없어 보이는군."

-아, 아닙니다!

다급히 대답한 할파스는 입술을 깨물었다. 그리고 이내 고개를 끄덕였다.

'이자가 사탄이다.'

피부로 느껴지는 전율스러운 마기. 광기에 찬 행동. 그리고……

'눈.'

분노했을 때 검은자위로 바뀌는 눈. 극소수의 악마만이 가지고 있는 특징. 그것이야말로 사탄의 증거가 아닌가.

'이런 멍청한 일이!'

대공을 알아보지 못하고 대적했다니! 어처구니없는 상황에 헛웃음조차 흘러나오지 않았다.

-사, 사탄이시여.

"이제 좀 말이 통하는군. 그래, 루시퍼가 내게 협력을 요청했다고?"

-그, 그렇습니다.

"무슨 협력 말하는 거지?"

-마해(魔海)를 손에 넣자고 말하면 아실 거라 말씀하셨습니다.

"……."

마해를 손에 넣자. 그것이 무엇을 의미하는지 추측하는 것은 어렵지 않았다.

'이 새끼… 날 노리고 있는 거였어?'

정확히는 그가 품고 있는 거대한 마기의 바다, 만마전을 손에 넣으려는 계획.

헛웃음이 흘러나왔다. 이미 한 번 그에게 패배한 개들이 아직 정신을 차리지 못한 모양.

"하하하하하하! 재미있는 소리를 하는군!"

강우는 다시 한번 폭소를 터뜨렸다.

'루시퍼, 아직 덜 처맞았냐?'

김재현, 백강현과는 경우가 달랐다. 루시퍼는 자신이 누구인지, 어떤 존재인지 알고 있었다. 그럼에도 다시 그를 상대할 계획을 짜고 있다는 것 자체가 코미디.

'너는 내가 누구인지 알고 있잖아.'

일곱 대공과 전쟁을 선포했을 당시, 강우는 약했다. 수십 번의 패배를 겪었다.

하지만 그런 패배를 겪으면서도 결국에는 이겨냈다.

그것은 단순하게 그가 대공을 이길 정도로 강해졌기 때문이 아니었다. 그가 정말 '강하기만' 했다면 결코 그들을 이길 수 없었을 것이다.

"루시퍼에게 전해라."

목을 움켜쥐고, 나지막이 말했다.

"마해는 이미 내가 차지했다."

-그, 그게 무슨.

"하하하하! 머저리 같은 루시퍼 놈! 아무것도 모르고 있었군!!"

입가를 비틀어 올리며 말했다.

"내가 무엇을 위해 악마교를 만들었다고 생각하나? 마해는 이미 내 손에 들어와 있다! 그 힘을 흡수하는 것은 시간문제지!"

-…….

그의 광기로 번들거리는 눈이 할파스를 향했다.

"루시퍼 놈이 있는 곳이 에르노어라고 했던가……."

-그, 그렇습니다.

"좋군. 이 세계도 슬슬 질린 참이었어."

할파스의 몸을 바닥에 집어 던졌다.

"루시퍼에게 전해라."

입가를 비틀어 올렸다.

"나의 권속, 악마교를 이끌고 내가 직접 그곳으로 향할 것이다."

-사, 사탄 님! 서, 설마!

"하하하하! 똑바로 전해라, 루시퍼의 권속이여."

타오르는 광기. 거대한 마기의 기운이 사방으로 뻗어나갔다.

"나 사탄은, 루시퍼와의 전쟁을 선포하겠다."

강우는 낄낄 웃음을 터뜨렸다.

'니들끼리 싸우세요오오오오옷!

……후회할 것입니다.

"후회하는 것은 너희들이 될 것이다."

할파스가 입술을 깨물었다.

복잡한 감정이 교차하는 것이 그의 표정에서 보였다. 살아 났다는 안도감. 계획이 실패했다는 좌절감, 루시퍼에게 이 사 실을 보고해야 한다는 두려움. 실로 만감이 교차하고 있다는 것이 생생하게 전해지는 얼굴.

-사탄 님!

"내 의지는 오롯하다. 나의 권속, 악마교들을 데리고 루시퍼의 모든 세력을 몰살시켜 주마."

-어, 어째서! 왜 갑자기 그러시는 겁니까?

할파스가 이해할 수 없다는 목소리로 소리쳤다.

당연한 반응이었다. 협력을 거절하는 건 그럴 수 있다고 하지만 뜬금없이 왜 전쟁을 선포한단 말인가? 동맹을 맺자고 사자를 보냈더니 갑자기 군대를 이끌고 쳐들어온 격이었다.

"크흐흐. 아무것도 모르는군."

당연한 얘기지만, 아무런 생각도 없이 전쟁을 선포하지는 않았다. 만약 정말로 사탄이 '마해'를 손에 넣었다면, 그에게는 루시퍼를 공격할 이유가 충분했다.

"루시퍼에게 전해라, 이번에는 네놈의 영혼과 지옥 무구까지 모조리 내가 가져가겠다고."

애초에 일곱 대공은 서로 협력하는 사이가 아니었다. 심지어 강우가 대공들과 전쟁을 하고 있던 도중에도 그들은 서로 대립하고 싸웠다. 막판에 가서는 협력을 하기도 했지만, 그것도 상황이 워낙 절박했기 때문. 서로에 대한 신뢰를 바탕으로 힘을 합친 것은 아니었다.

만약 강우가 지닌 힘을 대공 중 하나가 얻었다면, 다른 대공을 노리지 않을 이유가 없었다. 그들 또한 다른 대공을 먹음으로써 더욱 강한 힘을 욕망할 테니까.

'저놈은 만마전에 대해서 잘 모르는 것 같지만.'

알았다면 의문을 제기할 이유조차 없을 것이다.

하지만 할파스가 모른다고 해서 루시퍼 또한 모를 리는 없었다.

'놈은 분명 사탄을 공격한다.'

장치는 해두었다. 지금 여기서 일어난 모든 말들을 전해 듣는다면 루시퍼는 사탄을 먼저 공격할 수밖에 없었다.

'마해는 이미 내 손에 들어와 있다! 그 힘을 흡수하는 것은 시간문제지!'

지나가듯 외친 말. 하지만 그 말에 담긴 의도와 의미는 명확했다. 마해를 손에 넣기는 했지만, 아직 모든 힘을 흡수하지는 못했다는 것.

루시퍼라면 어렵지 않게 이쪽의 정황을 알아차리고 공격할 것이 분명했다. 도저히 놓칠 수가 없을 정도로 노골적이게 뿌린 떡밥이었으니까.

'물 수밖에 없겠지.'

루시퍼의 상황이 정확히 어떤지는 알 수 없었다. 이쪽에 어느 정도 전력을 투입할 수 있는지조차 확실하지 않았다.

'상관없는 일이지.'

아직 유지되고 있는 가이아 시스템 때문에 많은 전력을 투입할 수 없다면, 그것으로 좋았다. 위협적인 전력을 투입할 수 있다면, 그 전력은 악마교를 노리게 될 것이다.

어차피 악마교와 루시퍼 둘 다 언젠가는 없애 버려야 할 적이었다. 둘이 서로 싸워준다면 그보다 좋은 그림은 없었다.

'악마교와 루시퍼.'

가장 좋은 그림은 두 세력이 정면으로 충돌하는 것. 그리고 그 사이에서 떨어지는 콩고물을 받아먹으며 신나게 춤이나 추는 것이다.

둘 중 누가 이긴다고 해도 강우의 입장에서는 누워서 떨어지는 꿀물이나 받아먹으면 되는 것. 독을 독으로 제압하는 이독제독(以毒制毒)의 효과를 톡톡히 보는 셈이었다.

"언제까지 꾸물거릴 생각이지? 남은 팔 한쪽도 뜯어줘야 가벼운 마음으로 돌아갈 수 있을 것 같나?"

-크읏.

신랄한 말에 할파스는 침음을 삼켰다. 그는 타오르는 듯한 눈빛으로 강우를 쏘아보더니, 이내 푸른색 균열 속으로 몸을 던졌다.

-사탄, 그리고 악마교. 당신들이 얼마나 큰 실수를 했는지는 머지않아 알게 될 것입니다.

'빨리 알려주세요오오오!'

기쁨의 폭소를 터뜨리며 균열 속으로 사라지는 할파스를 배웅했다. 그런 그의 속마음을 모르는지 이글거리는 눈빛으로 이쪽을 노려보는 할파스의 모습이 귀엽게 느껴질 정도.

곧 푸른색 균열 속으로 할파스의 몸이 사라졌다. 강우는 가면을 벗어 품속에 넣었다.

"어디 그럼."

할파스를 통해 사탄의 뜻을 전했으니 이제 이번 일로 얻은 보상을 즐겨야 할 시간.

강우는 말파스와 페넥스의 시체를 향해 몸을 돌렸다.

'한 놈 놓아준 게 아쉽지만.'

어쩔 수 없었다. 루시퍼에게 직접 그가 가서 전언을 할 수도 없는 노릇이었으니까.

'미래를 위한 투자.'

딱 그 정도로 생각하는 것이 좋았다.

'포식의 권능.'

손에서 검은 연기가 뿜어져 나갔다.

페넥스와 말파스의 몸이 포식의 권능에 의해 씹어 삼켜졌다. 잘려 나간 할파스의 팔도 남기지 않았다.

[띠링.]

['영혼을 거두는 자' 특성이 발동됩니다.]

"얼마나 더 모아야 하려나."

눈앞에 떠오른 메시지창을 바라보며 중얼거렸을 때였다.

우우우우웅!

그의 몸에서 검은빛 마기가 폭발하듯 뿜어졌다.

'응?'

두 눈이 커진 강우의 눈앞에 푸른색 메시지창이 떠올랐다.

[마령(魔靈)의 첫 번째 조건이 달성됐습니다.]

[마기 스탯의 제한이 130으로 늘어납니다.]

[마령의 조건을 달성함으로써 레벨을 제한하고 있는 시스템의 힘을 약화시킵니다.]

[한계 레벨이 79로 상승하였습니다.]

[8차 각성 특성을 습득하였습니다.]

"그렇지!!"

두 주먹이 불끈 쥐어졌다. 구천지옥 내에서도 나름 상급에 속하는 악마들의 영혼을 흡수한 덕분에 조건을 달성할 수 있었던 모양.

이어지는 메시지창도 그를 기쁘게 만들었다.

[만마전의 '깊은' 쪽으로 향하는 통로가 확장되었습니다.]

['영혼을 거두는 자' 특성으로 추가적인 악마의 영혼을 흡수하면 통로가 더욱 확장됩니다.]

"아주 좋구만."

절로 웃음이 흘러나왔다.

만마전의 깊은 쪽과 연결된 통로가 확장되면서 더욱 많은 권능이 해금됐다.

"슬슬 '그것'도 사용할 수 있겠는데."

몇몇 권능들은 칼날의 권능, 신속의 권능 같은 하급 권능과는 달리 사용하기 위해서 준비가 필요했다.

깊은 곳의 마기를 사용해서만 사용할 수 있는, 일종의 '기술'. 그 기술을 사용할 수 있다면 발록과도 호각, 아니, 그 이상으로 싸울 수 있었다.

"어디 보자……. 8차 각성 특성은 뭐가 나왔으려나."

기대감이 부풀어 오른 것은 당연. 상태창을 열어 특성을 확인했다.

[8차 각성 특성: ???(Rank:???)]

*8차 각성 특성은 마기 스탯 130에 도달한 이후 개화합니다.

"아."

아쉬움이 묻어난 탄성이 절로 흘러나왔다.

'6차 각성 때도 이 지랄 하더니 또 이러네.'

잊을 만하면 한 번씩 등장하는 물음표에 눈살이 절로 찌푸려졌다. 예상치 못하게 대박을 친 작가가 다급하게 스토리를 늘리기 위해 발악을 치는 듯 애간장을 태우고 있었다.

'그래도 전처럼 답이 안 보이는 건 아니야.'

마기 스탯 130에 도달할 것.

목표는 명확했고, 수단 또한 확실했다. 영혼을 거두는 자의 특성을 사용하여 악마들의 영혼을 흡수하고, '깊은' 쪽의 통로를 확장시키는 것. 그것이 아마 130 스탯에 도달할 수 있는 방법일 것이다.

"그래도 레벨 제한이 풀린 게 어디냐."

가이아의 수호자들을 죽여야지만 풀릴 수 있다고 생각했던 레벨 제한이, 마령의 조건 달성으로 풀 수 있다는 것만으로도 큰 수확.

'그렇다면 두 개의 방법이 있는 건가.'

가이아의 수호자를 죽여 그를 봉인하고 있는 시스템 자체를 약화시키거나, 그 자신이 시스템을 약화시킬 수 있을 정도로 강해지거나.

"좋군."

둘 중 어떤 선택을 할지는 고려해 볼 필요도 없는 일. 아군을 팀킬하면서 힘을 기르는 멍청한 짓을 할 이유는 없었다.

"일단 스탯 130에 도달하는 게 최우선 과제인가."

각성 특성이 마신이 되기 위한 조건과 연관이 있다는 것을 생각한다면 8차 각성 특성을 가장 빠르게 개화하는 것이 급선무였다.

"별문제 없겠군."

입가가 올라갔다.

할파스를 통해서 뿌려둔 거대한 떡밥. 루시퍼가 이 미끼를 물고 팔딱거리는 것을 기다리기만 하면 되니, 오래 기다릴 필요도 없었다.

'똥줄 타겠지.'

그가 간절하게 원하는 마해가 사탄의 손에 넘어갔다. 힘을 갈망하는 악마의 습성상 느긋하게 이 상황을 지켜볼 수 있을 리가 만무, 마해가 완전히 그에게 흡수되기 전에 움직일 것이 분명했다.

'루시퍼가 움직인다면.'

악마교 또한 움직이지 않을 수가 없을 것이다. 거기서 떨어지는 꿀물을 가디언즈의 이름으로 받아먹으면 그만.

'한 가지 문제가 있다면.'

가늘게 눈을 떴다. 최악의 상황이 있긴 했다.

'루시퍼 놈이 진실을 알게 됐을 경우.'

사실 이 부분에 대해서는 크게 걱정되지 않았다.

'티리온이 소멸한 이유를 사탄이라고 알고 있었어.'

티리온이 최후의 발악으로 사탄의 존재를 알렸다는 의미.

당시 티리온은 사탄이 '마해'를 지녔다고 생각하고 있었고 그것을 그대로 알렸다. 여기서 루시퍼가 사실 구천지옥의 마왕이 사탄인 척하면서 티리온을 소멸시켰다는 사실을 알 방법이 있기나 하겠는가?

'슈바, 티리온 님 만만세입니다!'

영웅신 티리온의 충직한 사도로서 그를 찬양할 수밖에 없는 노릇. 그의 필사적인 유언으로 인해 모든 의심에서 벗어날 수 있는 최고의 증거를 얻은 것과 마찬가지.

'역시 티리온 님이십니다!'

신성이 소멸하는 것을 각오해서라도 레이날드의 복수를 위해 망설임 없이 힘을 건네준 신. 시스템에 대한 지나친 개입으로 인하여 몸이 소멸하는 와중에도 예언의 악마 사탄의 존재를 널리 알려준 영웅!

"당신의 그 희생을…… 잊지 않겠습니다."

그의 뜻깊은 희생을 생각하면 눈물이 눈에 맺힐 정도.

최후의 그 순간까지 세계를 지키기 위해 그 한 몸을 희생해 경고를 날려준 그를 누가 감히 영웅이 아니라고 말할 수 있단 말인가.

'당신이야말로 진정한 영웅입니다, 티리온 님.'

곧게 솟은 기둥처럼 우직한 심성. 그 어떤 상황에도 굽히지 않는 불굴의 의지. 자신의 사도, 레이날드의 죽음을 진정으로 슬퍼하며 그를 위해 모든 것을 희생한 영웅.

"아아."

절로 탄성이 흘러나왔다.

'꽃이 지고 나서야 봄인 줄 알았습니다.'

티리온의 빈자리가 이처럼 크게 느껴질 줄은 강우로서도 상상하지 못한 일. 마음 한편이 바늘로 찌르는 것처럼 쑤셔왔다.

'이건 결코 양심이 찔리는 것이 아니다.'

티리온의 유지를 이어 예언의 악마 사탄을 처치하려는 자신이 양심이 찔릴 리가 뭐가 있단 말인가.

강우는 몸을 일으켰다.

티리온의 사도가 된 이상 루시퍼와 사탄의 격전으로 세계가 황폐화되는 것을 가만히 지켜볼 수 있을 수는 없었다.

'내가 직접 그들을 처단하리라.'

빛의 이름으로!

◆ 3장 ◆
영웅이 되는 길

"크읏······."

"일어났냐."

김시훈의 옆에 앉아 잠시 기다리자 그의 입에서 침음이 흘러나왔다. 그리고 천천히 떠진 눈이 강우를 향했다.

"형, 님?"

김시훈은 마치 유령을 보는 듯한 눈으로 그를 올려다보았다. 그를 본 강우가 쯧 하고 가볍게 혀를 찼다.

"그래. 나다, 인마."

"혀, 형님! 크윽!"

다급히 몸을 일으키던 김시훈이 배를 부여잡으며 다시 바닥에 쓰러졌다.

강우는 가볍게 손을 들어 김시훈의 머리를 쥐어박았다.

"가만히 누워 있어. 상처가 완전히 낫지는 않았으니까."

재생의 권능은 몸을 백 퍼센트 치료하지는 못한다. 외상 자체는 치료할 수 있더라도 쌓인 피로와 내부의 대미지까지 치료하는 것은 불가능. 죽어도 이상하지 않을 치명상을 입었으니 당장 움직일 수는 없을 것이다.

"그러게 왜 멍청하게 계속 싸우냐고. 적당히 때를 봐서 도망친 다음에 시간을 벌어야지. 설아가 나한테 연락한다고 했잖아?"

"……죄송합니다."

"하아."

절로 한숨이 흘러나왔다.

'뭐, 쉽게 도망치기는 힘들었겠지만.'

적의 숫자는 하나가 아닌 셋. 아마 현실적으로는 도망칠 기회를 찾지 못했을 가능성이 컸다.

하지만 그 사실을 알고 있음에도 울분이 치솟는 건 어쩔 수 없었다.

"그, 그보다 악마들은……."

"두 놈은 죽었고, 한 놈은 도망쳤다."

정확히는 도망치도록 풀어줬다.

"아."

김시훈의 표정이 어두워졌다. 그는 고개를 숙인 채, 자조 섞인 미소를 지었다.

"그럼 이번에도 전⋯⋯."

"뭔 말 하려고 하는지 알 것 같은데, 오글거리니까 입 닥치고 있어."

"⋯⋯."

"괜히 자책하면서 감성 팔려고 하지 마, 개찌질해 보이니까."

"크, 크흠."

"아주 그냥 혼자서 똥폼이란 똥폼은 다 잡아요. 누가 보면 네가 세상에서 제일 억울한 줄 알겠다."

"혀, 형님!"

어지간히 창피한 모양인지 김시훈이 얼굴을 벌겋게 붉히며 소리쳤다. 그 모습을 본 강우가 낄낄 웃음을 터뜨렸다.

"그러니까 혼자 분위기 잡으면서 똥 싸지 말고 그냥 조용히 누워 있어."

"뭐, 뭔가 평소의 형님이 아닌 것 같습니다."

신랄하기 짝이 없는 그의 말에 김시훈은 끄응, 침음을 삼켰다. 강우는 피식 웃었다.

"그러냐."

평소 김시훈을 대하는 말에 비해 조금 신랄했던 건 사실. 하지만 그의 원래 말투는 이쪽에 가까웠다.

"강우 씨!"

"강우 형님! 괜찮소?"

뒤늦게 달려온 한설아와 강태수. 그리고 에키드나의 모습이 보였다.

"응?"

그들 옆에 따라오는 금발의 중년 여인과 그녀의 품에 안긴 가이아를 바라보며 고개를 갸웃거렸다.

그레이스와 가이아였다.

"여긴 어떻게……."

"그녀는 내가 불렀네."

이어지는 목소리에 강우가 고개를 돌리자, 그곳에는 천무진을 비롯한 차연주, 백화연 등의 몬스터 토벌조가 있었다.

"어디 다친 곳은 없느냐."

천무진이 김시훈에게 다가갔다. 김시훈은 다시 몸을 일으키려고 하다가 이내 침음을 삼키며 쓰러졌다.

천무진이 그의 몸에 손을 올렸다.

"내상이 심하군."

그는 눈을 감은 채 김시훈의 몸 안으로 내공을 불어 넣었다. 그러자 고통에 일그러졌던 김시훈의 표정이 한결 편해졌다.

강우는 김시훈을 치료하고 있는 천무진을 대신해 차연주에게 시선을 옮겼다.

"너희들이 가이아 씨랑 그레이스 씨를 부른 거야?"

"맞아. 정확히는 천무진 아저씨가 불렀어."

"흠."

강우는 고개를 끄덕였다.

가디언즈는 표면에 모습을 드러내지 않는 비밀 조직이었지만 각국의 수뇌부나 월드 랭커 정도라면 그 정체를 어느 정도 알고 있었다.

천무진은 중국의 수뇌부이자 동시에 월드 랭커이니 가이아와 연락할 수단을 가지고 있다고 해도 이상하지 않았다.

"가, 강우 씨. 악마들이 시훈 씨를 습격했다고 들었는데 시훈 씨는 괜찮으신가요?"

가이아가 걱정스러운 목소리로 물었다. 눈이 보이지 않기에 김시훈이 어떤 상태인지 정확히 모르는 것 같았다.

강우는 고개를 끄덕이며 말했다.

"다행히 상처는 많이 나아졌습니다. 악마들도 제가 물리쳤고요."

"음. 근데 그 습격했다는 악마들의 시체는 어디 있어?"

주변을 살피던 그레이스가 묻는 말에 강우는 막힘없이 답했다.

"죽이고 나서 얼마 지나자 몸이 검은 가루가 되어 흩어졌습니다."

"아, 그러고 보니 전에 오리악스도 그렇게 됐지."

차연주가 예전의 기억을 더듬으며 고개를 끄덕였다.

그레이스는 고개를 갸웃거렸다.

"그래? 이상하네. 내가 악마를 잡았을 때는 그러지 않았는데."

당연했다. 악마는 죽는다고 해서 몸이 가루가 되어 흩어지지 않으니까. 오리악스가 가루가 되어 흩어진 것처럼 보인 이유는 어디까지나 강우가 포식의 권능을 사용했기 때문.

'하지만.'

태연하게 입을 열었다.

"악마마다 다른 것 같습니다. 저희는 아직 악마에 대해 잘 모르니까요."

"그건 그렇지."

악마와의 본격적인 싸움이 시작된 것은 불과 몇 년. 그들의 정체에 대해서 정확히 모르는 이상 되는 대로 설정을 가져다 붙여도 그러려니 하며 넘어갈 수밖에 없었다.

'설정 짜기 얼마나 좋아.'

무슨 일이 일어나도 그 악마는~ 이라는 두루뭉술한 설명으로 얼버무릴 수 있으니 이 얼마나 편한 일이란 말인가.

"그보다 천무진 님. 악마들이 마을을 습격한 것을 보니……."

"오늘 찾았던 흔적이 악마교의 것이 확실한 것 같소."

가이아가 한숨을 내쉬며 한 물음에 천무진은 고개를 끄덕였다.

그 이야기에 강우의 눈이 빛났다.

"흔적을 찾으셨다고요?"

"그렇다네. 검룡이 습격당했다는 소식을 듣기 전에 악마교로 보이는 흔적을 찾았네."

"사실 제가 이곳에 온 건 흔적을 발견했다는 천무진 님의 연락을 들었기 때문입니다. 그리고 오던 도중에⋯⋯."

"검룡이 습격당했다는 소식을 들었지."

"⋯⋯"

강우는 가늘게 눈을 떴다.

'그럼 애초에 가이아와 그레이스가 이곳에 온 이유가 시훈이 때문이 아니었군.'

어쩐지 두 사람이 지나치게 빨리 왔다고 생각했는데 김시훈이 습격당했다는 소식을 듣기 전부터 이쪽으로 향하고 있었다면 말이 됐다.

'그나저나.'

천무진에게 물었다.

"흔적이라는 것이 정확히 무엇이었습니까?"

"그 악마교가 사용하는 악마 소환 마법진 있지 않나? 그걸 찾았네."

"주변에 그 만주 전쟁에 봤던 이상한 몬스터들도 있었어."

차연주가 다가왔다. 그녀는 손에 든 물건을 강우에게 내밀었다.

"그리고 마법진 중앙에 이것도 있더라고."

"이건……."

역십자가 형태의 검은 말뚝.

강우의 표정이 굳었다.

'균열의 씨앗.'

악마교가 가이아 시스템을 약화시키기 위해 사용한 물건.

'상태를 보니 박아 넣은 지 얼마 안 됐어.'

말뚝은 먼지 하나 없이 말끔했다. 차연주가 오면서 일부러 닦았을 리도 없으니 근처에 균열의 씨앗을 심은 악마교가 있다는 의미.

"아마 이것 때문에 몬스터들의 습격 소동이 일어난 모양이더라고."

"주변 몬스터들이 평소보다 훨씬 흉포해져 있는 상태였다."

차연주의 말에 이어 백화연이 고개를 끄덕였다.

"……."

강우는 굳게 입을 다물었다.

내상을 치료받던 김시훈이 몸을 일으키며 말했다.

"그렇다면 마을을 습격한 것도 악마교의 짓인 것 같습니다."

"저도 그렇게 생각해요, 김시훈 수호자님."

'아니야.'

강우는 표정을 굳힌 채 작게 고개를 저었다.

말파스, 페넥스, 할파스. 방금 전에 상대했던 세 악마들을 떠올렸다.

'놈들은 악마교와 연관이 없어.'

그들은 루시퍼의 하수인. 에르노어 대륙에서 온 악마들이었다. 지구에 있는 악마교와는 연관점이 없었다.

'하지만.'

균열의 씨앗과 마물들, 소환 마법진까지. 그것을 루시퍼의 하수인들이 한 일이라고도 생각되지 않았다.

강우의 눈이 반짝였다.

'그렇다면.'

두 사건을 전혀 연관이 없는 별개의 사건이라고 생각했을 때, 이 두 가지를 충족시킬 수 있는 가설은 하나였다.

'악마교가 움직였다.'

루시퍼의 하수인들은 중간에 우연히 끼어든 불청객에 불과했을 뿐. 몬스터들을 마물로 바꿔 토착민들을 습격했던 것은 악마교의 짓이었다는 것.

거기까지 생각이 닿자 강우의 입꼬리가 올라가기 시작했다.

'크으! 이걸 또 이렇게 해주시나요!'

물가에 미끼를 뿌려놓은 채 루시퍼가 낚이기를 기다리고 있는 상황. 그런데 악마교가 그사이 심심하지 말라고 알아서 튀어 올라 낚싯배에 떨어진 기분.

"소환 마법진이 한 개가 아니었던 거로 봐서는…… 저번처럼 대규모 소환의 가능성도 생각해야 할 것 같아요."

'악마교니이이이임!'

주먹이 불끈 쥐어지고 광대가 절로 승천했다.

마기 스탯 130. 어떤 방법으로 도달해야 할까 고민하던 것을 한 번에 날려 버려주는 맞춤형 솔루션. 악마교가 사랑스럽게까지 느껴질 정도였다.

'이제까지 어디 있으시다가 이제 오셨습니까!'

사실, 이제 슬슬 악마교가 움직일 때가 되기는 했다. 균열의 씨앗을 뿌린 후로 오랫동안 움직임을 전혀 보이지 않고 있었던 것은 사실이었으니까.

하지만 타이밍이 워낙 공교롭다 보니 덩실덩실 춤을 추고 싶을 정도로 기쁜 마음이 솟아오르는 것도 당연. 그것도 8차 각성 특성을 개화하기까지 딱 한 걸음 남은 상황에서 그들이 대규모 소환을 준비해 주니 이보다 기쁠 수가 없었다.

'믿고 있었습니다.'

사실 균열의 씨앗 계획이 쫄딱 망해 버려 악마교가 잠적해 버린 것이 아닐까 걱정하기도 했지만, 그들은 포기하지 않았다.

언젠간 그들이 일어서리라는 것을, 온갖 고난과 역경을 딛고 일어서 세계를 어둠에 잠기도록 만들어줄 것이라고 굳게 믿고 있었다.

'저는 악마교님들이 해내 주실 거라고 믿고 있었습니다!!'

어떤 악마를 소환할지, 얼마나 많은 악마를 소환할지는 알 수 없었다. 하지만 지금 상황에서 무슨 대공이라도 부활시키지 않은 이상 강우가 상대하기 곤란한 악마는 없었다.

'그리고 대공일 확률은 거의 없지.'

오리악스 때와 같은 소환 마법진이 그려져 있다고 했다. 현재 구천지옥에는 대공이 존재하지 않으니 적어도 '소환'으로는 대공을 불러올 수 있을 리가 없었다.

에르노어 대륙에 있는 루시퍼나 혹시 다른 차원에 떨어진 대공들을 소환할 가능성도 있었지만 이제까지 악마교가 구천지옥의 악마, 마물들만을 소환했다는 것을 생각하면 가능성은 낮았다.

즉, 악마교 셰프들이 정성스럽게 준비해 준 코스 요리를 걱정 없이 받아먹기만 하면 된다는 의미.

'악마교님들이 주신 도시락의 맛…… 평생 잊지 않겠습니다.'

악마교의 크나큰 은총에 조금 전까지만 해도 찬양했던 티리온에 대한 경외심이 눈 녹듯이 사라졌다.

'좀팽이 자식.'

강우는 지난 만 년을 통틀어도 손에 꼽을 만큼 고통스러웠던 기억을 떠올렸다.

빛에 신념을 바치라니 뭐니 말만 번지르르하게 하고는 막상 세계를 지키려 필사적으로 노력하는 진정한 영웅을 알아보지도 못했다. 위대한 악마교님들처럼 아낌없이 퍼주면 뭔가 덧난다는 말인가.

울분이 솟아올랐다. 아니, 이쯤 되니 그의 빈자리에 눈물을 글썽였던 자신이 한심하게 느껴질 정도.

'내가 섬겨야 할 존재는 빛이 아니었어.'

레이날드라는 똥을 던진 쓰레기를 찬양할 때가 아니었다.

강우는 두 주먹을 불끈 쥐며 하늘 높이 올렸다. 날이 저물며 하늘에 어둠이 내려앉고 있었다.

'오늘부터 내가 섬길 존재는 악마교다!'

빛은 날 배신했다!

강우가 빛날배를 외치고 있을 때. 가이아는 걱정스러운 표정으로 그 이름을 중얼거리고 있었다.

"악마교……."

그녀의 몸은 곧 가늘게 떨리기 시작했다.

"어떻게 할 거야? 지금 바로 소환 마법진이 발견된 곳으로 갈까?"

"하, 하지만 김시훈 수호자님이."

"전 괜찮습니다."

김시훈이 몸을 일으켰다.

상처가 나았다고는 절대 말할 수 없는 상태였지만 이런 위급한 상황에 누워 있을 수는 없는 노릇. 그는 비틀거리는 두 다리에 힘을 준 채 검 자루를 움켜쥐었다.

"……."

가이아는 굳게 입을 다물고 원피스의 치맛자락을 손으로 움켜쥐었다.

"너무, 위험한 일입니다."

김시훈이 보인 투지에도 그녀는 망설였다.

사실 그녀의 입장에서 생각하면 망설이는 것이 당연했다. 예언의 악마, 사탄의 손에 비밀 창고가 습격당했고, 힘들게 모아놓은 균열의 씨앗을 빼앗겼다.

수호자 알렉과 신의 사도 레이날드가 죽었다. 방금 전만 해도 강우가 나타나지 않았다면 김시훈이 죽을 위기에 처했다. 그런 상황에서 망설이지 않는 것이 오히려 이상한 일.

"차라리 조금 더 시간을 들여서 적의 전력을 살핀 후, 각국의 도움을 받아서 그들을 토벌하는 것이……."

그녀는 조심스러운 목소리로 말을 이었다.

일리 있는 말이었다. 이미 몬스터의 영역이 된 남미에서 악마교가 대규모로 악마를 소환한다고 해서 인명 피해가 엄청나지는 않을 것이다. 만주 벌판에서 이뤄졌던 전쟁처럼 시간을 들여 군대를 조직한 후 그들과 대적하는 것이 일반적인 선택.

"가이아 씨."

강우가 앞으로 나섰다.

그녀가 망설이는 이유는 충분히 이해하고 있었다. 하지만, 그렇다고 해서 지금 꾸물거리고 있을 수는 없었다.

'저번처럼 악마들만 쏙 빼놓고 도망칠 수 있단 말이지.'

그때는 그쪽에서 갑작스럽게 식권을 발송해 줘서 뒤를 쫓을 수 있었다. 하지만 이번에도 그러리라는 법은 없었다. 아니, 이전에 당했던 것을 생각한다면 똑같은 방법을 사용할 리가 만무. 지금이 기회였다. 소환을 막 하기 시작한 '골든 타임'을 놓치면 소환한 악마들을 빼돌릴 가능성이 농후했다.

'그렇게 둘 수는 없지.'

"지금 그들에게 시간을 주게 된다면 얼마나 더 큰 피해가 일어날지 예상할 수 없습니다. 조금이라도 빠르게 공격해야 합니다."

"그건…… 알고 있습니다. 하지만."

"어떤 고민을 하고 계신지 알고 있습니다. 레이날드 씨나 알렉 씨 때처럼, 악마의 손에 저희들이 죽는 걸 걱정하고 계시겠죠."

"……."

정곡을 찌르는 말에 가이아는 굳게 입을 다물었다.

강우는 마기를 일으켰다. 동시에 만마전에 집어삼켜진 티리온의 기운을 살짝 첨가했다. 그러자 평소처럼 검은 기운이 아닌 약간 탁한 황금빛이 은은하게 그에게서 흘러나오기 시작했다. 사이다 맛 콜라처럼 그냥 색만 다르지 마기인 것은 똑같았지만, 시각적인 효과 하나는 꽤나 뛰어났다.

"아……."

주변 사람들 입에서 탄성이 흘러나왔다.

은은한 황금빛에 휩싸인 강우의 모습은 말 그대로 빛의 용사 그 자체. 온갖 만화, 소설에서 클리셰로 등장한 연출이지만 애초에 그 연출에 '클리셰'라는 표현이 붙은 이유가 있었다.

'반응 좋고요.'

마음속으로 웃음을 삼키며 나지막이 입을 열었다.

"하지만, 죽음을 두려워해서는 결국 그 누구도 지킬 수 없습니다."

"……."

"물론, 멍청하게 오기를 부리는 것이 아닙니다. 정의감에 눈이 멀어 사지로 뛰어들려는 것도 아닙니다. 방금 전 악마들을 상대해 보고 내린 결론입니다."

마해의 열쇠를 사용해 레이날드가 사용했던 황금의 검, 델라인을 만들어낸 강우는 검 자루를 움켜쥐고 땅에 박았다.

"악마들은 분명 강대한 적이지만, 상대할 수 없는 존재는 아닙니다."

'캬, 연출 한번 끝내주고!'

"하지만 그렇다고 해도 시간을 들여……."

"시간이 지날수록 피해는 커집니다. 이곳도 소수에 불과하지만, 사람들이 살고 있지 않습니까?"

타오르는 눈빛. 굳게 다문 입술. 결코 굽힐 수 없는 의지가 그에게서 풍기고 있었다.

"아무리 그들이 소수에 불과하더라도, 저희는 지켜내야 합니다."

'와와, 시바. 내가 말하고도 기가 막힌다, 이건!'

"사람의 목숨에… 숫자는 중요치 않으니까요."

'아, 이거 참! 이러다가 가이아가 나한테 반하면 어쩌냐? 너무 멋진 거 아냐?'

즉흥적으로 생각해 낸 연출과 대사에 뿌듯함이 밀려왔다.

가이아는 뒤통수를 한 대 얻어맞은 듯 입을 벌렸다.

'제발……'

강우는 간절한 표정으로 그녀를 바라보았다.

'제발 오그라든다고 하지 말아줘.'

지금 여기서 그녀가 어처구니없다는 듯 헛웃음이라도 흘리면 차오르는 자괴감에 죽어버릴 수도 있었다.

농담이 아니었다. 필사적으로 자기 암시를 하고 있었지만 방금 전 내뱉은 대사는 도저히 포장이 불가능했다.

"그렇군요. 저는… 겁쟁이에 불과했군요."

'오, 슈바. 아닌 것 같다.'

"강우 씨의 말이 맞습니다. 저희는 가디언즈. 세계를 수호하는 존재입니다. 죽음을 두려워해서는 그 누구도 지킬 수 없습니다."

'비웃지 않아 주셔서 감사합니다, 가이아 님!'

어렵지 않게 넘어와 준 그녀의 모습에 감격이 차오르고 조마조마했던 마음이 편안해졌다.

"바로 소환 마법진이 발견된 곳으로 가죠. 천무진 님, 안내를 부탁드립니다."

"알았네."

천무진이 몸을 돌려 달려갔다. 가디언즈를 비롯한 일행이 그 뒤를 따랐다.

"……야."

차연주가 강우의 어깨에 손을 올렸다.

그녀는 도저히 참을 수 없다는 듯, 일그러진 표정으로 말을 이었다.

"토할 것 같아."

"……."

"쯧."

묵직한 팩트가 명치를 찔렀다.

그 말을 끝으로, 차연주는 강우를 홀로 내버려 둔 채 천무진의 뒤를 따라갔다.

침묵이 내려앉았다.

강우는 두 손으로 얼굴을 덮었다. 뒤늦은 자괴감이 밀려왔다.

'나도 토할 것 같아…….'

영웅이 되는 길은 멀고도 험난했다.

천무진의 뒤를 따라 소환 마법진이 발견된 장소로 향했다. 장소는 지구의 폐라고 할 수 있는 아마존.

일행은 일반인이라면 걷는 것조차 힘든 드넓은 정글을 질주했다. 그랜드 캐니언과 같은 암석 지대에 비해 움직이는 것이 훨씬 힘들기는 했지만, 그래도 이곳에 모인 플레이어들은 최고 랭커급 이상의 괴물들. 이 정도 악조건에서 움직이는 것은 그다지 어렵지 않았다.

"키에에에엑!"

촤악!

달려오는 마물 하나가 천무진의 검에 반으로 갈라졌다.

강우는 직접 전투에 참여하는 대신 주시자의 권능을 사용해 주변을 수색했다.

'악마교가 움직인 게 맞아.'

이제는 익숙하게 느껴지는 악마교의 흔적. 그 흔적의 뒤를 쫓았다.

'멀지 않아.'

혼적의 뒤를 쫓을수록 점점 더 강력하고, 많은 숫자의 마물이 나타났다. 이전 블라디보스토크 때처럼 대규모 소환을 준비하고 있다는 추측이 사실인 듯 넓은 범위에 걸쳐 마기가 퍼져 있었다.

'하지만.'

깊은 곳의 마기를 사용할 수 있는 지금의 그라면 넓은 범위에 걸쳐서 뿌려진 마기의 근원을 찾는 것은 어렵지 않았다.

강우는 한쪽을 가리켰다.

"이쪽입니다."

"다른 혼적을 발견하신 건가요?"

"아뇨."

어떻게 위치를 알았는지에 대한 최고의 변명은 이미 생각해둔 상태.

"티리온 님의 힘이 저쪽을 가리키고 있습니다."

사탄에 이어 새롭게 생긴 두 번째 치트 키. 영웅신 티리온의 이름을 팔면 어떤 상황에라도 대처할 수 있었다.

"빨리 가죠."

"늦을수록 무슨 일이 일어날지 모릅니다."

김시훈과 가이아가 그의 말에 동의했다.

가이아를 안고 있는 그레이스는 고개를 끄덕이며 강우가 가리킨 방향으로 발을 박찼다.

"누구냣!"

"크읏! 어떻게 이곳을 알고……."

'빙고!'

울창한 넝쿨 사이를 뚫고 가자 나무를 베어내어 만든 공터가 나타났다. 그곳에 보이는 것은 검은 로브를 입은 악마교도들.

'반갑다, 인마!'

악마교도를 발견하니 광대가 절로 승천했다.

강우는 빠르게 주변을 살폈다. 그가 진정으로 원하는 것은 악마교도, 마기에 오염된 몬스터도 아니었다.

-저놈들은 누구지.

-전에 들었던 가디언즈인가, 그곳에 속한 인간들인가.

악마교도들의 뒤에서 악마들이 나타났다.

강우의 눈이 반짝였다.

'그렇지!'

전에 소환된 악마들과는 급이 달랐다. 적어도 칠천, 그중에서는 팔천지옥에 속하는 악마들도 몇몇 보였다. 나타난 악마의 숫자는 열둘.

'좀 숫자가 적기는 하지만.'

입술을 핥았다. 소환 의식이 펼쳐지고 있는 장소와 악마교도들의 숫자를 살폈다.

'소환 의식이 여기서만 이뤄지는 건 아닐 거야.'

마기가 상당히 넓은 범위에 걸쳐 퍼져 있던 것을 생각하면 소환 의식이 이뤄지고 있는 장소는 몇 군데 더 있을 것이다. 즉, 눈앞에 보이는 악마들 말고도 다른 악마 무리가 더 소환됐을 가능성도 충분하다는 의미.

'해냈구나, 애들아!'

악마교의 노력에 절로 탄성이 흘러나왔다.

'이 사랑스러운 새끼들!'

균열의 씨앗을 통해 가이아 시스템의 힘을 약화시켰다고는 하나 칠천지옥급 이상의 악마들을 대규모로 소환하는데 얼마나 피똥을 쌌을지 상상하는 것은 어렵지 않았다.

-하! 그래 봐야 인간! 벌레들이 발버둥 친다고 무엇이 달라지겠는가!

네 개의 뿔과 여섯 개의 눈을 가진 악마가 폭소를 터뜨리며 앞으로 걸어 나왔다.

-자락사스 님, 저 인간 놈들은 저희가……

-아니, 간만에 피 맛을 좀 보고 싶군! 내가 직접 가겠다.

팔천지옥의 악마 자락사스. 그가 지옥불을 양손에 피워 올리며 앞으로 걸어 나왔다.

그의 수하로 보이는 악마들이 망설이는 표정으로 주춤거리자, 자락사스의 부관이 고개를 절레절레 저으며 악마들에게 입을 열었다.

-즐기시게 놔둬.

-아…… 명을 받들겠습니다!

부관의 명에 악마들은 깊게 허리를 숙였다.

곧 자락사스가 거칠게 발을 구르며 외쳤다.

-팔천지옥의 지옥불길 군주! 자락사스 님이 너희들을 상대해 주마!

그가 양팔을 넓게 펼치자 거대한 열기가 뿜어져 나왔다.

주변 초목들이 순식간에 말라비틀어지는 광경에 가디언즈의 표정이 딱딱하게 굳었다.

자락사스는 그 모습을 바라보며 입가를 비틀어 올렸다.

-오라! 하찮은 필멸자들이여!

강우가 앞으로 달려들었다. 그의 손에는 찬란히 빛나는 황금빛 검이 쥐어져 있었다.

홀로 달려드는 강우의 모습을 본 악마교도가 웃음을 터뜨렸다.

"크크크크! 어떻게 이곳을 알아냈는지는 몰라도 이미 늦었다!"

그는 경외감에 찬 눈빛으로 자락사스의 늠름한 뒷모습을 바라보았다.

"만주 전투 때와는 다를 것이다! 지금 우리에게는 지옥불길의 군주, 자락사스 님이 있다!!"

콰드드드득!

-커헉! 억! 어, 어떻게…….

휘둘러진 황금빛 검이 자락사스의 몸을 어깨에서부터 사타구니까지 길게 갈랐다. 단 일격을 막아내지 못한 그의 몸이 반으로 쪼개져 쓰러졌다.

"엥?"

악마교도의 두 눈이 부릅떠졌다.

두 쪽으로 쪼개져 쓰러진 자락사스의 몸이 검은 연기가 되어 흩어졌다.

"뭐, 뭐야 이거? 분명 지옥불길의 군주 자락사스 님이……."

있었는데요.

"대, 대체 뭐가 어떻게 된 거냐고!!"

없었습니다.

-자락사스 님?

-대체 무슨 일이……?

악마교도만이 아닌, 악마들 사이에서도 거센 동요가 퍼졌다. 경악스럽다기보다는 어리둥절한 반응.

장렬하게 싸우다가 패배했다면 '자락사스 님이 인간 따위에게 지다니!' 같은 리액션이라도 취할 수 있었을 텐데 이건 그것도 아니었다. 단 한 번의 일격을 막지 못하고 반으로 갈라져 죽을 줄이야. 지옥불길 군주라 스스로를 칭하던 강력한 자락사스의 모습은 볼 기회조차 없었다.

-자락사스 님의 의도인 건가?

-하지만 자락사스 님이 왜 굳이…….

이제는 자락사스의 저런 모습이 일종의 속임수가 아닐까 하는 추측까지 나오기 시작했다. 그만큼 자락사스가 인간의 일격을 버티지 못하고 죽은 것은 큰 충격이었다.

"가, 강우 씨……?"

"허. 정녕 인간이 맞기나 하단 말인가."

한설아를 비롯한 강우 일행의 입도 쩍 벌어졌다. 천무진은 몇 개월 전 그와 대련을 했을 때와 도저히 비교 자체가 불가능한 강우의 신위(神威)에 믿을 수 없다는 표정을 지었다.

그들 중 그나마 담담한 표정을 짓고 있는 것은 강우가 지닌 힘에 대해 어느 정도 알고 있는 김시훈과 가이아 정도.

"형님은 얼마 전 영웅신 티리온 님의 힘을 받아 그의 사도가 되셨습니다."

"……그럼 저게 신의 힘이란 말인가?"

"예."

김시훈의 말에 일행들은 자연스럽게 고개를 끄덕였다. 영웅신 티리온. 그 존재가 누구인지는 모르나 과연 '신'이라는 이름이 부족하지 않다는 생각이 들었다.

차연주는 믿기 힘든 말에 헛웃음을 잠시 흘리더니 이내 고개를 절레절레 저었다.

그녀의 양손에 채워진 붉은 팔찌가 빛을 뿜었다.

"일단 나중에 자세하게 얘기를 들어볼게. 지금 강우 저놈이 왜 저렇게 강해졌는지 떠들 때가 아니니까."

"그렇군."

천무진 또한 검을 들어 올렸다.

악마들이 상황 파악을 하지 못한 것도 잠시. 이내 그들은 자락사스의 죽음을 받아들이고 혼란에 빠지기 시작했다. 공격하기에 딱 좋은 상황이라는 것은 굳이 물어볼 필요도 없는 상황.

차연주는 악마들을 향해 달려들기 전, 자조 섞인 미소로 한숨을 내쉬었다.

"젠장. 이제 뭐, 악마고 신이고 다 튀어나와도 그냥 그러려니 하는 기분이네."

지난 몇 년에 불과한 짧은 시간 동안 세상이 얼마나 격하게 바뀌었는지 실감이 가는 부분.

"하아."

다시금 한숨이 흘러나왔다. 질린 듯 한숨을 내쉰 그녀가 주먹을 움켜쥐었다.

악마교도를 노려보는 그녀의 눈빛이 날카롭게 빛났다.

'악마니 천사니 신이니 다 튀어나와도.'

그녀의 목표는 하나.

악마의 뒤에 숨어 무언가 소리치는 악마교의 모습이 보였다. 그들은 상황이 이상하게 돌아가자 통신용 수정 구슬을 통해 무언가 소리치며 다른 곳으로 도망치려고 했다.

"어딜 도망가려고."

주먹을 움켜쥐었다. 붉은 쇠사슬이 공중으로 떠올라 그녀의 몸을 휘감았다.

천무진과 백화연, 천소연, 구현모가 무기를 빼어 들었다. 강태수는 방패를 들어 올렸고 한설아의 강력한 버프가 플레이어들에게 퍼져 나갔다.

그리고. 인간과 악마. 두 세력 간의 전투가 시작됐다.

검을 찔렀다.

은은한 황금빛을 뿜어내고 있는 영웅신 티리온의 검, 델 라인. 정확히는 델 라인의 형상만을 마해의 열쇠를 통해 모조한 가짜.

하지만, 형상만을 본떴다고 하더라도 그 원본이 되는 무기는 초월 등급의 무기인 마해의 열쇠. 검이 뿜어내는 힘은 레이날드가 사용하던 델 라인 이상이었다.

콰득!

-커헉!

검이 악마의 마기 방벽을 찢어발기며 그 몸을 꿰뚫었다.

특별한 권능조차 필요 없었다. 압도적인 신체 스펙의 차이. 무식하게 힘으로 찍어 눌러도 악마들은 아무런 대처조차 하지 못했다.

'많이 강해지긴 했네.'

지난 몇 달에 불과한 시간 동안 자신이 얼마나 강해졌는지 실감이 났다. 오리악스가 처음 소환됐을 때와 비교하면 정말 격변이라고 불러도 좋을 정도의 차이.

'하지만.'

강우는 포식의 권능을 사용했다.

악마의 몸이 바닥에 떨어지기도 전에 그에게서 은밀하게 뿜어져 나온 검은 연기들이 그 몸을 뜯어 먹었다. 남들이 보기에는 악마의 시체가 검은 연기가 되어 흩어지는 것처럼 보일 것이다.

['영혼을 거두는 자' 특성이 발동됩니다.]

악마가 지닌 마기와 영혼이 그의 몸 안으로 흘러들어 왔다. 영혼을 거두는 자 특성이 발동되며 만마전의 깊은 쪽으로 향하는 통로가 아주 살짝 확장되는 것이 느껴졌다.

'아직 부족해.'

목을 태우는 갈증. 아직 그가 원하는 130 스탯에 도달하기까지는 한참 부족하다는 것이 직감적으로 느껴졌다.

강우는 발을 박차고 검을 휘둘렀다.

'조금 더. 조금 더.'

힘에 대한 갈망, 갈증. '강해진다'는 그 무엇으로 대신할 수 없는 원초적인 쾌락.

-오, 오지 마!

-아아아악!

콰드드득! 콰직!

살점을 뜯어내자, 잘려 나간 육편(肉片)이 높게 비상했다. 비릿한 혈향이 코를 자극했다. 기분 좋은 냄새였다.

"하아."

강우는 숨을 들이쉬었다. 새하얀 가면에 검은 핏물이 튀어 오른 모습. 피에 취한 듯 가늘게 어깨를 떨고 있는 그의 모습은 영웅신의 사도라기에는 지나치게 악마에 가까웠다. 압도적으로, 반항할 생각조차 하지 못할 정도로 철저하게 악마들을 학살했다.

그가 소환 의식으로 소환된 열두 악마들을 모조리 잡아먹기까지는 오랜 시간이 필요하지 않았다.

"크윽!"

"지, 지원! 지원을 요청해!"

악마교도들이 다급히 소리쳤다. 그들은 수정 구슬을 들어 올리며 어딘가로 연락하고 있었다.

차연주가 앞으로 달려가 그들을 공격하려는 모습이 보였다.

"잠깐."

"……왜?"

"조금만 기다려 봐."

강우는 차연주의 앞을 막아서며 말했다.

그녀는 가늘게 눈을 뜨며 어딘가로 연락하는 악마교를 바라보았다.

"미끼로 사용하게?"

"응."

강우는 고개를 끄덕였다. 이쪽에서 움직이지 않아도 알아서 지원 병력을 불러준다는데 굳이 나서서 고생할 필요는 없었다.

'배달 주문 들어갑니다~!'

수정 구슬을 통해 지원 병력을 부르는 악마교도의 모습이 사랑스럽게까지 느껴질 지경.

강우는 지친 듯 거친 숨을 몰아 내쉬며 몸을 굽혀 가슴을 움켜쥐었다. 당장에라도 쓰러질 것 같은 메소드 연기에 악마교도의 눈이 빛났다.

"저, 적의 병력은 지쳐 있다! 빨리 지원을 보내줘!"

'그렇지!'

그는 가면으로 얼굴을 숨긴 채 짙은 미소를 지었다.

악마교도의 다급한 외침이 닿았기 때문일까, 멀지 않은 곳에서 마기를 가진 무리가 이쪽으로 향하는 것이 느껴졌다.

입가에 절로 미소가 지어지며 어깨가 들썩였다.

'어서 더 불러와라.'

이곳에서 벌어지는 소환 의식이 하나가 아니라는 것은 이미 예상하던 사실. 악마들이 얼마나 몰려올지는 예상할 수 없지만 그 숫자가 보통이 아닐 가능성이 컸다.

'마기가 퍼져 있는 범위가 그렇게 넓었으니까.'

주시자의 권능으로 확인한 대부분의 지역에 마기가 퍼져 있었다. 그만큼 강력하고 많은 악마가 소환되어 있을 것은 자명한 사실.

'아주 좋아.'

돌아가는 상황이 몹시 마음에 들었다. 조금씩이지만 만마전의 깊은 쪽으로 향하는 통로는 확장되고 있었고, 가이아를 비롯한 주변 동료들에게는 영웅신 티리온의 사도로서의 모습을 각인시켜 주고 있었다.

'영웅 이거 뭐 조금 오그라드는 것만 참으면 별거 아니네.'

적당히 빛 좀 뿜어주면서 손발이 찌그러지는 대사 몇 번만

쳐주면 영웅이 되는 것은 순식간. 거기에 더해 영웅신의 사도라는 배경까지 곁들여지니 그를 영웅이라 부르지 않는 것이 이상할 정도였다.

그가 친 대사에 토할 것 같다는 반응을 보였던 차연주조차 그를 바라보는 시선이 묘하게 달라졌을 정도이니 그 효과가 얼마나 뛰어난지는 말할 것도 없었다.

'이대로 악마교놈들을 쓸어버리기만 하면.'

그의 힘을 성장시키는 것과 동시에 영웅으로서의 입지를 단단히 굳힐 수 있었다. 가이아를 비롯한 가디언즈의 신뢰는 더욱 두터워질 것이고, 발언권 또한 가이아 못지않게 강해지는 것, 아니, 궁극적으로는 가이아 이상의 발언권을 가지는 것이 그의 목표.

'가디언즈를 통째로 손에 넣는다.'

입가가 비틀어 올라갔다.

진정한 영웅, 영웅신 티리온이 이미 레일을 깔아둔 상태. 자신은 그가 친히 깔아준 레일을 따라 편안하게 달려가기만 하면 됐다.

'크으! 사탄! 티리온! 너희 둘밖에 없다!'

예언의 악마라는 오명을 벗으며 영웅신의 사도가 되어 가디언즈를 이끌 재목이 되기까지. 사탄과 티리온의 헌신적인 희생이 없었다면 결코 이 정도로 달달한 상황까지는 올 수 없었을 것이다. 그들에 대한 감사의 마음이 가슴속 깊은 곳에서 흘러나온 것은 당연했다.

그때였다.

"당신들에게 묻고 싶은 것이 있습니다."

가이아가 그레이스의 부축을 받으며 앞으로 걸어갔다. 그녀는 가녀린 주먹에 힘을 주며 억눌린 목소리로 입을 열었다.

"여러분들은 어째서 사탄 같은 사악한 악마의 명령을 따르는 거죠?"

수정 구슬을 통해 지원을 요청하고 있던 악마교도의 시선이 그녀에게 향했다.

가이아의 몸이 가늘게 떨렸다.

"왜, 대체 어째서… 이 아름다운 세계를 파괴하려 하는 겁니까."

입술을 깨물었다. 이제까지 쌓인 울분을 토해내듯, 그녀는 소리쳤다.

"레이날드 씨를 죽이고, 알렉 씨를 죽이고… 다른 수많은 사람을 희생시키면서까지 대체 뭘 얻고 싶으신 겁니까!"

터져 나온 외침과 함께 그녀의 뺨을 타고 투명한 눈물이 흘러내렸다.

신뢰하고 있던 사람들이 죽었다. 함께 세계를 지키자고 맹세한 동료가 무참하게, 참혹하게 살해당했다. 신의 사도라고는 하나 그녀의 본성은 가녀린 여인에 불과했다. 그 순간마다 어떻게든 마음을 다잡고 일어서려 했지만, 가슴 속에 스며든 깊은 슬픔과 분노는 쉽사리 사라지지 않았다. 그것이 지금 악마교들의 모습에 폭발한 것.

"가이아, 진정해."

그레이스가 슬픈 눈빛으로 가이아의 어깨를 붙잡았다. 그녀의 어깨는 가늘게 떨리고 있었고, 눈에서는 눈물이 멈추지 않고 있었다.

"가이아 씨……."

슬퍼하는 그녀의 모습에 김시훈 또한 가슴을 움켜잡았다.

"……뭐?"

"사탄의 명령을 따른다고? 무슨 소릴 하는 거야?"

악마교도는 서로의 얼굴을 쳐다보며 고개를 갸웃거렸다. 그들은 무슨 헛소리를 하냐는 표정으로 가이아를 바라보았다.

악마교가 악마를 섬기는 것은 사실이었다. 하지만 그들에게 명령을 내리는 존재는 사탄이 아니었다. 사탄은 악마의 상징 같은 존재이니 그냥 비유적인 표현에서 그렇게 사용할 수 있다고 하지만 그 뒤에 이어진 말은 더욱 이해하기 힘들었다.

"레이날드는 누구고 알렉은 또 누굴 말하는 거지?"

어리둥절한 표정. 서로에게 너는 아냐? 라는 듯한 눈빛을 보내며 그들은 고개를 갸웃거렸다.

"……?"

묘해지는 분위기.

'이런 시바.'

강우의 표정이 굳었다.

악마교도들이 진짜 어리둥절해하는 모습에 가이아와 김시훈도 눈살을 찌푸리며 무슨 상황인지 파악하려 하고 있었다.

'안 돼!'

갑분싸라는 말이 딱 어울리는 상황.

'그렇다면.'

강우의 눈이 빛났다. 지금 상황을 해결할 수 있는 방법은 한 가지뿐.

그가 델 라인의 형상을 한 마해의 열쇠를 높이 들어 올리자 황금빛 광휘가 터져 나왔다.

"어디서 감히 나를 기만하려 하는가!"

"뭐?"

"너희들이 나의 아이, 레이날드를 죽인 사실을 모를 거라 생각했나?"

"아니, 그러니까 레이날드가 누구……."

"닥쳐라!!"

거칠게 발을 굴렀다. 폭발하는 기운과 함께 대지가 요동쳤다.

"어찌! 어찌 인간의 탈을 쓰고서 그렇게 뻔뻔할 수 있느냐!"

퍼져 나가는 광휘. 영웅신 티리온의 사도는 황금빛으로 빛나는 검을 양손으로 움켜쥐었다.

"아⋯⋯."

"저건."

가이아와 김시훈의 입에서 탄성이 흘러나왔다.

지금까지와는 비교할 수 없는 광휘. 평소 강우가 사용하는 것과는 다른 중후한 말투.

"강신(降神)."

악마교도의 뻔뻔한 모습에 분노를 참지 못한 티리온이 강우의 몸을 빌려 현신했다고밖에 생각할 수 없는 상황.

분노한 신의 모습에 가이아는 꿀꺽 침을 삼켰다.

"아니, 시바 그러니까 대체 걔들이 누군⋯⋯."

"더 이상 얘기할 가치도 없는 쓰레기 같은 놈들!"

강우의 몸을 빌려 강림한 영웅신 티리온이 악마교도에게 달려들어 검을 휘둘렀다.

"빛의 심판을 받아라!"

악마교도들의 머리가 검면에 후려 맞아 터져 나갔다.

퍼억!

검이 빛을 뿌렸다. 검면에 후려 맞은 악마교도들의 머리가 동시에 터졌다.

끔찍한 광경. 피로 점철된 그곳에서 신은 분노하고 있었다.

"네놈들이 감히… 네놈들이……."

슬픔에 잠긴 목소리. 폭발하듯 뿜어져 나온 광휘가 점차 사그라들었다.

강우의 몸을 빌려 현신한 영웅신 티리온. 그는 참을 수 없는 분노를 느끼며 거친 숨을 몰아 내쉬었다.

"티리온 님……."

"가이아의 아이여."

티리온은 나지막이 말했다. 그는 애잔한 눈빛으로 말을 이었다.

"저들의 말에 귀를 기울이지 마라. 저 사악한 악마들에게서 답을 구하려 하지 마라."

"죄, 죄송합니다."

"악마의 말은 쓰지 않다. 그들은 어디까지나 달콤한 말로, 간악한 거짓말로 너희들을 속이려 할 것이다."

"명심하겠습니다."

진심이 느껴지는 조언에 가이아가 머리를 숙였다. 하지만 아직 풀리지 않은 의문이 하나 남아 있었다.

김시훈이 가이아를 대신하여 그 의문을 입에 담았다.

"티리온 님. 이전 일로 인해 소멸하신 것이 아니셨습니까?"

그때 눈앞에 떠오른 푸른색 메시지. 아니, 굳이 메시지창이 아니라고 하더라도 티리온 본인의 입으로 '소멸을 각오하고 힘을 넘겨주겠다'라고 말했다.

강우에게 모든 힘을 건네준 후 장렬히 산화했다고 생각했던 신이 이렇게 멀쩡히 현신하여 그를 통해 말까지 하고 있으니 의문이 생기는 것은 당연.

"……."

움찔. 보이지 않을 정도로 희미하게, 강우의 몸을 통해 현신한 티리온의 몸이 떨렸다.

하지만 망설임은 잠시. 질문을 예상하기라도 했다는 듯이 술술 말이 쏟아졌다.

"그렇다. 정확히는 내 '신성'이 소멸했지. 지금 나는 신의 힘을 잃어버린 빈껍데기에 불과하다."

"아……."

"이자의 몸을 빌려 현신할 수 있는 기회도 많지 않겠지. 하지만 더 일이 커지기 전에 꼭 이 말을 전하고 싶었다."

타오르듯 뜨거운 눈빛으로 말을 이었다.

"악마에게 속지 마라, 영웅들이여. 그들의 목소리에 귀를 기울이는 순간 사악한 정신이 너희들을 오염시킬 것이다."

간절한 목소리. 주변에 뿜어지는 황금빛이 점점 희미해졌다.

"심연을 바라보지 마라. 심연 또한 그대들을 바라볼……."

빛이 꺼졌다.

"허억! 허억!"

강우가 가슴을 움켜쥔 채 거친 숨을 토해내고는 고개를 들어 주변을 둘러보았다.

"방금 무슨 일이……."

"형님의 몸을 통해 티리온 님이 현신하셨습니다."

"뭐라고?"

강우의 표정이 당혹감에 물들었다. 김시훈의 말이 믿어지지 않는 듯 그는 자신의 손을 내려다보았다.

"기억이 나시지 않습니까?"

"……응. 그보다 티리온 님은 전에 소멸한 게 아니었어?"

"신성은 소멸하셨지만, 아직 형님의 몸 안에 남아계신다고 하시더군요."

"아……."

강우의 입에서 짧은 탄성이 흘러나왔다. 그는 감격스러운 표정으로 자신의 몸을 내려다보았다.

"그랬구나. 아직 내 몸 안에 남아계신 거였어……."

"티리온 님께서 저희를 얼마나 신경 써주고 계시는지 알 수 있었습니다."

가이아가 슬픈 목소리로 말을 이었다.

"그런 그분의 마음도 모르고 전……."

"아뇨. 가이아 씨가 왜 그런 말을 하셨는지는 저도 이해합니다."

강우가 고개를 저었다.

"저도 궁금한 건 사실이거든요. 왜 그들이 이 세계를 파멸로 몰아넣으려고 하는지."

"티리온 님께서는 그들의 말에 귀를 기울이지 말라고 말씀하셨습니다."

"……그렇군요."

고개를 끄덕였다.

악마의 말에 귀를 기울이지 마라. 티리온이 직접 현신까지 해서 한 말이니 쉽게 흘려들을 수 없는 말이리라. 강우는 그 말의 진의를 찾아내듯 표정을 굳혔다.

'시바, 망할 뻔했네.'

심장이 두근거렸다.

'설마 거기서 악마교에게 직접 질문을 할 줄이야.'

가이아의 행동은 이해할 수 있었다. 사탄에게 워낙 당한 것이 많으니 답답한 감정이 쌓이지 않는 것이 오히려 이상한 상황. 지금까지 감정을 억눌러 온 것만으로도 대단한 거였다.

'그래도 티리온 님 덕분에 살았어.'

악마교의 악랄한 입놀림에 상황이 복잡하게 꼬일 수도 있었다.

'비열한 새끼들.'

자신들이 언제 사탄을 따랐냐는 듯, 언제 레이날드와 알렉을 죽였냐는 듯 어리둥절해하는 그들의 모습이 떠올랐다.

대놓고 부정하는 것보다 무슨 헛소리를 들었냐는 듯 고개를 갸웃거리는 디테일한 연기. 자칫하면 자신까지 속아 넘어갈 뻔했을 정도로 그들의 연기는 뻔뻔했다.

'진짜 누가 보면 악마교가 한 짓이 아니라고 생각할 거 아냐.'

티리온의 충실한 사도. 영웅 레이날드의 뒤를 이어 세계를 구원할 영웅이 될 자신조차 순간 헷갈렸을 정도니 악마교도들의 능청스러운 연기가 어느 정도인지 짐작하는 것은 어렵지 않았다.

강우는 고개를 절레절레 저으며 입을 열었다.

"지금은 그들이 왜 이런 사악한 짓을 했는지 생각할 때가 아닙니다."

몸을 돌렸다. 울창하게 펼쳐진 정글. 그곳을 헤치며 악마들이 접근하고 있는 것이 느껴졌다.

티리온의 말이 맞았다. 지금 그들이 왜 이런 일을 하는지, 어째서 아무 죄 없는 레이날드와 알렉을 죽였는지 생각할 때가 아니었다.

쿠웅! 쿵!

"옵니다."

나지막한 한 마디. 가디언즈를 비롯한 강우 일행은 다시 무기를 들어 올렸다.

-하하핫! 멍청한 자락사스 놈! 고작 인간 하나 처치하지 못해서 지원을 바란단 말이냐!

-나약한 인간 놈들에게 악마의 두려움을 새겨주리라!

떵동. 귓가에 환청이 들려왔다.

'왔다.'

애타게 기다리던 배달 음식이 도착한 소리.

강우는 흘러내리는 침을 꿀꺽 삼키며 델 라인을 들어 올렸다.

'왔다!!!'

거칠게 발을 박찼다. 마기를 풀풀 풍겨내는 악마들을 향해 빠른 속도로 달려갔다.

콰드드득!

-커헉!

내리쳐진 델 라인에 악마의 머리통이 짓뭉개졌다. 검은 피가 사방으로 퍼졌다.

강우의 입꼬리가 높이 올라갔다.

'계산은 카드로 할게요!!'

이윽고 학살이 시작됐다.

-커헉! 이, 이게 무슨!

-이런 미친!

다급한 비명 소리가 귓가를 울렸다.

압도적. 그 말이 외에 다른 무슨 표현이 필요할까. 인간이라고 도저히 믿을 수 없는 괴물 하나가 그들을 처참하게 쓸어버리고 있었다.

"하압!"

-크윽!

문제는 선두에서 날뛰는 인간 하나만이 아니었다.

그 인간의 뒤를 이어 달려드는 인간들도 그들이 알고 있던 나약하고, 하찮은 인간이 아니었다. 하나하나가 최소 칠천지옥급 악마 이상, 아니, 그중에는 그보다 더욱 강한 힘을 가진 인간들도 몇 존재했다.

-지, 지원을 더 불러라 인간!

"아, 알겠습니다!"

악마들과 함께 도착한 악마교도들도 당황한 표정으로 수정 구슬을 들어 올렸다.

'월드 랭커급이 넷이라고?'

검을 든 노인과 쇠사슬을 뿜어내는 붉은 머리칼의 여자, 얇은 레이피어로 악마의 머리통을 뚫어내는 금발의 여인과 푸른 빛이 뿜어져 나오는 검을 쥔 청년까지. 그냥 봐도 월드 랭커급으로 보이는 플레이어들이 무려 넷이나 있었다.

'그리고.'

콰드득!

-크아아아아!

-저 괴물을 막앗!!

흰색 가면을 쓴 채, 황금빛으로 빛나는 검을 휘두르는 인간.

'대체 무슨……'

월드 랭커따위는 명함조차 내밀지 못할 정도로 압도적인 힘을 지닌 괴물. 지옥의 악마들이 오히려 불쌍하게 느껴질 정도로 철저하게 학살당하는 모습에 악마교도는 벌어진 입을 다물지 못했다.

'위험해.'

이대로라면, 이번 계획의 핵심이라고 할 수 있는 소환 의식을 방해받을 수도 있었다.

'그렇게 둘 수는 없다!'

이번 소환에 악마교가 투자한 것은 상당했다. 악의 사도, 아니, '위상'들까지 이번 계획에 거는 기대가 컸다.

실패란 용납되지 않았다.

"조금만 더 버티시면 됩니다!!"

악마교도는 절박한 목소리로 외쳤다.

이번 계획의 핵심이 되는 소환 의식이 끝나기까지 얼마 남지 않았다. 만약 '그 악마'가 성공적으로 소환된다면 저 정체를 알 수 없는 괴물 같은 인간도 어렵지 않게 처리할 수 있을 것이 분명했다.

쿵!

"조금만, 버티라고?"

"허억!"

악마들을 학살하고 있던 괴물이 순식간에 그에게 다가왔다. 그러고는 멱살을 움켜잡고, 나지막이 물었다.

"조금만 버티면 뭐가 있나 보지?"

"히, 히익!"

무시무시한 기운. 이제까지 숱한 악마를 마주하면서도 한 번도 느낀 적 없던 짙은 공포가 그를 잠식했다.

"아, 아아."

입이 벌어졌다. 거스를 수 없는 거대한 공포가 그의 머릿속을 가득 채웠다.

새하얀 가면 너머로 보이는 눈. 악마를 처치하는 영웅이라고 보기엔 너무도 짙은 광기로 번들거리는 그 눈빛을 보자 머릿속이 새하얗게 변했다.

"자, 말해봐. 뭘 기다리고 있는 건지."

"그, 그럴 수는……."

"영생을 원해서 악마교에 들어간 거잖아? 불멸자가 되기를 바란 거잖아? 지금 여기서 죽으면 무슨 소용이지?"

"……."

"악마에 대한 충성심? 경외심? 그딴 게 무슨 의미 있겠어?"

달콤하게 느껴지는 목소리.

"살고 싶지 않아?"

거부할 수 없는 유혹. 삶에 대한 갈망이 그를 자극했다.

"솔직해져도 괜찮아. 아무도 너를 비난하지 않아. 이건 어쩔 수 없는 일이야."

"어쩔 수 없는 일……."

"그래. 어차피 다른 놈이었어도 똑같았을 거야."

나지막한 속삭임에 그는 자기도 모르게 고개를 끄덕였다.

'그래, 이건 어쩔 수 없는 일이야.'

그 강대한 악마들조차 압도적으로 학살당한 괴물이었다. 그런 괴물을 상대로 어떻게 반항할 수 있겠는가.

'이건… 어쩔 수 없는 일이야.'

고개가 끄덕여졌다.

처참하게 찢긴 악마들과, 그의 동료들이 보였다.

두려웠다. 죽고 싶지 않았다. 지금 이 미칠 것 같은 공포에서 벗어나기 위해서는 그 말을 들어야 할 것만 같았다.

"약속하지. 사실대로 말하기만 한다면 네 목숨은 반드시 보장해 줄게. 영웅신 티리온의 이름을 걸고 맹세하마."

"티리온……?"

처음 들어보는 이름이었다.

"내가 섬기는 신의 이름이다."

"……."

굳게 입을 다물었다. 머릿속이 빠른 속도로 돌아갔다.

'과연, 영웅이라 이건가.'

신의 선택을 받은 영웅이라는 뻔한 클리셰. 하지만 그 덕분에 불안에 떨리는 몸이 조금은 진정 됐다.

'그러고 보니 가디언즈 놈들도 신의 권속들이라고 했지.'

그들의 계획을 사사건건 방해하는 신의 무리들. 아마도 눈앞의 괴물은 그런 신의 권속 중 하나인 것 같았다.

'그렇다면.'

공포의 감정이 눈 녹듯이 사라지고 입가에 미소가 지어졌다.

'살 수 있다.'

신의 권속이 그가 섬기는 신의 이름을 걸고 한 맹세. 설마 영웅이라는 자가 신의 이름까지 거론한 맹세를 어길 거라고는 생각되지 않았다.

'살아남기만 한다면.'

살아 있기만 한다면, 어떻게든 재기의 기회는 있었다. 그가 갈망했던 영원한 삶을 손에 넣을 수 있었다.

"소환 의식은……."

고민은 짧았다. 그는 떨리는 목소리로 입을 열었다.

"구천지옥의 악마를 소환한다, 라."

악마교도의 말을 들은 강우는 입가에 짙은 미소를 띠었다.

구천지옥. 강력한 악마들이 모인, 가장 깊은 지옥.

'그래, 소환할 수 있을 거라 생각했다.'

칠천, 팔천지옥의 악마들을 먹는 것도 좋았지만 구천지옥의 악마는 그 급이 달랐다.

백에 달하는 악마들의 영혼을 흡수했을 때는 달성되지 않았던 마령의 조건이 말파스, 페넥스의 영혼을 흡수한 이후 바로 달성된 것만 해도 명확한 사실.

'얼마 남지 않았어.'

수십의 악마들을 학살했지만, 아직 스탯 130에는 도달하지 못했다. 하지만 직감적으로 얼마 남지 않았다는 것은 느낄 수 있었다. 구천지옥의 악마를 죽여 그 영혼과 마기를 흡수한다면 어렵지 않게 목표치에 도달하리라.

'좋아.'

타오르는 듯한 갈증.

강우는 웃었다. 그 갈증이 채워지기까지 얼마 남지 않았다.

"아주 잘 얘기해 줬어."

그러고는 검을 들어 올려 애처롭게 몸을 떠는 악마교도를 향해 망설임 없이 검을 찔렀다.

푸욱.

"커헉?"

악마교도는 이해할 수 없다는 듯 그를 올려다보았다.

"어, 째서?"

사실대로 말하면 살려주겠다는 약속. 신의 이름을 걸고 한 맹세를 어떻게 이토록 쉽게 깰 수 있단 말인가.

"사, 살려주겠다고, 했잖아."

피에 젖은 손을 그에게 뻗었다. 두 눈을 부릅뜨며 소리쳤다.

"네가 섬기는 신의 이름을 걸고 맹세하겠다고, 했잖아!!"

쿨럭. 피가 쏟아졌다.

이해가 가지 않았다. 그가 아는 영웅이란 족속, 신의 권속들은 이러지 않았다. 적어도 그들이 섬기는 신의 이름을 걸고 한 맹세는 철저하게 지키는 것이 기본이었다.

'이 새낀 대체 뭐야?'

뭐, 하다못해 망설이는 것도 없었다. 신의 이름을 건 맹세를 개똥만큼도 취급하지 않는지 일말의 망설임 없이 그를 찔렀다.

당황하는 그를 바라보며, 강우가 입을 열었다.

"아, 내가 진짜 그러려고 했거든? 근데 내가 좀 생각해 보니까 말이야."

진중한 목소리.

"네가 죽으면 아무도 모르지 않겠어?"

"그, 그게 무슨……."

"그러니까, 너만 죽이면 신의 이름을 건 맹세를 어겼다는 사실을 아무도 모를 거 아냐."

"……자, 잠깐."

"크으, 이 좋은 방법을 이제까지 왜 생각 못 했지?"

"무슨 개소리를……."

강우는 낄낄 웃었다.

배에 쑤셔 넣은 검을 거칠게 비틀었다.

"목격자가 없으면 암살이잖아!"

머릿속에 한 줄기 광명이 찾아온 듯한 기분. 새로운 진리를 깨달은 강우는 전율에 떨었다.

'유우우우우우우레카!!'

4장

전 모르는 일입니다

격전이 끝났다. 악마들의 시체는 모두 검은 연기가 되어 흩어졌고 뒤를 따라온 악마교도들 또한 이제까지 그들이 저지른 죄에 대한 죗값을 치렀다.

잠시간의 정적.

악마와 격렬한 교전을 벌였던 강우의 일행은 다들 거친 숨을 몰아 내쉬고 있었다.

"빛의 물결."

한설아가 두 팔을 넓게 펼치며 마법을 캐스팅했다. 그녀의 등에 새겨진 날개 문양이 빛을 뿜으며 찬란한 빛이 사람들에게 뻗어 나갔다.

거칠게 숨을 쉬고 있던 사람들이 놀랍다는 표정을 지었다.

"이건……."

"대단하군요."

단순히 외상을 치유하는 마법이 아니었다. 상처를 입으면서 쌓인 피로, 정신적인 스트레스까지 치유되는 감각. 낮잠을 자고 일어난 듯 몸에 활력이 돌았다.

"언제부터 이런 마법을 쓰실 수 있게 되신 겁니까?"

김시훈이 놀랍다는 표정으로 물었다.

외상을 치료하는 마법을 가진 힐러는 많았다. 하지만 이처럼 몸 안에 축적된 피로를 회복시켜 줄 수 있는 힐러는 극소수. 정신적인 스트레스까지 가면 더 이상 회복의 영역이라 부르기도 어려웠다.

"전에 8차 각성을 하면서 얻은 특성 덕분이에요."

"놀랍군요."

순수한 감탄. 그만큼 한설아의 회복 마법은 특별했다.

'그러고 보니 버프도 효과가 엄청났지.'

세 악마 중 하나인 할파스를 상대할 수 있었던 이유 중 하나는 그녀가 걸어주고 간 버프의 힘 덕분이었다. 스탯을 절대치로 올려주는 버프는 듣도 보도 못한 것이 사실.

"아, 아니에요."

한설아는 주변의 시선이 부끄럽다는 듯 얼굴을 붉혔다. 하지만 그런 와중에도 입가에는 숨길 수 없는 미소가 지어져 있었다. 자신의 가치를 인정받고 싫어할 인간은 많지 않았다.

한설아의 시선이 강우에게 향했다. 그녀는 어쩐지 들뜬 표정으로 주먹을 쥐었다.

"강우 씨는 특히 더 지치셨을 테니 한 번 더 마법을 걸게요."

쪼르르 그에게 다가간 한설아가 강우의 손을 잡고 마법을 사용했다. 사실 악마들 중 3분의 2는 강우가 혼자서 상대했으니 틀린 말은 아니었다.

"고마워."

강우가 입가에 미소를 지으며 말하자 한설아의 입가에 웃음꽃이 피어올랐다.

그는 그녀를 타고 몸속으로 흘러드는 빛무리를 내려다보았다.

'확실히 효과가 좋네.'

악마들을 상대하며 쌓인 피로가 사르르 사라지는 감각.

스탯 120을 돌파한 이후 블랙펄 코트의 스탯 상승치가 적용되지 않았듯 그녀가 버프가 스탯을 올려주지 않게 되었다. 그 이후 적어도 전투에 있어서는 한설아의 도움을 받기는 힘드리라 생각했지만 아무래도 그녀를 과소평가한 모양.

'음.'

강우는 가늘게 눈을 떴다.

김시훈과 달리 무신의 영혼이 있는 것도, 다른 수호자들처럼 가이아의 선택을 받은 것도 아니었지만 그녀에게서는 정체

모를 묘한 기운이 느껴졌다.

'대체 뭐지?'

알 수 없었다.

생각을 이어가던 강우는 이내 고개를 저었다. 아무 단서도 없는 일에 대해서 답을 구하는 것만큼 미련한 짓은 없었다.

'주의를 기울이는 수밖에.'

지금 할 수 있는 일은 딱 그 정도. 그보다 당장 닥친 일을 해결하는 게 더 효율적이었다.

"그나저나 이제 끝난 건가?"

차연주가 물었다. 강우는 고개를 끄덕였다.

"주변에 느껴지는 기운도 없고, 대충 다 끝난 것 같은데?"

태연하게 대답했다.

사실 이번 악마교의 계획은 끝나지 않았다. 그들은 지금 이 순간에도 계획의 핵심이 되는 구천지옥급의 악마를 소환하기 위해 부단히 움직이고 있을 것이다.

'다 된 밥에 재를 뿌릴 순 없지.'

가장 이상적인 그림은 구천지옥의 악마가 소환된 직후 그들을 덮치는 것. 그전에 공격하다가 소환 의식 자체가 실패하여 악마가 소환되지 않는다면 그만한 손해도 없었다.

'여기서 적당히 죽치고 있다가 대충 이유를 대서 움직이면 되겠지.'

소환 의식이 진행되고 있는 장소에 대해서는 모두 들어둔 상태. 그쪽에서 거대한 마기의 기운이 느껴진 이후에 움직이면 얼추 타이밍이 맞을 것 같았다.

'아주 좋아.'

생각대로 척척 진행되고 있는 계획에 입가에 절로 미소가 지어졌다.

그때였다.

"아……."

가이아의 입에서 짧은 탄성이 흘러나왔다.

그녀는 떨리는 손으로 허공을 더듬었다.

"무슨 일이십니까?"

김시훈이 걱정스러운 표정으로 물었다. 가이아는 표정을 굳힌 채 입을 열었다.

"가이아 님께서… 직접 퀘스트를 내려주셨어요."

"예?"

"잠시만요. 여러분들에게도 공유해 드릴게요."

그녀가 허공에 손을 저었다. 그러자 눈앞에 푸른 메시지창이 떠올랐다.

[S급 특수 퀘스트를 시작합니다.]
퀘스트 정보: 구천지옥의 악마가 소환되는 것을 막으시오.

보상: 없음.

추신: 미, 안, 하다… 나의 아이들, 아. 지금 내가, 할 수 있는 건… 이것… 뿐.

'뭐야 이건?'

눈앞에 떠오른 퀘스트창에 절로 눈살이 찌푸려졌다. 하지만 이내 가이아가 무슨 짓을 했는지 알아차릴 수 있었다.

'이 미친 트롤러가!'

표정이 일그러졌다. 퀘스트를 통해 지금 악마교의 소환 계획이 끝나지 않았다고, 그들이 구천지옥의 악마를 소환하려 한다는 사실을 알린 것이었다.

'아니, 이런 씨……!'

왜 이런 짓을 했는지는 이해할 수 있었다. 자신의 아이들이 적의 계획을 모두 저지했다는 생각에 안심하고 있는 것을 가만히 두고 볼 수 없었으리라.

의도 자체는 좋았다. 만약 구천지옥의 악마를 소환하려 한다는 것을 진짜 그가 몰랐었다면 도움이 될 수도 있었으리라.

'근데 왜 하필…….'

지금 타이밍이란 말인가.

의도가 좋았다고 해도 그 결과가 시궁창이라면 아무 의미가 없었다.

지금 가이아의 퀘스트는 다 된 밥상을 뒤집어엎으려는 것과 다르지 않았다.

'하다못해 보상이라도 주던가.'

퀘스트 보상도 없는 것을 보니 시스템의 힘에 개입할 힘도 마땅치 않은 모양. 괜한 헛짓거리에 힘쓰는 신을 보니 머리가 지끈거리기 시작했다.

'생각해.'

머리가 빠른 속도로 돌아갔다. 아직 악마교의 소환 의식이 끝나지 않았다는 것을 일행이 알아버린 이상 다른 방법을 선택할 수밖에 없었다.

"이건……."

"아직 악마교의 소환 의식이 끝난 게 아니었군요."

가이아는 표정을 굳힌 채 말을 이었다.

"구천지옥의 악마가 소환되는 것을 막아야 합니다."

"지금 강우 보면 뭐 막을 필요도 없지 않겠어?"

차연주가 다가오며 물었다.

수십에 달하는 악마들을 압도적으로 학살하는 그의 모습. 악마가 불쌍하게까지 느껴질 정도였으니 굳이 막을 필요성이 느껴지지 않는 것도 사실이었다.

"아뇨, 그렇지 않습니다."

가이아가 고개를 저었다.

지금까지는 강우의 활약 덕분에 어렵지 않게 악마들을 처치할 수 있었다. 하지만 이 대규모 소환의 주축이 되는 악마가 소환된다면 얘기가 달랐다. 아무리 신의 힘을 얻은 영웅이라 할지라도 '가장 깊은 곳에 있는 악마들을 상대할 수 있을지는 확신할 수 없었으니까.

"맞습니다. 한시라도 급히 막아야 합니다."

강우가 앞으로 나섰다. 그는 힘 있는 목소리로 말을 이었다.

"구천지옥의 악마와 싸울 자신이 없는 건 아니지만, 소환 자체를 막는 것이 훨씬 간단하면서 확실한 일이니까요."

"강우 씨의 말씀이 맞습니다."

가이아가 그의 의견에 동의했다.

"그럼 우선 그들이 어디서 소환 의식을 준비하고 있는지부터……."

"그거라면 제게 짐작 가는 곳이 있습니다."

"강우 씨에게요?"

"예."

고개를 끄덕였다.

"퀘스트를 받은 직후 티리온 님의 힘을 통해 뭔가 불쾌한 기운이 느껴지고 있습니다."

다시 한번 티리온의 이름을 팔았다.

사탄과 동급의 치트 키. 불쾌한 기운을 느꼈다는 그의 말에 사람들이 반응했다.

"그 기운이 느껴지는 곳이 어디시죠?"

"저를 따라오십시오."

강우는 몸을 돌려 앞으로 달려 나갔다.

그가 향한 곳은 악마교의 소환 의식이 진행되는 곳과는 다른 방향.

'시간을 번다!'

지금 상황에서 할 수 있는 최고의 방법. 악마교가 소환 의식을 성공적으로 끝마칠 때까지 시간을 끄는 것.

'너 이, 악마교 자식들! 내가 이렇게까지 해주는데, 실패하지 마라!'

속으로 간절하게 외친 강우는 사람들을 데리고 악마교가 없는, 엉뚱한 방향으로 인도했다.

'빨리!'

그렇게 10분.

"아직 많이 남았습니까, 형님?"

"거의 다 왔어."

20분.

"형님. 이러다가 소환 의식이……."

"이쪽이야! 이제 5분이면 도착한다!"

30분.

"강우 씨. 정말 이 방향이 맞는……."

"진짜 거의 다 왔습니다! 엎어지면 코 닿을 거리예요!"

'씨이이이이이이발!'

절로 욕지기가 치밀어 올랐다.

'대체 언제 성공하는 거야!'

울화통이 터지는 것은 당연.

그가 인도하는 방향으로 가면 갈수록 점점 더 마기의 기운은 약해지고 마물이 보이지 않았다. 자연스럽게 그에 대한 신뢰가 곤두박질치고 있는 상황.

'빨리 좀 성공해라!'

언제까지고 엉뚱한 방향으로 안내할 수는 없었다. 강우는 느려 터진 악마교의 행동에 울화통이 치밀어 올랐다.

'제발.'

간절한 기도가 하늘에 닿은 것일까.

쿠우우우우우웅!!

곧 거대한 폭음과 함께 거대한 마기의 기둥이 하늘 높이 치솟았다.

'왔다!'

강우의 눈이 반짝였다.

'드디어 왔다고!!'

"저, 저곳입니다!"

"다들 빨리!"

일행은 검은 기둥이 나타난 곳을 향해 다급히 달려갔다.

강우는 하늘 높이 치솟은 검은 기둥을 바라보며 꿀꺽 침을 삼켰다.

'최소 대악마급이다.'

구천지옥 내에서도 최상급에 속하는 악마. 어깨가 절로 들썩이고 발걸음이 가벼워졌다. 30분 동안 아군을 속이느라 개고생을 했던 것이 뿌듯하게까지 느껴질 정도.

강우는 눈을 빛내며 소환 의식이 일어나고 있는 장소에 도착했다.

"치, 침입자다!"

"크윽! 기어코 여기까지 왔군!"

과연, 구천지옥의 대악마를 소환하는 의식. 기껏해야 5~6명의 악마교도가 있었던 다른 장소와는 달리 이곳에는 50명 이상의 악마교도들이 모여 있었다.

'그렇지!'

강우는 입가에 짙은 미소를 지은 채 무기를 들어 올렸다.

"네놈들의 사악한 계략은 여기까지다!"

그리고 당당히 외쳤다.

'성공했구나, 짜식들아!'

다소 늦긴 했지만 어쨌든 성공한 것은 사실.

강우는 환희에 찬 미소를 가면 속에 숨겼다. 그리고 검은 균열을 바라보았다.

'자, 어디 어떤 놈이 소환됐는지 얼굴이나 한번⋯⋯.'

악마교도들은 신이 나서 외쳤다.

"하하하핫!! 이미 늦었다, 빌어먹을 신의 권속들아!!"

"그분이 오신 이상 너희들은 모두 처참한 죽음을 피할 수 없으리라!"

저벅. 저벅.

검은 균열을 통해, 5미터에 달하는 거구를 가진 악마가 걸어 나왔다.

근육질로 뒤덮인 붉은 피부와 이마에 돋은 산양의 뿔. 등 뒤에 돋아난 박쥐의 날개. 그리고 기다란 꼬리. 보는 것만으로 숨이 턱 막히는 파괴적인 기운을 가진 악마.

악마교도들이 무릎을 꿇었다.

"경배하라, 경배하라! 이분이야말로 구천지옥의 대악마!"

"파괴의 군주 발록 님이시다!!!"

"⋯⋯."

침묵이 흘렀다.

균열에서 걸어 나온 악마는 천천히 입을 열었다.

-이곳이, 지구인가?

"그렇습니다!!"

-너희들은 누구지?

"저희들은 악마님들의 충실한 종복! 영원을 갈망하는 필멸자들이옵니다!"

-흐음.

별로 흥미가 가지 않는다는 듯, 거구의 악마가 고개를 돌렸다. 그리고 강우와 악마의 시선이 마주쳤다.

-어?

"……."

지금 강우는 가면을 쓰고 있었다. 바꿔 말하면, 얇은 가면하나로 얼굴만 가리고 있었다.

하지만, 그와 같이 천 년을 지내온 발록에게 그깟 가면으로 얼굴을 가린 건 의미가 없었다.

-마, 마왕이시여!

발록이 바닥에 무릎을 꿇었다.

-드디어, 드디어 마왕님을 다시 만나게 되는군요! 둠가드에게 얘기를 듣고 얼마나 마왕님이 그리웠는지 모릅니다!!

쿵!

발록이 거칠게 이마를 바닥에 찧었다.

-마왕이시여!! 이 발록이 충성을 다하기 위해 다시 찾아왔습니다!!

"……."

침묵이 흘렀다. 아무도, 그 누구도 입을 열지 않았다. 입을 열 수 있을 리가 없었다.

강우는 고개를 돌렸다. 그에게 쏟아지는 무수한 시선이 느껴졌다.

그가 천천히 입을 열었다.

"전 모르는 일입니다."

-아아! 마왕이시여!

"진짜 모르는 일입니다."

-크흑! 너무, 너무 뵙고 싶었습니다!

"난 저 악마가 누군지도 모릅니다."

-마왕니이이이이이이이임!!!

"……."

다시금 찾아온 정적. 그를 향해 쏟아지는 시선이 따갑게 느껴졌다.

나지막한 욕설이 그의 입에서 흘러나왔다.

"씨발."

×됐다.

그 저렴하기 짝이 없는 표현만큼 지금 상황에 어울리는 말은 없을 것이다.

무릎을 꿇은 채 이마를 바닥에다 있는 힘껏 찍으며 마왕님 너무 보고 싶었다고 울부짖는 발록. 그런 발록을 소환하기 위해 막대한 투자를 한 악마교들. 그런 악마교를 막기 위해서 신의 퀘스트를 받고 들이닥친 가디언즈. 그리고 자신.

'이런 시바.'

온갖 육두문자들이 입안을 맴돌았다.

자신에게 쏠린 시선들이 느껴졌다. 복잡한 감정이 담긴 시선. 의아함과 부정. 그리고 신뢰와 의심이 섞인 눈빛.

물론 그 대부분은 지금 상황을 부정하고 있었다. 악마교가 소환한 구천지옥의 악마가 간악하고 비열한 꾀를 부리고 있다 생각하고 있었다.

하지만.

-마왕이시여어어어!!

"……."

점점 더 간절한 목소리로 그를 부르는 발록. 그 외침에는 오랜만에 강우를 만난 것에 대한 숨길 수 없는 반가움이 가득 담겨 있었다. 이것이 악마의 계략이라고는 생각조차 들지 않을 정도로 절절하게 느껴지는 감정. 강우에 대한 깊은 신뢰를 가지고 있는 한설아와 김시훈마저 대체 무슨 상황인지 고개를 갸웃거렸을 정도니 발록이 얼마나 애타게 울부짖고 있는지는 어렵지 않게 알 수 있었다.

'왜 하필 이때.'

전에 둠가드가 소환됐을 때처럼 혼자 있는 상황이었다면 별로 곤란하지 않았을 것이다. 문제는 지금 그의 주변에는 지구로 온 이후 '동료'라고 부를 수 있는 사람들이 모두 모여 있다는 것.

가디언즈부터 동거인, 의동생, 후원을 받는 대형 길드의 길드마스터와 한국 정부 직속 특수 부대 단장들, 중국 정부를 움직일 수 있는 권력자까지. 거를 타선이 없을 정도로 중요한 사람들이 우르르 모여 있었다.

'왜 하필 이때!!!'

머리를 쥐어뜯었다. 예상치도 못한 전개에 머릿속이 하얗게 변했다.

지금까지 온갖 쇼를 벌이면서까지 쌓아 올린 신뢰. 영웅이라는 타이틀. 그 모든 것이 한 방에 날아가 버릴 위기에 처해 있었다.

'내 실수야.'

인정해야 했다.

구천지옥의 악마를 소환한다고 했을 때, 이런 일이 일어날 거라고 예상했어야 했다. 예상하고, 대비했어야 했다. 하지만 순간 욕심에 눈이 멀었다. 스탯 130에 도달하기 위해 무리수를 두었다.

피해갈 수 있는 일이었다. 대비할 수 있는 일이었다. 이 모든 일의 원흉은 바로 자신의 안일함 탓.

'아니, 아무리 그래도.'

억울했다.

구천지옥의 악마들은 많다. 대공들의 세력이 무너지면서 조금 줄기는 했지만, 그래도 아직 그 숫자가 10만은 넘을 정도. 그런데 하필. 그 많고 많은 악마 중에서 왜 하필 발록이란 말인가.

'인생 씨발.'

강우는 고개를 들어 올렸다. 두리번거리며 주변 반응을 살폈다. 상황이 악화되기 전에 조처를 해야 했다.

'우선······.'

지금 상황을 타개할 수 있는 방법을 짜려 할 때였다.

'가장 좋은 방법은.'

지금 자신의 입장과 처한 상황을 발록에게 전하는 것.

'역시 직접 상황을 전하는 게 가장 빠르지.'

남들에게는 들키지 않고, 현재 자신의 상황을 발록에게 전달하는 것.

오리악스 때를 생각하면 그다지 어려운 일이 아니었다. 발록만 들을 수 있도록 그의 머릿속에 직접 음성을 쏘아 보내면 간단히 해결될 문제.

'문제는.'

강우는 입술을 깨물며 자신의 마기에 의지를 담아 발록에게 쏘아냈다.

슈욱.

그러나 발록의 머리 근처에 도달한 마기가 흔적도 없이 사라졌다. 예상대로였다.

'으아아아아아.'

강우는 좌절에 찬 표정으로 다시 머리칼을 쥐어뜯었다.

'저 빌어먹을 근육 돼지 새끼.'

마기에 의지를 실어 쏘아내는 것. 무협지로 생각하면 전음(傳音)과 비슷한 효과를 내는 방법이었다.

문제는 발록이 지닌 특성. 그는 피부 위에 강력한 마기 방벽이 항시 활성화되어 있었다.

다른 악마들도 어느 정도는 마기 방벽이 있었지만 발록의 경우는 특별했다. 비유하자면 호신강기(護身剛氣). 그는 다른 악마가 전력을 쏟아서 만들어도 만들기 힘든 두터운 마기 방벽을 기본 패시브로 지니고 있었다. 자신을 제외한, 다른 존재의 기운을 반사적으로 차단하는 마기 방벽.

지금 강우가 지닌 마기로는 그 마기 방벽을 강제로 뚫고 발록에게 메시지를 보낼 수 있는 방법이 없었다.

'왜 하필 너냐고오오오오.'

그 많고 많은 악마들 중에 왜 하필 발록이란 말인가.

의식해서 만들지 않아도 마기 방벽이 항시 몸을 뒤덮으며 24시간 몸을 지키는 것. 악마들 사이에서는 마기의 갑주를 썼다 하여 '마갑(魔鉀)'이라 부르는 강력한 특성. 발록을 제외하고 저런 특성을 가진 악마는 아직 만나보지 못했다.

　발록만 아니었다면, 차라리 둠가드였다면 지금 상황이 이 정도로 복잡하지는 않았을 것이다. 마기로 의지를 전달해서 그의 사정을 설명한 후, 손발을 맞춰달라 말하면 되니까. 하지 만 지금 상황에서는 그 방법을 사용할 수 없었다.

　'다가가서 작은 목소리로 말해?'

　머릿속에 떠오른 방법에 고개를 저었다.

　지금 이 자리에 모인 것은 모두 기본적인 인간의 신체 능력 을 아득히 초월한 초인들. 힐러인 한설아조차 일반인에 비하 면 감각이 훨씬 발달해 있을 정도인데 김시훈, 천무진과 같은 무인들의 귀를 속이며 발록에게 말을 전할 방법이 없었다.

　'입 모양으로 전해?'

　헛소리. 입 모양만으로 발록에게 사정을 설명할 수 있을 자 신이 없었다. 아니, 일단 지금 가면을 쓰고 있기 때문에 그 방 법은 무조건 기각이었다.

　'가면은 절대 벗으면 안 돼.'

　가면을 써서 얼굴을 가리고 있는데 저 악마가 절 알아볼 리 없잖아요! 이건 저 악마의 사악한 계략입니다, 라는 변명을 하 기 위해서라도 가면을 벗을 수는 없었다.

　강우는 초조한 표정으로 입술을 깨물었다.

　'글자를 써서 전한다?'

지금 그럴 시간이 없었다. 아니, 시간이 있다고 해도 발록은 한국어를 읽을 줄 모른다.

'제기랄.'

가슴이 먹먹해지는 기분. 발록의 찬양이 길어지면 길어질수록 주변 시선이 의아함이 차오르는 것이 느껴졌다.

'이렇게 된 이상.'

일단 잡아떼야 했다.

"여러분. 이 모든 것은 저 간악한 악마의 계략입니다. 제가 진짜 마왕이고 아니고를 떠나서 제가 지금 가면을 쓰고 있는데 저 악마가 절 어떻게 알아본다는 말입니까?"

"아, 듣고 보니."

"가면을 쓰고 계셨죠."

김시훈이 탄성을 지르며 고개를 끄덕였다.

"저 악마가 갑자기 형님을 마왕이라 부르며 찬양하는 게 이상하다 싶었는데, 다 비열한 계략이었군요."

"그렇지. 나도 지금 엄청 당황했다."

진짜 당황한 것은 사실이었다.

"하긴, 처음 보는 악마가 갑자기 무릎을 꿇으며 마왕님이라고 하면 당황하시는 것도 당연하네요."

"파괴의 군주라고도 불리는 악마가 갑자기 뭐 하는 짓인지는 모르겠지만, 나는 결백하다."

"하하하. 당연하죠, 형님. 아마 저 악마 놈은 형님의 이름도 모를걸요? 물어보면 분명 당황하면서……."

"아, 아니. 크흠. 일단 기다려 봐라. 일단 저놈이 왜 저런 쇼를 하는지 좀 지켜보자고."

"아. 알겠습니다."

이름을 물어보겠다는 김시훈의 말에 심장이 덜컥 내려앉을 뻔했던 것은 당연.

강우는 일단 가면을 핑계로 김시훈을 비롯한 일행의 의심에 찬 시선을 한 번 비켜나가게 할 수 있었다.

'이제는 지금 사정을 발록에게 전하면 돼.'

가장 큰 문제가 바로 이것. 다시 문제는 원점으로 돌아왔다.

강우는 필사적으로 생각을 이어나갔다.

그때였다.

"바, 발록이시여! 저 신의 권속이 마왕이라는 것은 무슨 말씀입니까?"

"착각이 있으신 겁니다! 저들의 정체는 가디언즈. 가이아의 권속들입니다!"

발록을 소환한 악마교도들이 그를 둘러쌌다.

악마교도들은 기껏 소환한 악마가 갑자기 엉뚱한 인간, 그것도 자신들의 적인 가디언즈를 보고 마왕이라고 울부짖는 어처구니없는 모습을 보고는 혼란에 빠져 있었다. 희극을 넘어

비극이라고 해도 과언이 아닌 상황이니 혼란에 빠지는 것은 당연했다.

'오오, 그렇지 애들아!'

악마교의 지원 사격에 두 눈에 빛이 뿜어지고 주먹이 불끈 지어졌다.

그들이 착각이라고 외쳐준 덕분에 조금 더 의심의 눈길에서 벗어날 수 있었다.

"발록이시여! 파괴의 군주시여! 어서 고개를 드소서!"

"저자는 마왕이 아닙니다! 저들이야말로 저희의 원대한 계획의 가장 큰 방해물입니다!"

"어서 저 위선으로 가득 찬 신의 권속들을 처단하여 주소서!"

'잘한다!'

마음속으로 악마교도들을 응원했다.

'제발 눈치채라.'

발록이 지금 강우가 처한 상황을 빠르게 눈치채고 장단을 맞춰주기를 간절히 빌었다.

'그래도 너 나 오래 봤잖아.'

발록과 지낸 시간은 천 년 이상. 이제는 서로의 눈빛만 봐도 모든 것을 알 수 경지였다.

'아니, 솔직히 너 눈치 드럽게 없는 거 알고 있는데, 제발 이번 한 번만!!'

아무리 긍정적으로 생각하려 해도 '눈빛만 봐도 모든 것을 알 수 있다'는 것은 지나친 행복 회로. 만약 정말로 눈빛만 봐도 모든 것을 알 수 있는 사이였다면 그가 먹을 게 없다는 말에 포칼로르의 머리통을 잘라 바칠 리는 없었다.

'부탁한다, 발록!!'

간절히 외쳤다. 하지만 그런 그의 기대를 짓밟듯, 발록이 몸을 일으켰다.

발록이 근육질로 뒤덮인 붉은 팔을 휘저었다.

퍼석!

가볍게 휘두른 팔에 얻어맞은 악마교도의 머리통이 터져 나갔다.

발록은 주변을 둘러싼 악마교도들을 내려다보며 이글거리는 목소리로 외쳤다.

-감히 누구를 능멸하는 것이냐!

'야, 발록아.'

-착각이라고? 저분이 마왕이 아닌 신의 권속이라고?

'그만해.'

-하! 악마를 섬기는 인간들이라 해서 기대를 했건만 이렇게 멍청하다니!

'제발 그냥 착각했다고 해.'

쿠구구구구궁!!!

발록이 거칠게 발을 굴렀다. 그러자 거대한 마기의 폭풍이 주변에 휘몰아쳤다.

"허업!"

악마교도들의 표정이 창백히 질렸다.

발록이 오른팔을 들어 올렸다. 검은 화염에 휘감긴 채찍이 나타났다.

그는 채찍을 손에 쥔 채 거칠게 휘둘렀다.

화르르륵!!

"아아아아악!!"

악마교도들 중 반에 달하는 숫자가 그 간단한 일격 한 번으로 잿더미가 되었다.

파괴의 군주, 발록이 지닌 경이로운 힘에 경악이 퍼져 나갔다. 살아남은 악마교들은 경외와 공포에 찬 눈으로 발록을 올려다보았다.

-똑똑히 들어라, 인간들이여!

'야.'

-지금 너희들의 눈앞에 있는 존재야말로 구천지옥을 다스리는 진정한 패왕!

'그만해, 이 새끼야.'

-일곱 대공과 싸워 승리하고, 만마(萬魔)의 정점에 군림하는 존재!

'그만하라고, 제발.'

쿠구구구구궁!!!

지축이 뒤흔들리고 발록의 흉포한 외침이 모든 이의 귓가를 때렸다.

-마왕 오강우 님이시다!!

'야 이 씨발 새끼야아아아아아아아아!!!'

소리 없는 절규가 터져 나왔다.

'이 미친놈아아아아!'

마왕 오강우. 자신의 본명을 당당하게 입에 올리는 순간 임시방편으로 해둔 변명이 아무런 소용이 없게 되어버렸다.

뒤통수에 망치를 한 대 후려 맞은 듯 머리가 멍해졌다.

그를 그냥 마왕이라 부르는 것과 '오강우'라는 이름을 거론하며 마왕이라 칭하는 것. 이 두 개에는 어마어마한 차이가 있었다.

"어떻게 형님의 이름을 저 악마가……?"

"가, 강우 씨? 이게 어떻게 된 일인가요?"

'제기랄.'

영웅신 티리온의 선택을 받은 영웅 오강우와 구천지옥의 대악마 발록은 지금 처음 마주쳤다. 진실이 어떻건 다른 사람들이 보기에 강우와 발록은 처음 마주친 것이다.

그런데 발록이 강우의 이름을 버젓이 알고 있으며, 충성을 맹세하고 있다. '알 리가 없는' 그의 이름을 발록이 알고 있다는 것. 여기서 생겨나는 모순과 이질감은 단순히 깊은 신뢰감으로는 커버하기 힘든 수준이었다.

"이게 대체 무슨 일인가?"

천무진과 천소연, 차연주 또한 아연한 표정으로 발록과 강우를 번갈아 보았다.

처음에는 그래도 악마교의 조잡한 술수라고 생각했었다. 하지만 악마교의 반응과 어리둥절해하는 그들을 순식간에 불태워 죽인 발록의 모습을 보면 그런 것도 아닌 모양.

"······강우, 씨?"

한설아조차 떨리는 눈으로 그를 바라보았다.

머리가 지끈거렸다.

강우는 고개를 돌렸다. 자신을 향해 초롱초롱 눈을 빛내며 활짝 미소 짓고 있는 발록의 모습이 보였다.

머릿속이 혼란스러워졌다.

그때였다.

"크윽! 이렇게 된 이상!"

"악의 위상이여! 마(魔)를 지배할 힘을 내려주소서!"

발록의 공격에서 살아남은 악마교도들이 무언가 주문을 영창했다.

-음?

발록이 눈살을 찌푸리며 몸을 움직이기도 전, 바닥에 그려진 마법진에서 검은빛이 폭발하듯 쏟아져 나왔다.

　-크윽! 무, 무슨 짓이냐?

　마법진에서 쏟아져 나온 검은빛이 발록의 몸을 옭아맸다. 그리고 피부를 인두로 지진 듯, 발록의 몸에 기하학적인 문양이 새겨지기 시작했다.

　'저건.'

　강우의 두 눈이 커졌다.

　발록의 몸에 새겨진 마법진. 형태와 크기는 조금 달랐지만 분명 기억에 남아 있는 마법진이었다.

　'마물만 조종할 수 있던 게 아니었어?'

　크리샬라스를 조종했던 검은 마법진. 그것이 흉측한 빛을 뿌리며 발록의 몸을 뒤덮고 있었다.

　강우의 표정이 거칠게 일그러졌다.

　'발록을 조종한다고?'

　크리샬라스를 조종하는 것과는 그 의미가 달랐다. 발록은 그 누구도, 심지어 과거의 강우도 강제로 조종할 수 없는 악마다.

　'대체 어떻게?'

　악마교를 이끄는 '악의 위상'이라는 존재가 대체 무엇인지 감조차 잡히지 않는 상황.

　-감히, 날, 조종할 수 있다고 생각하나!

"아아아아악!"

"사, 살려줘!"

"제길! 빠, 빨리! 주문을 더 영창해!!"

발록이 발버둥 쳤다. 그의 몸부림에 쓸려 나간 악마교도의 몸이 처참히 박살 났다.

살아남은 악마교도는 필사적으로 발록을 제어하려고 했다. 검은빛이 타오르는 마법진이 발록의 몸 전체를 뒤덮었다.

-크아아아아아!!!

발록이 포효했다.

검은 불꽃이 타오르는 채찍을 거칠게 휘둘렀다. 남은 악마교도들이 그의 공격에 모조리 잿더미가 되어 사라졌다.

-후우, 후우.

'젠장.'

하지만 강우의 표정은 좋지 않았다.

악마교도를 처치한 발록이 자신을 향해 적의의 시선을 보내고 있었다. 마법진의 영향에서 완전히 벗어나지는 못한 모양.

-마, 왕이시여. 저, 저를 용서…….

항거할 수 없는 충동이 발록의 몸을 잠식했다. 그는 강우를 향해 적의를 뿜어내며 채찍을 휘둘렀다.

"형님!"

"물러나 있어!!"

강우가 앞으로 나섰다.

다른 악마라면 몰라도 지금 발록을 상대할 수 있는 존재는 자신 이외에는 없었다. 그는 거칠게 발을 박찼다. 그리고 델 라인을 들어 검은 불꽃이 타오르는 채찍을 막았다.

카아아아앙!

"크윽!"

무시무시한 반탄력. 팔 전체를 타고 어마어마한 충격이 전해졌다.

순식간에 거리를 좁힌 발록이 어깨로 그를 들이받았다.

"커헉!"

절로 허리가 꺾였다. 거대한 충격에 조약돌처럼 튕겨 나간 강우의 몸이 바닥을 굴렀다.

'이런 미친 돼지 새끼!'

파괴의 군주 발록. 그 이름에 걸맞을 정도로 압도적인 힘.

강우의 표정이 굳었다.

-크아아아! 누가, 누가 감히 나를 지배하는 것이냐!!

처절한 목소리로 발록이 외쳤다.

그는 자신의 몸을 뒤덮은 마법진의 영향에서 벗어나기 위해서 몸을 비틀었다. 붉은 피부가 갈라지고 발록의 눈과 코, 귀를 통해 검은 피가 쏟아졌다.

"빌어먹을."

욕지기가 흘러나왔다. 이대로 있으면 발록이 마법진의 힘에 억지로 저항하다가 목숨을 잃을 것만 같았다.

'그냥 가만히 있어 멍청한 새끼야!!'

강우는 초조한 표정으로 발록에게 달려들었다.

천력의 권능을 끌어 올려 주먹에 집중시켰다. 거대한 힘이 담긴 주먹을 내뻗었다.

발록이 무릎을 들어 올려 그의 주먹을 받아냈다.

쿠구구구구궁!!

지축이 뒤흔들렸다. 거대한 힘의 격돌에 주변 나무가 뿌리째 뽑혀 뒤로 튕겨 나갔다.

"쿨럭!"

몸을 뒤흔드는 충격에 강우의 입에서 피가 쏟아졌다. 검은 피가 바닥을 적셨다.

-아, 아아. 내, 내가 마왕님에게 무슨……!

발록의 표정이 창백하게 질렸다. 그는 자신이 강우를 향해 공격했다는 것을 용납할 수 없는 듯 몸을 떨었다.

그의 눈과 코, 귀를 통해 쏟아지는 피의 양이 한층 더 많아졌다.

-크윽! 나의 주군에게 상처를 입힐 바에야!

발록은 손을 들어 올렸다. 마법진의 지배력에 저항하고 있는지 들어 올린 그의 손은 보기 처량할 정도로 격렬하게 떨리고 있었다.

'저 개자식.'

강우의 표정이 굳었다. 발록이 무슨 짓을 하려고 하는지 어렵지 않게 예상할 수 있었다.

발록이 들어 올린 손을 자신의 머리 근처로 가져다 대었다.

'그만해 이 미친 새끼야.'

알 수 없는 힘에 조종당하여 주군을 공격할 바에야 차라리 스스로 목숨을 끊겠다. 어지간한 충성심으로는 생각할 수도 없는 일. 하지만 발록이라면 그 선택에 망설임 따위 품지 않을 것이다.

'이런 씨발!'

강우는 고개를 돌렸다.

상황을 이해할 수 없다는 듯 멍한 표정으로 자신을 바라보는 사람들. 스스로 목숨을 끊으려는 발록. 점점 꼬여만 가는 상황.

해결할 수 있는 방법이 하나 있긴 했다.

'발록을…….'

포기하는 것.

그가 스스로 목숨을 끊고 나면 이 모든 것은 악마교의 계략이라고, 더러운 이간질이라고 어떻게든 얼버무릴 수도 있을 것이다. 하지만.

"제길, 제기랄! 씨발!"

강우는 거친 욕설을 내뱉었다.

발록. 구천지옥에 처음 도착한 자신과 싸워, 무려 천 년에 가까운 시간 동안 그를 보좌해 준 악마. 수많은 전장을 함께 헤쳐 나왔으며, 수많은 승리를 함께 거머쥐었던 부하.

"병신 새끼! 인생에 도움이 안 되는 새끼!"

일곱 대공과의 전쟁을 선포하며, 구천지옥의 공적이 된 자신의 곁을 아무 말 없이 묵묵히 지켜준 머저리. 그를 위해서라면 상대가 얼마나 강력한 악마이건 고민조차 하지 않고 달려드는 병신. 싸우라면 싸우고, 죽으라면 죽는 모진 놈.

"으아아아아!!"

짜증이 치솟아 올랐다.

발록은 지금 이 순간에도 자신의 머리를 스스로 터뜨려 버리기 위해 팔을 움직이고 있었다.

여기서 그를 구하기 위해 몸을 움직인다면 더 이상 수습은 불가능했다. 이것이 악마의 계략이 아닌, 진짜 발록과의 연이 있다는 사실을 광고하는 것이나 다름없었으니까.

'그래, 그냥 뒤져라.'

그런 생각이 떠오른 것도 당연. 발록만 죽는다면. 이 모든 일의 원흉인 그만 사라진다면 이 정신 나간 상황을 수습하지 못할 것도 없었다.

하지만.

하지만.

하지만.

"제길! 제길! 제길!"

강우는 발을 박찼다.

"발로오오오오옥!!!"

그리고 포효했다. 진각을 밟으며 몸을 띄워 자신의 머리를 터뜨리려는 발록의 손을 거칠게 걷어챘다.

"이 머저리 새끼야!! 뭐만 하면 뒤지려고 좀 하지 말라고 몇 번을 말해야 들어 처먹는 거냐? 어?"

-크윽. 마, 마왕님.

"그거 몇 분 지나면 사라질 테니까 개짓거리하지 말고 가만히 있어!"

-하지만…….

거칠게 표정을 일그러뜨린 강우는 날카로운 목소리로 말을 이었다.

"언제부터 내 명령에 토를 달기 시작한 거지?"

-죄송합니다!

발록이 다급히 대답했다.

곧 팽팽한 전투가 이어졌다.

발록이 아무리 강한 악마라고는 하나 지금의 강우가 몇 분도 버티지 못할 강자는 아니었다. 아니, 사실 깊은 쪽의 마기를 사용한 '기술'을 사용한다면 충분히 이길 수도 있으리라.

하지만 그럴 필요까지는 없었다.

-크윽!

"큭!"

발록은 전력을 다해 싸우지 않고 있었다. 마법진의 지배력에 저항하며 최소한의 힘으로만 강우를 상대했다.

강우 또한 마찬가지. 어차피 마법진의 힘이 다하는 그 시간까지만 버티면 되는 일에 전력을 다할 필요는 없었다.

슈우우우우욱.

그렇게 5분이 지나고 발록의 몸 전체를 뒤덮고 있던 마법진이 검은 연기가 되어 사라졌다.

전투가 멈췄다.

쿠웅!

-마왕이시여!

발록이 무릎을 꿇었다. 바닥에 이마를 찧자, 바닥이 처참하게 박살 났다.

-감히 주군을 향해 무기를 휘두른 이 반역자의 목을 베어주소서!

발록은 뚝뚝 눈물을 흘리며 소리쳤다.

"하아."

강우의 입에서 깊은 한숨이 흘러나왔다.

고개를 돌리자.

"혀, 형님."

"강우 씨 이건……."

어안이 벙벙한 표정으로 이쪽을 바라보는 가이아와 김시훈이 보였다.

다른 사람들의 표정도 다르지 않았다.

'시바.'

더 이상 얼버무릴 수는 없었다. 수습하기에는 이미 너무 상황이 꼬여 버렸다.

'생각해.'

머리가 빠른 속도로 돌아갔다.

지금 상황을 타개할 수 있는 방법. 미치도록 꼬여 버린 이 상황을 수습할 수 있는 방법.

'한 가지, 방법이 있긴 해.'

완벽한 방법은 아니었다. 치밀하고, 철저한 계획도 아니었다. 도박에 가까운 수. 이제까지 그가 쌓아온 '신뢰'에만 기대는 안일한 방법.

'하지만.'

다른 방법이 없었다. 이미 '모든 것은 악마의 계략'이라는 말 하나로 넘어가기에는 상황이 너무 복잡해졌다.

'제기랄.'

이런 방법을 좋아하지 않았다. 만약 다른 사람이 그의 말을 듣는다면 말도 안 되는 억지 부리지 말라며 노성을 터뜨려도 아무 말 할 수 없는 수준.

'믿는다, 애들아.'

고개를 돌려가며 그의 동료 하나하나와 눈을 마주쳤다.

지금 하려는 계획은 그에 대한 확고한 신뢰 없이는 통하지는 않는 방법이었다. 아니, 솔직히 말하면 아무리 신뢰가 두터워도 실패할 가능성이 컸다.

'하지만 만약 성공한다면.'

그렇다면 지금 이 미친 듯이 꼬여 버린 상황을 수습하는 것을 넘어 앞으로 그가 움직이는 것이 훨씬 더 편해질 수 있었다.

'그래, 지르자.'

어차피 이대로 입 다물고 있는다고 해결되는 것도 아니었다. 계획을 정했으면 이제 실행에 옮기는 일만 남았다.

"……더 이상 숨기고 있기는 힘들 것 같군요."

강우는 천천히 가면을 벗었다. 그는 애잔한 눈빛으로 동료들을 돌아보았다.

"저는 구천지옥의 마왕입니다."

꿀꺽.

침을 삼키고 한숨을 깊게 내쉰 후 말을 이었다.

"정확히는 마왕'이었던' 존재죠."

씁쓸한 미소를 입가에 머금었다.

"사탄을 주축으로 한 반란이 있기 전까지는, 말입니다."

진정한 거짓말은 99%의 진실과 1%의 거짓으로 이루어져 있다는 말이 있다. 그냥 순수 100%의 거짓말보다 진실을 교묘하게 왜곡한 거짓이 훨씬 더 효과가 있다는 의미.

강우 또한 그 사실을 잘 알고 있었다.

하지만 지금까지는 굳이 진실을 교묘하게 왜곡하는 방법을 사용하지 않았다.

'정확히는, 그럴 필요가 없었지.'

가이아를 비롯한 가디언즈, 그가 지구로 귀환한 이후 인연을 쌓은 사람들. 그들 모두는 '지옥'이라는 존재에 대해서 정확히 알지 못했다. 애초에 아는 것이 없으니 진실을 교묘하게 왜곡할 필요도 없었던 것.

그게 지금까지 강우가 순도 100%의 거짓말을 사용한 이유였다.

'하지만.'

상황이 변했다.

발록의 트롤링으로 인해서 더 이상 예전과 같은 포지션을 유지하기는 힘들어졌다.

'생각하니 화나네.'

힐끗. 그의 앞에 머리를 조아린 발록을 내려다보았다. 절로 한숨이 흘러나왔다.

'멍청한 놈.'

물론, 발록의 행동에 대해서 진심으로 분노한 것은 아니었다.

그의 입장에서 생각해 보라. 지옥에서 소환되어 오랜만에 목숨을 바친 주군을 만난 기쁨에 차서 반가움을 표한 것에 불과했다. 그것이 결과적으로 그에게 피해를 줄 거라는 것을 발록이 어떻게 알 수 있단 말인가.

눈치채기를 바라기는 했지만 애초에 발록은 눈치가 빠른 놈도 아니었다. 우직하고, 멍청할 정도로 한결같은 충성심을 바치는 부하. 그것이 발록이었다.

'눈치를 챌 만한 단서가 너무 없기도 했고.'

발록이 무슨 수로 강우가 지구로 돌아가서 정체를 숨기고 영웅을 연기하고 있을 거라 예상할 수 있겠는가.

'그래도 이 새끼 툭하면 할복하려는 버릇은 고쳐야겠어.'

발록에 대해 진심으로 화가 난 것이 있다면 도가 지나친 충성심. 뭐만 하면 자꾸 목숨을 바친다느니 죽을죄를 지어 할복하겠다고 하니 여간 스트레스가 아니었다. 다른 놈들이 그랬다면 그냥 입에 발린 말이라고 무시할 수 있기라도 하지 발록의 경우는 그럴 수도 없었다.

"가, 강우 씨? 그, 그게 무슨 말씀이시죠?"

"혀, 형님이 마왕, 이었다고요?"

폭탄이나 다름없는 그의 말에 가이아와 김시훈은 아직도 경악에서 헤어 나오지 못하고 있었다.

'그야 그렇겠지.'

만난 시간은 그리 길다고 할 수 없었다. 하지만 그간 강우의 갖은 노력(눈물의 똥꼬 쇼) 덕분에 자신에 대한 두 사람의 신뢰는 거의 최고치에 도달해 있었다. 그런데 갑자기 뜬금없이 스스로를 마왕이라 밝히니 저런 반응도 당연지사.

"그렇습니다. 저는 과거 지옥을 지배하던 마왕이었습니다."

강우는 손을 들어 올렸다. '마기의 지배자' 효과를 사용하지 않은 검은 마기가 그의 손에서 피어올랐다.

"허업!"

"이, 이제까지 저희를 속이셨던 건가요?"

가이아가 몸을 움찔 떨며 뒤로 물러섰다. 그레이스는 무기를 꺼내 든 채 날카로운 눈으로 강우를 노려보았고, 김시훈과 한설아는 믿을 수 없다는 표정으로 우물쭈물했다.

'예상했던 반응이다.'

이런 반응을 보일 것은 예상했던 일. 사실 더욱 심한 경계를 보낼 것이라 생각했었다.

'나쁘지 않아.'

오히려 이 정도라면, 가능할 것 같다는 생각이 들었다.

'빛의 용사 오강우 프로젝트, 시작합니다!'

강우는 주먹을 불끈 움켜쥐었다.

"죄송합니다. 언젠간 말씀드리려고 했지만……. 결국 이렇게 전하게 되네요."

"자, 잘 이해가 가지 않습니다."

가이아가 충격을 받은 표정으로 말했다.

"인간인 강우 씨가 어떻게 지옥의 마왕이 될 수 있었는지……. 사탄이 반란을 일으켰다는 건 또 무슨 얘기인지……."

"처음부터 설명해 드리겠습니다."

나지막이 입을 열었다.

"5년 전, 격변의 날. 저는 검은색 게이트에 빨려 들어가 지옥에 떨어졌습니다."

"예……?"

"그게 무슨."

"저도 왜 제가 지옥에 떨어졌는지는 모릅니다. 단순한 우연인지 아니면 누군가의 의도인지조차 모르겠습니다. 다만 확실히 말씀드릴 수 있는 것은, 제가 그날 지옥에 떨어졌다는 것입니다."

"……."

침묵 속에서 강우의 말이 이어졌다.

"플레이어도 아닌 그저 나약한 인간에 불과했던 전, 그곳에서 살아남기 위해 필사적으로 발버둥 쳤죠. 그러던 중 지옥의 마기를 몸 안에 받아들였고 그 이후……."

"악마가, 되신 거군요."

가이아가 떨리는 목소리로 말했다.

강우는 고개를 끄덕였다.

마기를 몸 안에 받아들인 존재는 인간으로 남아 있을 수 없다. 마기의 힘을 견디지 못하고 죽거나, 욕망을 이기지 못하고 이지를 상실한 마물이 되거나…… 악마로 변했다.

"그렇습니다. 악마가 된 이후, 살기 위해서 계속해서 싸웠죠. 아주 오랜 시간 동안."

"그건 또 무슨 소리야? 격변의 날 이후 5년이 지났을 뿐이잖아."

차연주가 표정을 굳히며 물었다.

강우는 씁쓸한 미소를 머금었다.

"지구에서는 5년이 지났겠지. 하지만 지옥에서는 그보다 훨씬, 비교할 수 없을 정도로 오랜 시간이 흘렀어."

"대체 지옥에서 얼마나 보냈길래 그런 말을……."

"만 년."

"뭐?"

"난 지옥에 만 년을 갇혀 있었어."

"……."

침묵이 내려앉았다.

만 년. 상상할 수도 없이 아득한 시간. 대체 어느 정도인지 짐작조차 할 수 없기에, 아무도 입을 열지 못하고 있었다.

-사실이다. 마왕님께서는 만 년 동안 일천부터 구천의 지옥을……

"발록. 조용히 하고 있어."

-명을 받들겠습니다.

이번에 발록이 내뱉은 말은 도움이 됐다. 강우가 지옥에서 만 년이라는 시간을 보냈다는 증인의 등장에 술렁임이 일었다.

차연주는 벌어진 입을 다물지 못하며 떨리는 목소리로 말했다.

"지, 진짜야? 지옥에서 만 년을 보냈다고?"

"그래."

"그리고… 지옥의 지배자가 됐다고?"

"한때는, 말이지."

"지금은 그렇지 않다는 거야?"

강우가 고개를 끄덕이자 주변의 시선이 집중됐다.

'이제부터 시작이다.'

지금부터가 중요했다.

자신이 5년 전 격변의 날 지옥에 떨어졌다는 것. 만 년의 시간을 지옥에서 보내며 구천지옥을 지배하는 마왕이 됐다는 것. 여기까지는 아무 거짓도 보태지 않은 '진실'이었다.

'그리고 진정한 거짓말은.'

1%의 거짓을 섞으며 이뤄지는 것이다.

강우는 머릿속에 구상한 '스토리'를 풀어내기 시작했다.

"구천지옥에는 '대공'이라는 강력한 악마들이 있어. 나는 지옥에서 대공들과 싸우며 그들을 억누르고 있었지."

"억누르고 있었다고?"

"그래."

고개를 끄덕이며, 말을 이었다.

"그들이 지구를 넘보고 있었으니까."

"……."

"특히 그중에 사탄이 지구에 대한 야욕이 가장 심했어."

"그, 그렇다면 강우 씨는 대공들이 지구를 침범하지 못하도록 막기 위해 마왕이 되신 건가요?"

"아뇨, 그런 건 아닙니다."

쓴웃음을 흘리며 고개를 저었다.

'너무 과장된 설정은 금물.'

지나칠 정도로 정의롭거나, 이타적이어서는 안 됐다. 인간의 기본적인 관념을 벗어난 설정은 스토리의 개연성을 망친다.

"전 그렇게 정의감 넘치는 사람이 아닙니다. 어디까지나 마왕은, 악마의 손에 죽고 싶지 않아 계속해서 싸우다 보니 저도 모르게 앉게 된 자리입니다."

그는 침착한 목소리로 말을 이었다.

"그렇다고 해서 제가 태어나고 자란 세계를 침범하려는 그들을 가만히 내버려 둘 수는 없었죠. 아주 오랜 시간이 지났지만, 지구에 대한 추억은 선명하게 남아 있었으니까요."

"하지만 결국 사탄이 지구에 왔다는 얘기는……."

"예. 생각하시는 게 맞습니다."

주먹을 움켜쥐며, 분하다는 듯 입술을 깨물었다.

'감정 한번 잡아주고.'

가장 중요한 것은 타이밍과 연출.

강우는 가늘게 몸을 떨며 억눌린 목소리로 말했다.

"저는, 사탄에게 패배했습니다. 아무리 발버둥 쳐도 마해(魔海)를 각성해 666가지의 권능을 가지게 된 그를 이길 수는 없었죠."

"아……."

"사탄은 제가 지닌 힘을 빼앗고, 마왕의 자리를 찬탈했습니다. 그리고 세력을 규합하여 거대한 균열을 만들었고, 대공들을 이끌고 지구로 넘어갔습니다."

"……."

"저는 사탄의 뒤를 따라 지구에 왔습니다."

그는 깊게 가라앉은 눈빛, 힘 있는 목소리로 말을 이었다.

"사탄을 막기 위해서."

가이아는 굳게 입을 다물었다. 혼란스러워 하고 있는 것이 눈에 훤히 보였다.

'혼란스럽겠지.'

물론, '사탄'이라는 악마와 자신이 동일인이라고는 생각하지 않을 것이다. 그런 생각을 하기에는 이제까지 강우가 만들어놓은 알리바이가 너무 확실했다.

하지만 사탄과 강우가 다른 존재라는 것과는 별개로, 오강우라는 '악마'의 말을 신뢰하기란 어려울 것이다.

'여기서는.'

믿음은 전염된다는 말이 있다. 일상생활에서도 그 말을 실감할 수 있는 일은 많다. 살지 말지 고민하는 물건을 눈앞에 두고 옆 사람이 이 물건 좋다며, 사는 게 좋다며 부추기면 그에 자기도 모르게 편승하는 것이 인간이었다. '바람잡이'라는 말이 괜히 생긴 것이 아니었다.

'흐름을 만든다.'

김시훈을 향해 고개를 돌렸다. 자신을 바라보는 그의 눈빛이 흐릿하게 변했다.

[종속의 권능이 발현되었습니다.]
[사역마의 행동에 대한 지배가 성공적으로 이루어졌습니다.]

"저는 형님의 말을 믿습니다."

"기, 김시훈 수호자님?"

가이아가 당황스러운 목소리로 물었다.

김시훈은 망설임 없이 고개를 끄덕이며 입을 열었다.

"가이아 씨. 이제까지 형님이 해왔던 일을 생각해 보세요."

"……."

"만약 형님이 악마의 편이라면 저희를 위해서 그토록 열심히 싸울 이유가 있겠습니까?"

"그, 그렇지만……."

가이아는 망설였다. 김시훈이 무슨 말을 하고 싶은지는 알고 있었다. 하지만, 아무리 그렇다고 해도 어떻게 악마의 말을 아무 의심 없이 믿을 수 있단 말인가?

"저도 강우 씨를 믿어요."

그다음으로 나온 것은 한설아. 그녀는 강우를 바라보며 애잔한 눈빛을 보냈다.

"처음에 강우 씨가 김치찌개를 먹으면서 지나치게 좋아하시기에, 솔직히 좀 이상한 사람이라고 생각했어요."

한설아가 손을 뻗었다. 그녀는 조심스럽게 강우의 뺨을 쓰다듬었다.

"하지만… 이제는 이해할 수 있어요. 그토록, 그토록 오랜 세월을 지옥에서 홀로 견뎌오신 거였군요."

그녀의 눈을 타고 한 줄기 눈물이 흘러내렸다.

지옥이 어떤 곳인지 그녀는 모른다. 하지만 처음 강우의 반응을 생각하자, 그곳이 어떤 곳인지 어림잡아 상상할 수 있었다.

'얼마나, 얼마나 외로우셨을까.'

그녀는 지그시 입술을 깨물었다.

여기 있는 사람들 중에서 가장 먼저 강우를 만나고, 가장 오랫동안 그와 함께 있었던 것은 그녀였다. 그녀는 강우와 함께했던 시간들을 머릿속에 떠올렸다.

'그래서, 그런 쓸쓸한 눈을 하고 있었던 거야.'

가끔씩 강우에게서 보였던 깊이를 알 수 없는 눈빛. 이해하기 힘들었던 그 눈빛을 이제야 이해할 수 있었다.

"괜찮아. 그래도 설아 너를 만난 이후로 적어도 외로웠던 적은 없었으니까."

강우는 자신의 뺨을 쓰다듬는 그녀의 손을 가볍게 마주 잡았다.

'이건 생각 못 했는데.'

한설아까지 이렇게 그를 옹호하며 나설 줄은 생각지 못한 일. 하지만 어찌 됐든 그녀의 지원 사격이 김시훈을 통해 만들어진 '흐름'을 더욱 크게 만든 것은 사실이었다.

'여기서 한 번 꼬아줘야지.'

흐름에 편승해서 기다려서는 안 됐다. 연애에서 밀당이 중요하듯, 거짓말에도 밀고 당기는 타이밍이 필요했다.

강우는 손에 든 흰색 가면을 가이아에게 내밀었다.

"사정이 어찌 됐든, 제가 이제까지 가이아 씨와 다른 모든 사람들을 속이고 있던 것은 사실입니다."

그녀의 손에 가면을 쥐어주었다.

"오늘부로, 전 가디언즈를 탈퇴하겠습니다. 앞으로 여러분들의 눈앞에도 다시는 모습을 보이지 않겠습니다."

"아……."

"혀, 형님!"

"강우 씨 그, 그게 무슨 소리세요!!"

또 한 번의 폭탄 발언에 경악이 퍼졌다.

김시훈은 종속의 권능으로 조종한 것이 아님에도 다급히 그에게 다가왔고, 한설아는 눈물을 흘릴 기세로 소리쳤다. 그에게 감정이 있다는 것을 공공연히 밝힌 천소연은 말할 것도 없었고 강태수 또한 기겁을 하며 고개를 저었다.

"허, 헛소리하지 마 이 자식아! 내, 내가 너한테 투자한 게 얼만데!"

차연주가 얼굴을 벌겋게 붉히며 소리쳤다.

주변 사람들의 뜨거운 반응. 그리고 그들의 시선이 집중된 것은 가이아였다.

"강우 씨……."

가이아는 그가 내민 가면을 슬픈 표정으로 쓰다듬으며,

지그시 입술을 깨물었다.

'강우 씨를 믿어도 될까?'

강우와 있었던 일들을 떠올렸다.

솔직하게 말해서, 만난 시간은 길지 않았다. 고작해야 몇 개월 정도. 하지만 그 시간 동안 '오강우'라는 사람에 대해서 알 수 있는 일들은 많았다.

'강우 씨는.'

그는 사탄이 알렉을 죽이고 김시훈의 목숨을 노렸다는 것에 대해 그 누구보다 분노했다. 악마교의 사악한 계략을 눈치채고 그를 막으려 애썼다. 사탄에게 약탈된 창고를 바라보며 안일함에 빠져 있었던 가디언즈를 일깨웠다. 레이날드의 위험을 가장 먼저 알아차렸으며, 그의 죽음에 진심으로 눈물을 흘렸다. 좌절과 절망에 빠질 뻔한 자신에게 언제나 뼈 있는 조언을 해주었다.

'그런 강우 씨를…….'

어찌 의심할 수 있겠는가.

가이아는 그가 준 새하얀 가면을 움켜쥐었다. 가녀린 손이 떨리고 있었다.

"당신을, 믿겠습니다."

"……가이아 씨."

"당신이 악마이건, 마왕이건 중요하지 않습니다."

가이아는 나지막이 말을 이었다.

"그 어떤 어둠도 강우 씨가 지닌 진정한 빛을 가리지 못합니다."

영웅신 티리온이 그를 선택했다. 다른 누구도 아닌 '신'이.

'티리온 님이 강우 씨를 선택하신 이유가 있을 거야.'

레이날드를 통해 티리온의 기운을 느꼈을 때, 그가 얼마나 마(魔)를 증오하는 존재인지 알 수 있었다. 그럼에도 티리온은 강우를 선택했다.

'모르셨을 리는 없어.'

강우와 연결된 순간, 그의 정체에 대해서 티리온이 몰랐을 리가 없었다. 그럼에도 아직 강우의 몸 안에 남아 있다는 사실이 의미하는 것은 하나.

'강우 씨가 지닌 진정한 빛을 알아차리신 거야.'

그렇게밖에 생각할 수 없었다.

"강우 씨. 부디 가디언즈에 남아주세요. 저희에게는… 당신이 필요합니다."

가이아가 가면을 다시 내밀었다.

강우는 놀란 표정을 짓더니, 이내 그녀에게서 가면을 다시 받아 들었다.

"믿어주셔서, 감사합니다."

그 순간이었다.

파아아아아앗!!!

강우의 몸에서 흘러나오던 검은 마기가 찬란한 황금빛으로 물들기 시작했다.

"아아."

눈부신 광휘가 쏟아지는 강우의 몸. 사람들의 입에서 탄성이 흘러나왔다.

"반드시, 가디언즈와 함께 이 세계를 구하겠습니다."

굳은 의지가 담긴 목소리. 광휘에 물든 강우는 새하얀 가면을 얼굴에 썼다.

어둠에서 태어나, 빛이 된 존재. 악마의 육체를 가지고도 세계를 지키기 위해 그 누구보다 헌신하는 영웅. 빛의 용사 오강우의 탄생이었다.

'연출 지리고요~!!'

루시퍼의 권속들이 등장하고, 악마교와 발록의 일까지. 꽤나 많은 일이 몰아치듯 일어났던 남미의 사건이 끝났다.

발록이 패배한 것을 확인한 악마교들은 다급히 도망쳤고, 그 이후 몬스터들이 다시 원래대로 돌아왔다. 미군은 토착민들을 이주시켜 그나마 관리가 되는 지역인 베네수엘라에 복구 기지 건설을 시작했다.

강우 일행은 남은 작업을 미군과 그레이스에게 맡기고 한국으로 돌아왔다.

돌아오는 길에 강우와 다른 사람들의 대화는 거의 없었다. 그의 옆에 딱 붙어 있는 5미터짜리 거구의 악마, 발록 탓도 있었지만, 예전과는 달라진 분위기의 가장 큰 원인은 강우 자신이 밝힌 과거 때문. 아무리 강우의 말을 믿는다고 해도 예전처럼 스스럼없이 그를 대하기는 힘든 일이었다.

'친한 친구가 과거 흉악 범죄자라는 사실을 들은 거랑 비슷한 느낌일까.'

지옥에 홀로 떨어져 살아남기 위해서 어쩔 수 없이 악마가 됐다는 것을 고려하면 조금 다르기는 할 것이다.

'무인도에서 살아남기 위해 인육을 먹은 사람, 이런 느낌이겠네.'

아마도 그쪽이 더 적절한 비유.

강우의 사정 자체는 이해하지만, 머릿속의 관념 때문에 쉽게 받아들이기 힘든 애매한 상태일 것이다.

'뭐, 시간이 해결해 주겠지.'

시간이 흐른다고 모든 일이 해결되지는 않았지만, 적어도 이번 일의 경우 시간이 흐르면 자연스럽게 해결될 것이란 생각이 들었다. 그들에게 필요한 것은 강우에 대한 믿음이 아니라 악마를 동료로 받아들이기까지 생각을 정리할 시간이었으니까.

'어쨌든 상황 자체는 더 좋아졌군.'

전화위복이라는 말이 딱 알맞았다.

발록 때문에 꽁꽁 숨겨왔던 자신의 정체가 만천하에 들통나게 됐을 때까지만 하더라도 이걸 어떻게 수습해야 하나 머리를 싸맸지만, 결과는 아주 성공적.

단순히 상황을 수습한 것을 넘어 앞으로의 행동을 더욱 편하게 만들어주었다.

'일단 발록을 편하게 사용할 수 있다는 점이 가장 크지.'

만약 그가 악마라는 사실을 계속 숨겨야 했다면 발록을 아군으로 사용하는 것은 힘들었을 것이다.

사용한다고 하더라도 발자하크를 사용했을 때처럼 온갖 쇼를 억지로 벌이며 사용해야 했을 것은 자명한 사실. 발록을 편하게 아군으로 부릴 수 있다는 것만 하더라도 이번 도박의 보상은 충분했다.

'작은 것 같아도 작은 게 아니지.'

발록이 지닌 힘은 가디언즈 전체와 맞먹었다.

나중에는 김시훈이 그를 넘어설 가능성을 지니고 있긴 했지만 지금 당장은 요원한 일. 아니, 일단 다른 건 다 제쳐두더라도 발록이 지닌 가치는 한 문장으로 정의할 수 있었다.

'발록은 대공을 상대할 수 있다.'

대공을 이기지는 못할 것이다. 아무리 발록이 대공급의 힘을 지니고 있다고 칭송받아도 실제 대공과 비교하면 그 격이 떨어지는 것이 사실.

하지만 거기에 강우가 더해진다면 어느 정도 비벼볼 수 있는 수준까지 올라갈 수 있었다. 그런 발록을 남들의 시선을 신경 쓰지 않고 편하게 쓸 수 있다는 것과 아닌 것에는 아주 큰 차이가 있었다.

'발자하크는 좀 힘들겠지만.'

발자하크는 이미 사탄의 수하라는 이미지가 너무 깊게 박혀 버렸다. 대놓고 발자하크를 사용하다가 레이날드를 죽인 진범으로 자신이 몰릴 위험성이 있었다.

'그건 절대 안 되지.'

지금 강우가 빛의 용사로 인정을 받을 수 있는 이유는 사탄의 존재 덕분이었다.

여기서 사탄과 자신이 동일인이라는 사실이 밝혀지면 그야말로 파국. 빛의 용사고 나발이고 인류 전체가 그를 향해 무기를 꺼내 들 것이다. 평안하고 평탄한 삶을 바라는 강우의 입장에서는 무조건 지양해야 할 일이었다.

-죄송합니다, 주군. 주군의 사정을 모르고 그만……

"아니, 뭐 알 방법이 없었으니까 어쩔 수 없지."

강우가 사는 아파트 근처에 위치한 건물. 5미터에 달하는 거구를 지닌 발록을 집에 들일 수는 없었기에 강우는 건물 한 채를 사서 발록이 지낼 수 있도록 개조했다.

3층 높이의 천장을 지닌 넓은 건물 내부에 강우가 앉아 있었다. 그리고 그 앞에서 발록이 한쪽 무릎을 꿇은 채 고개를 떨궜다.

-마왕님께서 인간들을 상대로 기만 작전을 펼치실 거라 전혀 예상치 못했습니다.

"기만은 뭘 기만?"

-웅? 지금 빛의 용사를 자처하는 일이 인간들의 뒤통수를 치기 위함이 아니셨습니까?

"헛소리하지 마, 인마."

강우는 깊은 한숨을 내쉬며 고개를 저었다.

어떻게든 지구를 지키기 위해 필사적으로 움직이는 자신에게 무슨 헛소리인가.

강우는 자신의 목표와 지금 상황을 발록에게 설명했다.

-대공이 부활……? 아, 아니, 그보다 마왕님! 마왕님처럼 위대하신 분께서 어찌 이 나약한 인간 따위를 지키신단 말씀이십니까? 모두 정벌하여 세계를 발아래 두셔야 합니다!

"관심 없다."

시큰둥한 목소리로 말을 이었다.

"질리도록 오래 싸웠잖아. 이제 좀 쉬고 싶다고."

-끄응……

"뭐, 넌 악마니까 이해 못 하겠지."

악마들에게는 평화와 안정이라는 개념이 없다. 그들은 영생을 사는 종족이기에 근본적으로 그런 사고가 '불가능'하도록 만들어졌다.

'그러지 않았으면 숫자가 무한히 늘어날 테니까.'

악마들 또한 번식을 하고, 자손을 낳는다. 심지어 악마들 중에서는 무성 생식이 가능한 개체도 드물지 않았다.

만약 그들이 평화와 안정을 바라는 종족이었다면 지옥에는 수백, 수천억의 악마들이 들끓었을 것이다.

'천사는 어떨지 몰라도 악마는 서로 죽여서 개체 수를 유지하지.'

과연 그들을 만든 존재가 누군지는 모르겠지만 치밀하게 만들었다는 생각이 들었다.

물론, 악마들 중 극소수는 평화를 바라기도 했지만 대부분의 악마들이 전투를 즐기고 상대를 짓밟으며 살아갔다.

그리고 발록은 그 '대부분'에 속하는 악마였다.

"설마 내 뜻을 거스를 생각은 아니겠지?"

-물론입니다.

발록은 깊게 고개를 숙였다.

본능적으로 그는 파괴와 지배를 갈망한다. 하지만 그런 본능보다 아득히 위에 있는 것이 바로 그의 주인, 강우의 명령. 그를 위해서라면 망설임 없이 목숨도 끊을 수 있는 것이 발록이었다.

-마왕께서 평화와 안녕을 바라신다면, 적들을 모조리 쳐 죽여 감히 그 누구도 마왕님의 휴식을 방해하지 못하게 만들겠습니다.

"아…… 뭐, 그래. 여하튼 대강 내 사정은 설명 끝났으니 나도 몇 가지 질문 좀 하자."

-말씀하십시오.

"내가 없는 동안 지옥에 별일은 없었냐?"

딱히 그곳에 남겨두고 온 세력을 걱정하는 것이 아니었다.

'고대 마물.'

둠가드에게 들었던 이상 현상. 일정한 영역 밖으로는 절대 나오지 않았던 고대 마물들이 점점 더 영역을 넓히고 있다는 소식. 악마교들이 구천지옥의 악마까지 소환하기 시작한 이상 그 이상 현상에 대해서 얘기를 들어두는 것이 좋을 것 같았다.

-안 그래도 그 일에 대해서 말씀드리려고 했습니다.

발록의 표정이 일그러졌다.

-아무래도, 아몬이 무언가 꾸미고 있는 것 같습니다.

"아몬이?"

강우는 눈살을 찌푸렸다.

아몬. 원래 사탄 진영에 있다가 그의 세력으로 투항한 악마의 이름. 육체적인 전투 능력은 상당히 낮았지만, 마법적인 지식이 굉장히 뛰어났던 악마. 지옥 무구를 이용해 지구로 향하는 차원 균열을 여는 데 도움을 준 것도 바로 그 아몬이었다.

"무언가 꾸미고 있다는 말이 정확히 어떤 의미지?"

강우는 가늘게 눈을 떴다. 그러자 농밀한, 질척거릴 정도로 짙은 살기가 그에게서 피어올랐다.

발록은 흠칫 몸을 떨었다. 그러고는 고개를 들어 강우의 눈을 살폈다.

그의 눈이 아직 흰자위에 검은 동공인 것을 확인한 발록은 가슴을 쓸어내리며 말을 이었다.

-저도 정확히는 모르겠습니다. 증거가 있는 것도 아닙니다만… 마왕님이 지구로 가신 이후에 계속 연구에 몰두해 밖으로 아예 나오지 않고 있습니다.

"그건 언제나 그랬잖아."

-그렇지만 이번에는 경우가 좀 심합니다. 마왕님이 지구로 가신 이후 한 번도 그의 얼굴을 보지 못했을 정도입니다. 강제로 문을 따고 들어가려고 해도 엄청난 결계로 문이 막혀 있었습니다.

"문까지 막아버렸다고?"

강우는 가늘게 눈을 떴다. 확실히 이상한 일이었다.

'애초에 그다지 신뢰할 수 없는 놈이긴 했는데.'

아몬을 부하로 받아들인 이유는 마기를 이용한 흑마법에 통달한 아몬만이 지옥 무구를 이용하여 균열을 만들 수 있었기 때문.

"……놈이 배신을 한 거냐?"

-확실하지는 않습니다. 다만, 그가 은거한 이후로 고대 마물들의 이상한 행동이 시작된 것은 사실입니다. 심지어 베히모스의 움직임까지 포착되었습니다.

"베히모스가 움직였다고?"

베히모스. 고대 마물 중 최강의 존재로 유명한 마물이자 일곱 대공 중 하나인 '레비아탄'의 아버지.

'레비아탄이 분명 고대 마물과 악마의 혼혈이었지.'

베히모스의 존재는 레비아탄의 아버지라는 것 이외에는 거의 알려져 있지 않았다.

그리고 강우가 지옥에서 활동한 만 년 동안, 그는 단 한 번도 움직임을 보인 적이 없었다.

"제기랄."

무언가 불길한 예감이 들었다.

불길한 예감 이상으로 불쾌한 것은 지금 강우의 입장에서 무슨 조치를 취할 수가 없다는 것.

'내가 다시 지옥에 갈 수도 없잖아.'

놈들을 소환해서 처치하는 것도 불가. 그렇다고 그가 직접 지옥으로 돌아가는 것은 더더욱 불가능했다.

'아니, 일단 돌아가고 싶지 않아, 시바.'

지구로 돌아오기 위해 온갖 개고생을 했다. 지옥으로 돌아가고 싶은 생각은 없었다.

"다른 애들은? 둠가드도 이것과 관련해서 조사하고 있던 것 같던데."

-둠가드와 아르거스가 조사를 하고 있습니다만, 정확한 원인에 대해서는 밝혀내지 못했습니다.

"젠장."

지구로 귀환한 이후에 구천지옥 일에 대해서 신경 써야 할 상황이 생길 줄은 예상도 못 했다.

'이럴 줄 알았으면 아몬 그놈을 죽이고 올걸.'

자신이 하고도 말이 되지 않는 생각. 당연히 지구로 돌아오면 이제는 지옥과는 영영 인연이 없을 것이라고만 생각했지, 악마고니 게이트니 생각해 본 적도 없었다.

'당장은 힘을 기르는 방법밖에는 없나.'

가늘게 눈을 떴다. 사실 그것 말고는 마땅한 대처 방법이 없는 것은 사실.

'이번에 결국 스탯 130도 못 찍었는데.'

답답한 점이 있다면 이번 일로 결국 스탯 130에 도달하지 못했다는 점이었다. 발록 소환이 화려하게 실패해 버렸으니 한동안 악마교가 몸을 사릴 것이 분명한 상황에서 상당히 짜증 나는 일.

'루시퍼의 세력이 악마교를 치는 걸 기다리는 수밖에 없나.'

당장 생각나는 것은 에르노어 대륙에 존재하는 루시퍼의 세력들이 지구로 넘어오는 것을 기다렸다가 습격하는 것뿐.

"하아."

깊은 한숨이 흘러나오고 머리가 아파 왔다.

'설마 여기서 더 복잡한 일이 생기지는 않겠지?'

이미 머리가 용량을 초과할 것만 같았다.

-그보다 마왕님.

"응?"

발록이 고개를 두리번거렸다.

-리리스는 어디에 있습니까?

"뭔 소리야. 리리스는 지옥에 있겠지."

강우는 얘기도 꺼내지 말라는 듯 질린 표정으로 고개를 저었다.

-예?

그러자 발록이 무슨 소리를 하냐는 듯, 고개를 갸웃거렸다.

-리리스는 저보다 먼저 지구에 왔습니다만……

"뭐요?"

강우의 두 눈이 부릅떠졌다.

"뭐라고 씨발?"

걔가 이미 지구에 왔다고?

"자, 잠깐만. 그게 무슨 소리야?"

시야가 흔들렸다. 귓가가 뜨거워지며 머릿속이 엉켰다. 전혀 예상하지도, 상상하지도 않았던 일이었다.

"이미, 리리스가 지구에 왔다고?"

발록은 고개를 끄덕였다.

-그렇습니다. 전에 드디어 마왕님께서 자신을 불렀다며 얼마나 자랑을 하면서 가는지…….

그는 거칠게 표정을 일그러뜨렸다. 안 그래도 흉악하기 짝이 없는 발록이 표정까지 일그러뜨리니 공포 영화에서나 볼 법한 흉악한 얼굴로 변했다.

발록은 초조하게 입술을 깨물며 말을 이었다.

-크윽. 그 얼굴만 믿고 나대는 요망한 년……. 마왕님, 리리스의 색계에 너무 빠져서는 안 됩니다.

그는 진심 어린 걱정이 담긴 목소리로 말했다.

하지만 돌아오는 대답은 싸늘했다.

"닥쳐."

-예?

"닥쳐봐, 새끼야."

강우는 두 손으로 머리칼을 움켜쥔 채 몸을 떨었다.

'안 돼.'

찔꺼억. 수십 개에 달하는 녹색 촉수가 꿈틀거리는 소리. 끈적한 점액질이 촉수를 타고 흘러내리며 수천 개의 빨판이 피부를 핥고, 18개의 눈과 뱀처럼 기다란 혓바닥이 그의 입술을 스치는.

'어머니, 씨발.'

과거의 기억. 트라우마. 머릿속에 새겨진 낙인. 풀려날 수 없고, 잊을 수도 없는 기억들. 감정들. 감촉들.

'멍청하다고 해서 미안하다, 시훈아.'

김시훈이 과거의 트라우마에서 벗어나지 못하고 있는 모습을 멍청하다고 생각했었다.

하지만 지금 자신의 모습은 어떤가.

'살려줘.'

어두운 밤. 부드러운 물건이라고는 눈을 씻고 찾아도 없는 지옥에서 어렵사리 만들어낸 침대 위에 누워 잠에 들려고 할 때. 이불 사이를 뚫고 들어오는 촉수들.

이불을 다급히 들추면 그 안에서 자신을 올려다보는 18개의 붉은 눈동자. 옷을 들추며 더듬는 축축한 손길. 옷을 적시며 몸을 타고 흘러내리는 끈적이는 점액질.

비명을 지르기 위해 입을 벌리면 날렵하게 입안으로 들어오는 기다란 혓바닥.

'사랑해요, 나의 왕이시여.'

'으아아아아아아!'

상상만으로 담당 일진을 만난 학생처럼. 포식자를 마주친 먹잇감처럼. 강우의 온몸에 소름이 돋으며 덜덜 몸이 떨리기 시작했다.

"리, 리리스가… 지구에… 왔, 다고?"

공포가 그의 몸을 지배했다. 어두운 밤의 기억이 그를 옥죄어왔다.

그렇게 싫으면 리리스가 방에 들어오지 못하도록 만들면 되는 거 아니냐 물을 수 있겠지만 그런 간단한 문제가 아니었다.

리리스와의 동침은 '동맹'이라는 측면에서도, 형식상이지만 그의 '아내'라는 것 때문에라도 함부로 거절하기가 힘들었다.

간단한 예를 들면, 왕비와 전혀 잠자리를 갖지 않는 왕이 있는 국가. 그 국가 대부분의 국민들이 왕비를 무척 아끼고 사랑하며, 찬양하는 그런 상황인 것이다.

당시 일곱 대공의 세력을 상대하는 것만으로도 벅찬 상황에서 마왕군 내부에 분열을 일으킬 수 없는 강우의 입장에서는 반강제적으로 그녀와 동침할 수밖에 없었다.

"우읍."

헛구역질이 올라왔다. 강우는 다급히 손을 들어 입을 막았다.

이런 반응을 보이기는 하지만, 솔직히 말해서 리리스 자체를 싫어하는 것은 아니다. 자신을 향해 한결같은 충성과 사랑을 보이며 최선을 다해주는 그녀를 싫어할 리는 없었다.

'그래서 더 문제였지.'

차라리 적이었다면 단칼에 찢어버릴 수 있을 것이다. 하지만 그녀는 적이 아닌 아군. 그것도 마왕군 내에서 다섯 손가락 안에 꼽히는 주요 인물이었다. 심지어 그에게 심장이라도 뜯어다 바칠 정도의 사랑을 보내고 있었다. 그런 입장에서도, 감정적으로도 그녀를 차갑게 내치는 것은 힘들었다.

'그래, 시바. 호구인 내가 잘못이지.'

강우는 발록과 리리스. 두 화상들의 얼굴을 떠올렸다.

그들이 소중하냐, 아니냐를 고르라면 당연히 소중했다. 천 년의 시간을 함께 지내며 수많은 역경을 넘어왔다. 인간성이라는 것이 손톱의 때만큼이라도 남아 있다면 미운 정이라도 쌓이는 것이 당연했다.

-무슨 문제라도 있으신 겁니까?

"하아. 아니다. 말을 말자."

강우는 한숨을 내쉬며 고개를 저었다.

이런저런 이유로 리리스와는 오랜 시간을 함께 보냈고, 그것은 강우에게 뿌리 깊은 트라우마를 심어주었다.

"그나저나……."

그는 가늘게 눈을 떴다.

'역시 왔다면 그때 온 거겠지.'

일본에서의 일을 떠올렸다. 리리스가 소환되는 것을 간신히 틀어막았을 때의 기억. 아키야마라는 정신 나간 악마교도와의 교전. 그리고 그 이후에 있었던 일들.

그때 균열 속에서 리리스 본인이 나온 것은 아니었으니 그녀의 영혼이 쿠로사키 유리에의 몸 안에 흘러 들어갔거나 했을 가능성이 컸다.

"아."

탄성이 흘러나왔다. 쿠로사키 유리에. 그녀의 이해할 수 없었던 행동들이 하나씩 이해되기 시작했다.

강우의 표정이 창백하게 변했다.

'맞아. 그래서 그랬던 거야.'

일왕의 손녀라는 자가 후지모토 료마가 아닌 자신의 편을 들어준 것. 이상할 정도로 그의 부탁을 쉽게 들어줬던 것. 그 모든 것이 쿠로사키 유리에의 몸 안에 리리스가 들어가 있다면 설명됐다.

"어, 잠깐만."

그때 머릿속에 느낌표 하나가 떠올랐다.

강우는 두 눈을 부릅떴다.

'이거 오히려 좋은 상황 아닌가?'

그가 리리스를 꺼려하는 이유는 순전히 끔찍한 외모 때문이었다. 고작 외모 가지고 뭐 그렇게까지 하냐고 물을 수도 있겠지만, 그녀의 경우 도를 넘어섰다.

'걔랑 천 년 붙어 있어봐라, 그딴 말이 입에서 나오나.'

대형 문어가 자신을 사랑한다고 달라붙는 격인데 여기서 고작이란 말이 나올 수가 없었다.

강우는 자리에서 벌떡 일어서며 주먹을 불끈 쥐었다.

'그런 리리스가 쿠로사키 유리에의 몸 안에 들어가 있다면!'

가장 근본적이며, 핵심적인 문제가 한 방에 해결된 것. 심지어 쿠로사키 유리에는 한설아와 비견될 수 있을 정도로 아름다운 외모를 지니고 있었다.

'뭐, 이제 와서 리리스랑 뭘 해볼 생각은 없지만.'

한설아의 얼굴이 떠올랐다.

강우는 고개를 저으며 입술을 핥았다.

'어쨌든, 이건 반길 만한 일이야.'

인간의 육체로 들어간 리리스가 어느 정도의 힘을 지녔는지는 알 수 없었다.

하지만 악마가 지닌 힘의 근본은 영혼. 루시퍼만 하더라도 달랑 영혼 하나와 지옥 무구만으로 힘을 회복했으니 그녀 또한 전성기에 준하는 힘을 지녔을 확률이 높다.

발록에 이어 리리스.

'이러다가 지구에서 마왕군을 만드는 건 아니겠지.'

희미한 불안감이 솟았으나 어쨌든 상황은 고무적이었다.

강우는 품속에서 스마트폰을 꺼냈다. 전에 통화했던 쿠로사키 유리에의 번호를 찾아 전화를 걸었다.

뚜르르르.

"음."

통화음이 울렸다. 하지만 아무리 시간이 지나도 전화를 받지 않았다.

몇 번 더 전화를 걸었다.

"안 받네."

눈살을 찌푸렸다.

'어쩔 수 없지.'

강우는 몸을 돌렸다.

-마왕님?

"잠깐 갔다올 데가 있으니까 여기 있어."

-용무가 있으시다면 저도 함께 가겠습니다.

발록은 투기를 뿜어내며 말했다.

하지만 강우는 고개를 저었다.

"아니, 괜찮아. 사람이 많이 필요한 일도 아니니까. 그보다 지금 네 몸으로는 가봤자 혼란만 불러올 거야."

-끄응.

"무슨 일 있으면 부를 테니까 이거 귀에다가 끼고 있어."

강우는 발록의 귀에 들어맞는 통신기를 건넸다. 발록은 공손하게 통신기를 받아 들었다.

-명을 기다리겠습니다.

강우는 대답하지 않고 건물 밖으로 나왔다. 그러고는 천공의 권능을 사용하여 하늘 높이 날아올랐다.

'쿠로사키 유리에가 있는 곳이 도쿄였지.'

일왕이 지내는 성에 살고 있다고 들었다.

허공을 박차듯 발을 굴렀다. 하늘 높이 날아오른 강우의 몸이 무시무시한 속도로 쏘아졌다.

◆ 5장 ◆
그녀를 찾아서

고풍스러운 성.

　한 시간도 걸리지 않고 도쿄로 날아온 강우는 성 위에 섰
다. 그리고 문을 찾아 그 안으로 들어갔다.

　"누, 누구냣!"

　내부를 지키던 경호원들이 다급히 그를 둘러쌌다.

　강우는 품속에서 흰색 가면을 꺼냈다.

　"가디언즈입니다. 쿠로사키 유리에 님에게 드릴 말씀이 있어
찾아왔습니다."

　"가디언즈……?"

　"어, 잠시만."

　가디언즈는 대외적으로 공개되어 있지 않은 비밀 조직이었다.

하지만 그렇다 해도 각국의 수뇌부들은 그 존재를 알고 협력하고 있는 상황. 쿠로사키 유리에를 지키는 경호원들이라면 가디언즈에 대해 아는 것이 당연했다.

"비켜주세요."

그때, 한 명의 청년이 경호원들 사이에서 나타났다.

"이, 이토 대장님."

"저분은 제가 알고 있습니다. 가디언즈의 일원이 맞으니다들 돌아가 주세요."

"예!"

침착한 인상에 뱀눈을 가진 청년. 사진으로 본 기억이 있는 청년이었다.

"이토 신지 씨 맞습니까?"

이토 신지. 가디언즈의 일원으로 가이아의 선택을 받은 수호자 중 한 명이었다.

"예. 맞습니다, 강우 씨. 이렇게 직접 본 건 처음이네요. 가이아 님에게 얘기는 많이 들었습니다."

"쿠로사키 유리에 님에게 드릴 말이 있습니다."

형식적인 인사치레를 할 시간은 없었다. 강우는 이곳에 온 이유를 짧게 말했다.

이토 신지의 표정이 어둡게 변했다.

"잠시 이곳으로 와주실 수 있겠습니까?"

이토 신지의 뒤를 따라갔다. 그는 담백한 인상이 느껴지는
방 안으로 들어갔다. 그러나 안에 인기척은 없었다.

"여긴……."

"쿠로사키 유리에 님의 방입니다."

"지금 밖에 나가 있으신 겁니까?"

"아뇨."

이토 신지는 어두운 표정으로 고개를 저었다.

강우의 표정이 일그러졌다.

'잠깐 이거.'

"쿠로사키 유리에 님은 한 달 정도 전부터 행방불명되신
상태입니다."

'이런 시바.'

불길한 예상이 들어맞았다.

'애는 또 어디에 간 거야.'

한 달 전이라면 균열의 씨앗을 수거하는 작전이 한창 진행
되고 있을 때.

"어디로 가셨는지는 모르십니까?"

"예. 전국적으로 수색하고 있지만 아직 단서는……."

이토 신지는 한숨을 내쉬었다. 그리고 쿠로사키 유리에의
서랍장으로 다가서 새하얀 종이봉투 하나를 꺼냈다.

"쿠로사키 유리에 님께서 만약 오강우 님이 직접 자신을

찾아온다면 전해달라고 한 편지입니다."

"……내용이 뭐죠?"

들춰보지 않았을 리는 없었다. 한 국가의 수장 격인 존재가 사라진 이상 무조건 확인해 봤을 것이다.

이토 신지는 쓴웃음을 지으며 고개를 저었다.

"알 수 없는 문자로 적혀 있었습니다. 아마 강우 씨에게만 보이도록 장치가 되어 있던 거겠죠."

"왜 미리 연락하지 않으신 겁니까?"

"저희 쪽에서 먼저 연락을 취하면 편지가 불타 사라질 거라고 말씀하셨습니다. 어떻게 가능한지는 몰라도, 함부로 움직일 수는 없었죠."

"흠."

강우는 편지를 받아 들었다.

'대체 무슨 짓을 하려고 편지까지 남기고 사라진 거야?'

봉투를 뜯어 종이를 꺼냈다. 그가 손을 대자 종이에 적힌 검은 글씨들이 꾸물거리며 움직였다.

편지에 적힌 글자는 한글.

'한글은 또 언제 배운 거야.'

그는 의문을 뒤로한 채 내용을 읽었다.

사랑하는 마왕님에게.

아마 이 편지를 읽으셨을 때쯤 마왕님은 제 정체를 알아
차리셨겠죠. 그렇지 않다면 '쿠로사키 유리에'를 직접 찾아오
실 이유가 없으니까요.

'눈치 한 번 더럽게 빠르네.'
눈치라는 것이 존재하지 않는 발록과는 확연히 차이 나는
모습. 강우는 고개를 끄덕이며 다음 문장을 읽었다.

우선, 이 인간의 몸을 빌려 지구에 왔음에도 정체를 숨기
고 있던 것에 대해 사죄드립니다.

'아, 맞아. 그러고 보니 왜 정체를 숨기고 있던 거야?'

이 추하고 더러운 외모로… 감히 마왕님의 앞에 나설
용기가 없었습니다.

"뭐?"
육성이 흘러나왔다.
"뭔 개소리야?"
추하고 더럽다니? 쿠로사키 유리에의 외모는 아무리 낮게
쳐도 미인의 범주였다.

저는 이렇게 추한 외모를 가진 육체를 벗어나 마왕님께서 사랑하셨던 제 모습으로 돌아올 방법을 찾고 있었습니다.

"아니."

그러던 중, 드디어 방법을 찾아냈습니다.

"아니, 씨발."
아니, 라는 말 이외에 다른 말이 나오지 않았다.

후후훗. 벌써부터 가슴이 떨리지 않으십니까? 사랑하는 왕이시여. 이 리리스의 가슴은 벌써 왕과 재회할 생각에 터질 것만 같습니다.

"아니, 왜. 아니… 대체 왜 씨발……."

인간들 중에서도 꽤나 마기를 다루는데 능숙한 인간들이 있더군요. 악마교. 그들이 제 원래의 모습을 찾을 수 있도록 도와줄 것입니다.

"뭐, 뭐 씨발?"

그러고 보니 마왕님께서 이 악마교가 사탄 따위를 마왕이
라 섬기고 있다 말씀하셨죠? 후훗. 이번에 제가 그들에게 진
정한 마왕이 누구인지, 똑똑히 알도록 만들겠습니다.

"아, 아아."
벌어진 입이 다물어지지 않았다.

저는 악마교에 가담하여, 진정한 마왕의 존재를 널리 퍼
뜨리겠습니다. 그리고 제 원래 모습을 되찾아 마왕님을 다시
찾아가겠습니다.

손이 떨리고 귓가가 뜨거워졌다. 눈물이 쏟아질 것만 같았다.

사랑하는 왕이시여, 조금만 기다려 주세요.
당신의 리리스가. 쪽♥

마지막 하트 문양을 보자, 더 이상 참을 수가 없었다.
좌악! 좌악!
"으아아아아아아아아아!!"

강우는 편지를 찢고 있는 힘껏 포효를 내질렀다.

"나한테, 나한테 왜 그러는 건데에에에에!!"

"무, 무슨 일이십니까!"

손을 뻗어 이토 신지의 멱살을 거칠게 움켜쥐었다.

"씨발 어? 내가 뭘 잘못했다고!!"

"예, 예?"

"내가! 내가 씨발!! 뭘 그렇게 잘못했는데!!"

왜 나만 햄보칼 수가 없는 거야아아아아아아!!

"가, 강우 씨?"

"하아. 하아."

거친 숨이 토해졌다.

강우의 핏발 선 눈이 이토 신지를 향했다. 그는 강우의 갑작스러운 행동으로 공포에 질려 있는 상태였다.

"왜, 왜 그러시는 겁니까? 대체 편지 내용에 무슨 말이……."

"CCTV."

"예?"

"쿠로사키 유리에가 사라졌을 때 이 주변 CCTV 영상 전부 보여주십쇼."

"영상들은 이미 저희가 전부 조사……."

"보여, 주십쇼."

쿠구구궁.

건물 전체가 진동했다. 핏발 선 강우의 눈에서 무시무시한 살기가 뻗어 나왔다.

"큭!"

몸 전체를 짓누르는 중압감에 이토 신지의 표정이 딱딱하게 굳었다. 감히 항거할 수 없을 정도로 거대한 기운이 그를 짓눌렀다.

"아, 으."

손이 떨렸다. 숨이 제대로 쉬어지지 않았다. 이토 신지는 믿을 수 없다는 표정으로 강우를 올려다보았다.

'저것이……'

영웅신 티리온의 힘을 받은 용사. 소문은 들었지만 이렇게 직접 눈앞에서 '신'의 힘을 마주하게 되니 온몸이 덜덜 떨리는 감각이었다.

"자, 잠시만 기다려 주십쇼."

이토 신지는 다급하게 몸을 움직였다. 강우는 그의 뒤를 따라갔다.

이토 신지가 안내해 준 방에는 수십 개의 모니터가 달려 있었다. 아마 쿠로사키 유리에와 일왕의 거처를 모니터링하는 관리실이리라.

이토 신지는 한쪽을 가리켰다.

"여기 보이는 영상들이 쿠로사키 유리에 님이 실종되셨을 당시 영상입니다."

"예."

강우는 자리에 앉았다. 한 달 전 영상에는 쿠로사키 유리에의 모습이 비치고 있었다.

'다행히 이때까지는 인간의 모습이었구나.'

원래의 모습으로 돌아오는 것이 그리 쉽게 될 리도 없으니 아직 희망은 남아 있었다.

'단서를 찾는다.'

목숨을 걸고서라도 해내야 하는 일이었다.

강우는 영상을 살폈다.

야심한 밤. 쿠로사키 유리에가 남들 몰래 어디론가 향하고 있었다. 가볍게 성벽을 넘어 밖으로 빠져나간 그녀는 한 남자를 만났다.

"잠깐 정지."

화면을 정지시킨 강우는 그녀가 만난 남자를 살폈다.

'얼굴이 안 찍혀 있어.'

무슨 마법을 사용했는지는 몰라도 얼굴 부분만이 흐릿하게 가려져 있었다. 영상을 아무리 확대해도 가려진 얼굴을 확인할 수는 없었다.

"저 남자의 신원에 대해서는 저희 쪽에서도 조사해 봤지만……. 보시다시피 얼굴이 완전히 가려져 있어서 찾을 수가 없었습니다."

"이 뒤의 영상에서도 똑같습니까?"

"그건……."

이토 신지가 말끝을 흐렸다.

그는 한숨을 내쉬며 영상을 재생했다.

"일단 끝까지 보시는 게 좋을 것 같군요."

정체불명의 남자와 만난 쿠로사키 유리에. 남자는 그녀의 손을 잡았다. 그 이후.

"아."

순식간에 쿠로사키 유리에와 남자의 모습이 사라졌다. 마치 순간 이동이라도 한 것 같은 모습.

"이 뒤로 쿠로사키 유리에 님의 모습을 찾을 수는 없었습니다."

"제길."

짧은 욕설이 흘러나왔다.

강우는 두 손으로 머리칼을 쥐어뜯으며 깊은 한숨을 내쉬었다.

'빨리 찾아야 해.'

단순히 리리스가 본래의 흉측한 외모로 돌아오는 것을 막기 위해서만은 아니었다.

'아니, 그것도 막고 싶기는 한데.'

머릿속이 복잡해졌다. 편지의 적힌 글귀가 머릿속에 떠올랐다.

'마왕님의 이름을 악마교에 널리 알리겠습니다.'

'씨바아아아알.'

가장 문제되는 것은 바로 그것. 자신의 존재를 악마교 내부에 퍼뜨린다는 내용.

'진짜 망할 수도 있어.'

발록이 자신을 찬양하는 것까지는 어떻게든 둘러댔다. 하지만 여기서 악마교까지 자신을 마왕이라고 찬양한다면?

'그때는 진짜 끝이야.'

악마교들을 이끄는 사악한 수장, 사탄의 이름을 팔아먹을 수도 없었다.

강우는 초조하게 입술을 깨물었다.

'가능성 자체는 낮을 거야.'

악마교를 이끄는 존재, 악의 위상이라고 불리는 자가 누구인지는 몰랐다.

하지만 그들 또한 오랜 시간, 천 년이 넘는 시간 동안 악마교의 세력을 키워왔을 것이다. 애지중지 키워온 세력을 리리스의 말 한마디로 확실하지도 않은 마왕에게 통째로 넘겨줄 리가 없었다.

'문제는……'

리리스의 수완이 상상 이상으로 뛰어나다는 것.

과거 지옥에 있던 시절 일곱 대공의 공적이 된 강우에게 탄탄한 세력을 만들어준 것이 바로 그녀이니 방심할 수는 없었다. 그녀는 사람을 다루고, 조종하는 것에 특출한 재능을 지니고 있었다.

강우는 리리스가 정체불명의 남자와 함께 사라지는 장면을 몇 번 되돌려 보며 물었다.

"저 남자에 대해서는 알아낸 정보가 하나도 없습니까?"

"키는 대략적으로 170~175센티. 몸무게는 60kg 정도로 추정됩니다. 보시다시피 손바닥 위에 주름이 없는 것으로 봐서는 40대 이상은 아닙니다."

"……."

가늘게 눈을 떴다. 그냥 보고도 알 수 있는 일이니 사실상 알아낸 정보가 하나도 없다고 하는 것이 옳았다.

'제기랄.'

170~175센티에 60키로, 2~30대의 남성. 사실 일본에 있는 젊은 남성 대부분이 해당하는 신체 조건이었다.

'이것만으로는 특정할 수 없다.'

일본의 인구수가 격변의 날 이후로 많이 감소했다 하지만 이것만으로 쿠로사키 유리에와 만난 남자를 특정할 수는 없었다.

'일단 편지 내용을 봐서는.'

저 남자가 아마도 리리스가 접촉한 악마교이리라.

이토 신지의 말이 이어졌다.

"남자를 특정할 수 있는 한 가지 단서가 있기는 합니다."

"뭐죠?"

"여기 이 장면을 보십쇼."

이토 신지가 영상을 슬로우 모션으로 재생했다.

건물 위에서 그녀를 기다리고 있던 남자가 가볍게 옥상에서 점프해 내려오는 장면. 플레이어들의 초인적인 신체 능력을 생각하면 굳이 신기할 것도 아닌 일이었다.

"여기입니다."

이토 신지는 떨어지는 남자의 배를 손으로 가리켰다. 펄럭이는 옷 사이로 순간적이지만 남자의 배가 드러났다.

그리고 그곳에는…….

"상처, 군요."

"예. 복부에 검에 꿰뚫린 듯한 상처 자국이 나 있습니다."

"……."

"그래서 과거 병원 진료 기록을 모두 뒤져 확인했지만… 아직 저 남자의 신원에 대해서는 확인되지 않았습니다."

이토 신지의 말이 끝났다.

강우는 남자의 복부에 난 상처 자국을 바라보며 생각에 잠겼다.

'잠깐만······.'

악마교. 복부에 난 큰 상처. 쿠로사키 유리에게 접근할 만한 남자. 세 가지 사실이 머릿속에서 얽혔다.

강우의 눈이 빛났다.

'아키야마.'

과거 리리스를 소환한 장본인. 골 때리는 이유로 그녀를 소환하며, 악마교도들에게 광기에 가까운 찬양을 받고 있던 남자. 그리고.

'변태 새끼.'

남자의 로망이라는 이유로 리리스를 소환하려 했던 그의 모습을 떠올린 강우의 표정이 거칠게 일그러졌다.

'리리스가 접촉한 악마교도는 아키야마였어.'

그 말고 위의 세 조건을 충족시킬 수 있을 다른 존재는 생각나지 않았다.

"······이토 씨."

"예."

"이 사람의 얼굴을 확인하면 소재를 파악할 수 있습니까?"

"예? 그, 그야 가능하지만 어떻게 얼굴을······."

"이 남자의 얼굴입니다."

강우는 오른손 중지에 낀 마해의 열쇠에 힘을 더했다.

마해의 열쇠는 단순히 무기의 형태로만 변할 수 있는 것이 아니었다. 그가 상상할 수 있는 모든 형태로의 변환이 가능한 것. 그것이 바로 초월등급 무기 마해의 열쇠였다.

꾸르륵.

검은 점액질로 변한 마해의 열쇠가 허공에서 형태를 이뤘다. 마해의 열쇠가 만들어낸 것은 기억 속에 남아 있는 아키야마의 얼굴.

"이건……."

"저 남자에 대해 짐작 가는 것이 있습니다. 이 남자의 얼굴로 수사를 시작해 주세요."

"자, 잠시만 기다리세요."

이토 신지는 마해의 열쇠로 만들어낸 아키야마의 얼굴을 카메라로 촬영하더니 어딘가로 달려갔다.

"후우."

깊은 한숨을 내쉬었다.

강우의 주먹이 불끈 쥐어졌다.

'단서는 찾았다.'

아키야마와 접촉했다는 사실을 통해 어느 정도 단서는 찾아냈다. 이제는 이토 신지가 정보를 물어오길 기다리는 일만 남은 상황.

'제발.'

강우는 초조한 표정으로 다리를 떨었다. 그리고 간절한

표정으로 천장을 올려다보았다.

'늦지 않았기를.'

어두운 동공. 파괴된 건물의 잔해가 수북이 쌓여 있었다.

그곳은 과거 악마교가 리리스를 소환하려고 했던 장소. 강우와 후지모토의 난입으로 완전히 붕괴되어 버린 삿포로 역 아래였다.

수북한 잔해가 쌓인 동공을 한 여인이 걷고 있었다.

"드디어 준비가 끝난 모양이군요."

그녀의 나지막한 말에 주근깨가 가득한 남자가 다급히 고개를 끄덕였다.

"그렇습니다!"

"후훗. 수고 많으셨어요, 아키야마 추기경."

"아, 아닙니다! 리리스 님이 진정한 모습을 되찾기 위해서라면 뭐든 할 수 있습니다!"

아키야마는 헤벌쭉한 표정으로 그녀를 바라보았다.

"정확한 방법이 어떻게 된다고 하셨죠?"

"구천지옥으로 통하는 거대한 균열을 만들 겁니다. 그곳의 마기를 한번에 끌어와 리리스 님의 영혼에 새겨진 정보를 바탕으로 육체를 재구성할 생각입니다."

"흐응. 그런 방법도 가능했나요?"

"후후. 위상님들이 남겨주신 위대한 지식 덕분입니다."

아키야마는 우쭐거리는 표정으로 말을 이었다.

"이번에 가이아 시스템이 전체적으로 약해지게 되면서 훨씬 더 많은 일을 할 수 있게 됐죠."

"그 위상이라는 분들 중에 사탄이 있습니까?"

"음. 죄송합니다. 그건 저도 잘 모르겠습니다. 위상님들에 대한 정보는 악마교 내부에서도 최중요 기밀이라……"

"그렇군요."

"하, 하지만 리리스 님이 본모습을 되찾으신다면 머지않아 위상님들과도 만나실 수 있을 겁니다!"

아키야마는 호들갑을 떨며 말했다.

리리스는 방긋 미소를 지으며 고개를 끄덕였다. 어마어마한 색기가 그녀의 몸에서 뿜어져 나왔다.

아키야마의 입이 헤, 하고 벌어졌다.

"다행이네요. 그들이 누구인지 꼭 한번 만나고 싶었거든요. 아, 그리고 전에 말씀드린 일은 다 끝났나요?"

"아, 그 일이라면 진행 중입니다."

아키야마는 고개를 끄덕였다.

리리스의 부탁. 진정한 '마왕'의 존재를 퍼뜨리는 것.

아키야마는 그녀가 직접 만든 '지옥의 서'라는 책을 악마교 내부에 비밀리에 유통했다.

"하지만 근데 진짜 마왕의 존재가 있긴 합니까? 교단에서 듣기로는 구천지옥에는 일곱 대공이 서로 균형을 이루고 있다고 들었는데⋯⋯."

"후훗. 조만간 아실 수 있을 겁니다."

리리스의 입가에 짙은 미소가 지어졌다.

"그럼 준비가 끝났으면 바로 시작하죠."

"흐, 흐흐. 리리스 님이 드디어 본래의 모습을 되찾는 순간이군요."

"호호. 그 보상은⋯ 기대하셔도 좋습니다."

리리스는 아키야마의 턱을 쓰다듬으며, 색기 어린 목소리로 말했다.

하지만 그것도 잠시. 아키야마에게서 몸을 돌린 리리스는 마치 더러운 것을 만졌다는 듯 손수건을 꺼내어 손을 닦았다.

"헤, 헤헤."

그 장면을 보지 못한 아키야마는 바보 같은 웃음을 흘리며 리리스의 뒷모습을 바라보았다.

'드디어!'

그는 떨리는 가슴을 움켜쥐었다. 그토록 간절하게 바라왔던 서큐버스의 여왕을 영접할 시간이 얼마 남지 않았다.

'지금만 해도 이렇게 예쁜데⋯⋯.'

과연 본모습을 되찾으면 얼마나 아름다워질지 상상조차 할 수 없었다. 아키야마는 들뜬 가슴으로 마법진 위에 손을 올렸다.

그를 도와 수십 명의 악마교도가 주문을 외웠다.

"애들아! 이제 드디어 우리의 오랜 꿈이 이루어지는 순간이다!"

아키야마는 벅차오르는 감정에 눈물 한 줄기를 흘렸다.

"히토미 켜라, 애들아!!"

검은 균열이 만들어지기 시작했다.

"그럼, 의식을 시작하겠습니다."

마법진이 빛을 뿜어내고 검은 균열이 벌어지며 꿀렁거리는 마기가 흘러나왔다.

마기(魔氣). 인간을 악마의 육체로 바꿔 버리며, 악마에게는 더욱 큰 힘을 가져다주는 지옥의 기운.

물론, 단순히 대기 중에 마기가 있다고 하여 그 힘을 사용할 수 있는 건 아니다. 그랬다면 마기가 세계 전체를 이루고 있는 지옥에서 악마들은 무한히 강해졌을 것이다.

"자자스 자자스 나스타나다 자자스."

아키야마는 주문을 외웠다.

대기 중의 마기를 다루기 위해서는 고도의 기술이 필요했다. 주문이 이어질수록 마법진에서 흘러나오는 검은빛이 강렬해졌다.

'역시 위상님들이 주신 지식.'

아키야마의 눈이 빛났다.

악의 위상. 악마교의 교단을 이끌고 있는 위대한 존재, 수천 년을 살아왔다고 전해지는 그들의 지식은 경이롭다는 말이 부족할 정도.

'과연 리리스 님이 말씀하시는 마왕이 그분들보다 위대한 존재일까.'

충실한 악마교도의 입장에서 당연히 의문이 들 수밖에 없는 일이었다.

그녀의 말을 순순히 받아들이기에는 이제까지 악의 위상이 보여준 위대한 지식들이 너무 경이로웠다. 악마를 소환하는 것, 몸 안에 그 영혼을 불러들여 융합하는 것, 신의 힘으로 만들어진 가이아 시스템을 무력화시키는 것까지. 인간의 지식으로서는 감히 닿을 수 없을 정도로 그들이 지닌 지식은 위대했다.

'리리스 님도 뭔가 착각하신 거겠지.'

지옥의 서를 보지는 않았다. 리리스를 본래 모습으로 돌려줄 의식을 준비하느라 볼 시간이 부족했기 때문에 중동에 있는 악마교 지부의 도움을 얻어 유통만 도왔을 뿐이었다.

'나중에 읽어봐야지.'

과연 그 책에 무슨 내용이 적혔기에 진정한 마왕의 존재를 알 수 있다는 건지 궁금했다.

'아니, 지금은 그게 중요한 게 아니지.'

아키야마는 고개를 돌렸다. 제단 위에 누워 있는 쿠로사키 유리에, 아니, 리리스의 모습이 보였다.

"으헤헤헤헤헤."

그 눈부신 외모에 바보 같은 웃음이 흘러나오는 것도 당연.

'과연 어떤 상을 주시려나?'

그는 주 무기로 사용하는 붉은 채찍을 쓰다듬었다. 가슴이 뜨거워지며 하반신에 찌릿한 감각이 퍼졌다.

자신을 경멸 어린 눈빛으로 내려다보며, 높은 힐을 신은 발로 짓밟는 그녀의 모습을 상상했다.

"이쪽 업계에서는 포상입니다."

입가에 침이 흘렀다.

망상에 젖은 그는 한층 더 열을 올려 주문을 외웠다. 제단에 누워 있는 리리스의 몸에 검은 마기가 꿀렁거리며 다가갔다. 그녀의 전신이 마기에 뒤덮였다.

"오오."

아주 조금씩이지만, 그녀의 몸을 뒤덮은 마기에서 살점들이 만들어지고 있었다. 쿠로사키 유리에라는 인간의 몸을 완전히 악마의 육체로 만드는 과정.

쿠르르르르!

"엇?"

"아, 아키야마 추기경님! 균열의 상태가 이상합니다!"

"제, 제어가 잘 되지 않습니다!"

부하들의 다급한 외침이 들려왔다. 아키야마는 딱딱하게 굳은 표정으로 소리쳤다.

"당황하지 마! 정신 차려라, 애들아!"

"커헉! 쿨럭!!"

주문을 외우고 있던 부하 중 하나가 입에서 피를 쏟아내며 쓰러졌다.

쩌저적!

균열의 크기가 더욱 벌어지며 한층 더 많은 마기가 흘러나오고 있었다.

"크읏!"

예상치 못한 상황. 아키야마는 입술을 깨물었다.

"추, 추기경님! 균열이 폭주하기 시작했습니다!"

"마, 막아야 합니다!"

다급한 외침이 들렸다.

차원의 벽은 일종의 댐이었다. 차원과 차원 사이를 막아주는 단단한 댐. 균열은 그 댐에 일시적으로 균열을 뚫어놓는 것. 만약 그 균열이 폭주한다면 지옥의 마기가 단번에 흘러들어 와 크나큰 위기를 초래할 수 있었다.

"크윽!! 제, 제길!"

원래라면 의식을 중단하고 균열을 닫아야 하는 상황.

"아니! 포기할 수 없다!"

아키야마는 단호히 외쳤다. 오랜 시간을 기다려 왔다. 쓰라린 실패 또한 겪었기에 여기서 포기할 수는 없었다.

"애들아! 우리는 계속 나아간다!"

꿈을 향해!

"찾았습니다."

성에 머물러 이토 신지를 돕고 있던 강우는 재빠르게 자리에서 일어섰다.

"어디입니까?"

"잠시 이 영상을 보십쇼."

이토 신지가 리모컨을 조작했다. 그러자 모니터에 CCTV 영상 하나가 떠올랐다.

바닷가 근처에서 배를 올라타고 있는 아키야마의 모습이 보였다.

"놈의 이름은 아키야마 이치로. 신원은 몇 년 전에 실종된 상태로 나타나 있었습니다. 전국적으로 공개수사를 하니 그에게 배를 팔았다는 목격자가 나왔습니다."

"배를 팔았다고요?"

"예. 그는 수백억에 달하는 대형 크루저를 구해 수십 명의 사람과 함께 출항했다고 합니다."

"어디로 갔는지는 알아냈나요?"

"경로를 예상하면 삿포로입니다."

삿포로. SS급 게이트가 출현한 이후로 아직 복구가 진행되지 않은 장소였다.

'전에 의식을 치렀던 장소로 또 가는 건가.'

가능성은 높았다.

애초에 그들이 그곳에서 소환하려고 했던 악마는 리리스. 아마 그곳이 의식을 치르기 적합한 장소임과 동시에 기본적인 인프라가 잘 갖춰져 있을 것이다.

'그때 그놈을 죽여 버렸어야 했는데.'

아키야마의 마무리를 하지 못한 것이 못내 아쉽게 느껴졌다.

강우는 자리에서 일어섰다.

"삿포로로 가보겠습니다."

"전용기를 준비……."

"아뇨, 필요 없습니다."

강우는 발을 박찼다. 그의 몸이 천천히 공중으로 떠올랐다.

'확실히 하기 위해서는 도움을 요청하는 게 좋지만.'

도움을 요청할 시간도 없었다. 아니, 애초에 발록 때처럼 진정한 마왕이니 뭐니 리리스가 떠드는 것을 막기 위해서는 혼자 찾아가는 것이 옳았다.

"쿠로사키 유리에 님은 제 손으로 반드시 구해오겠습니다."

"……강우 씨를 믿고 기다리겠습니다."

떠나기 전에 '빛의 용사'스러운 말로 이토 신지를 안정시킨 것은 당연.

강우는 창문을 열고 하늘 높이 날아올랐다.

'리리스의 강림을 막는다.'

강우는 의지를 불태우며 삿포로로 향했다.

콰아앙!

공기가 폭발하는 소리와 함께 그의 몸이 쏘아졌다. 그리고 강렬한 충격파가 주변에 퍼지며 바람이 휘몰아쳤다.

'빨리.'

도쿄에서 삿포로까지는 그렇게 떨어져 있지 않은 거리. 강우는 전력을 다해 삿포로로 이동했다.

'보인다.'

바다 넘어 거대한 섬의 모습이 눈에 들어왔다. 홋카이도를 바라보는 강우의 표정이 거칠게 일그러졌다.

"제기랄!"

거대한 마기의 기운. 발록을 소환했을 당시보다 더욱 거대한 마기가 삿포로를 뒤흔들고 있었다.

'이상해.'

미친 듯이 날뛰는 마기의 기운. 이제까지 악마교의 의식을 몇 번이나 봐왔지만 이런 적은 처음이었다.

'이거 리리스가 문제가 아니잖아.'

이대로 마기가 날뛴다면 무슨 일이 일어날지 예측할 수 없었다.

강우는 다급히 마기가 뿜어져 나오는 곳으로 움직였다.

쿠구구구구궁!!

마기의 소용돌이에 지축이 뒤흔들리고 있었다.

"자자스, 자자스, 나스타나다 자자스!!!"

그때, 필사적으로 주문을 외우고 있는 아키야마의 모습이 보였다. 마법진 주변에 다른 악마교도들도 보였지만 그들은 모두 입에서 피를 토한 채 쓰러져 죽어 있었다.

강우는 바로 궁니르를 손에 만들었다.

'잠깐.'

손이 멈췄다. 지금 미쳐 날뛰는 마기들을 그나마 제어하고 있는 것이 아키야마라는 사실을 알 수 있었다.

'제기랄.'

우선은 균열을 닫는 게 급선무였다. 이대로 균열이 폭주한다면 무슨 참사가 일어날지 예측할 수 없었다.

그는 균열을 향해 몸을 돌렸다. 그러자 제단에 누워 있는 여인의 모습이 눈에 들어왔다.

찔꺼억. 찌걱.

"허억."

질척이는 소리와 함께 촉수가 꿈틀거리는 것이 보였다. 누워 있는 리리스의 몸이 점점 더 '본모습'에 가까워지고 있었다.

"으, 아아!"

끔찍한 과거가, 악몽 같은 기억이 떠올랐다. 절로 입이 벌어지며 몸이 떨렸다.

'막아야 해.'

무슨 수를 써서라도 균열을 닫아야 했다.

강우는 균열을 향해 다가가 마기를 전력으로 끌어 올렸다.

콰드드드드드득!!

양손에 전해지는 무시무시한 압박. 전에 리리스가 소환됐을 때 생겼던 균열과는 비교할 수 없었다. 미쳐 날뛰는 마기의 기운은 말 그대로 무너진 댐에서 쏟아지는 폭포.

"커헉!"

온몸이 마기의 격류에 짓눌려 터질 것만 같았다. 대공에 준

하는 힘을 갖춘 강우라 해도 이 미친 마기의 격류를 맨몸으로 막아내는 것은 힘들었다.

"으, 아아아아!!"

포식의 권능을 사용했다. 하지만 큰 소용은 없었다. 쏟아지는 폭포에서 바구니로 물을 뜨는 격. 균열을 닫기 위해서는 엄청난 힘으로 입구 자체를 틀어막는 수밖에 없었다.

"네, 네놈은! 전에 그놈이로군!"

"크으으윽!"

아키야마가 소리쳤다.

강우는 표정을 일그러뜨리며 그를 향해 고개를 돌렸다.

"너도, 도와! 이 미친놈아!"

이 균열이 폭주하면 어떤 참사가 벌어지는지는 그도 잘 알고 있을 것이다.

"아니! 의식을 끝내기 전까지는 그럴 수 없다!"

"이, 병신, 아!! 이대로면 의식이고 뭐고 다 뒈져!!"

"상관없다! 그녀를 위해서라면 이 한 목숨, 조금도 아깝지 않다!"

"아아아악!! 이 씨바아아아알!!"

의식이 진행되는 것이 보였다. 균열을 틀어막고 있는 그 순간에도 리리스의 몸은 점점 더 원래의 모습과 같아지고 있었다.

강우는 창백하게 질린 표정으로 아키야마에게 소리쳤다.

"야 이 발정 난 새끼야!! 멈춰!! 멈추라고!! 죽으면 어차피 서큐버스 퀸이고 뭐고 없잖아!!"

"남자가 언제, 죽는다고, 생각하나?"

"뭐?"

아키야마는 타오르는 눈빛으로, 흔들림 없는 의지가 담긴 목소리로 말을 이었다.

"모든 것을 잃고 불알 두 쪽만 남았을 때?"

"뭔 개소리 하는 거야!!"

"아니, 아니다! 남자는 그때 죽는 게 아니야!!"

"개소리하지 말고 멈추라고!!!"

"남자가 죽을 때는……!"

아키야마는 피를 쏟아내며, 의식을 이어갔다.

"모든 것을 다 가지더라도 불알 두 쪽이 없을 때다!!!"

쿵.

아키야마는 발을 굴렀다. 눈과 코, 입에서 피를 쏟아내면서 의식을 진행했다.

"발정 난 미친놈이라고? 망상에 빠진 변태 오타쿠 새끼라고? 태어나서 여자 손도 한 번 못 잡아본 한심한 쓰레기 새끼라고?"

"거기까지 말 안 했어, 새끼야!!"

"나는! 포기하지 않는다!! 설사 이것이 망상이라도! 헛된 꿈이라도!! 난 내 신념을 포기하지 않을 것이다!!!"

그가 두 팔을 들어 올렸다. 그러자 균열의 마기가 리리스에게 집중됐다.

곧 폭발적인 기운과 함께 그녀의 몸에서 수십 개의 촉수가 뻗어 나왔다.

"머, 멈춰!! 멈추라고!! 리리스, 리리스가!"

강우의 표정이 창백하게 질렸다.

"오늘 이곳에서! 내 신념은, 차원을 넘는다!!"

"멈춰, 이 개새끼야아아아아아!!!"

"으아아아아아!!"

욕지기가 섞인 포효가 터져 나왔다.

폭주하고 있는 균열. 점점 더 지옥의 모습과 같아지고 있는 리리스. 제정신으로는 할 수 없는 소리를 씨부리며 멈추지 않는 아키야마. 이 모든 것들이 그를 짜증 나게 만들었다.

'제길! 제길! 제기랄!!'

리리스가 쿠로사키 유리에의 몸 안으로 들어갔다는 사실을 알았을 때, 얼마나 안도했던가.

언제나 한결 같은 사랑을 바치는 그녀를 단순히 끔찍한 외모 때문에 매몰차게 대한 것도 사실. 묘한 죄책감을 느낀 적도 많았다. 꾹 참고 동침을 제안할까 고민했던 적까지 있을 정도.

하지만 그럼에도 결국 그가 먼저 그녀에게 다가갈 수는 없었다. 악마가 됐다 해서 인간으로서의 기본적인 감각이 변하지는 않았으니까.

'그랬는데!'

모든 것이 허사로 돌아가 버릴 것만 같았다. 그가 갈망하던 파라다이스가, 낙원이 끈적거리는 촉수로 뒤덮이는 기분.

'안 된다!'

입술을 깨물었다. 미쳐 날뛰는 균열을 내려다보았다.

균열의 크기는 30여 미터. 리리스뿐만 아니라 드래곤이 넘어와도 이상하지 않을 크기였다.

'무슨 수를 써서라도.'

이 균열을 닫는다. 폭죽하고 있는 균열과 리리스의 의식을 동시에 막기 위해서는 그 방법 이외에는 없었다.

"후우."

강우는 깊게 숨을 들이쉬었다. 그리고 양손에 힘을 집중했다. 혈액에 녹아 있는 거대한 마기가 일어났다.

콰드드드드득!!

단단한 바위가 갈리는 소리. 균열에 닿은 강우의 손이 강렬한 반탄력에 튕겨져 나가려 하고 있었다.

'천력의 권능.'

억지로 균열을 짓눌렀다. 만마전의 깊은 곳으로 향하는 통로를 활성화시켰다. 그러자 옅은 쪽에 존재하는 마기와는 그 격이 다른, 농밀한 마기가 양손에 퍼졌다.

'막는다.'

쿠구구구궁!!

지축이 뒤흔들렸다.

무시무시한 반탄력이 몸을 뒤흔들었다.

폭주하는 균열이 강우의 마기에 짓눌려 점점 짓뭉개지기 시작했다. 박살 난 댐의 구멍을 일개 개인이 손바닥으로 막아내는 것과 같은 경이로운 광경.

"크윽."

코피가 터졌다. 입을 타고 검은 피가 흘러내렸다.

"허."

그 모습을 바라보던 아키야마는 어처구니없다는 듯 헛웃음을 흘렸다.

'대체 뭐지?'

균열의 폭주를 마법적인 도움도 없이, 순수한 힘으로 찍어 누르다니. 이해할 수 없는 일이었다. 아니, 이해하고 자시고 이건 불가능한 일이었다. 만약 구천지옥에 있다는 악마 대공이 온다고 하더라도 폭주하는 균열을 힘으로 짓누르는 것은 불가능했다.

'인간이 맞는 건가?'

생물이 맞는지조차 의심스러웠다. 인간이 아무리 강해져 봤자 자연재해를 막아낼 수 없었다. 하물며 그것이 차원 단위의 재해라면 더더욱.

이미 생물의 범주를 넘어선 그의 모습을 바라보며 아키야마는 꿀꺽 침을 삼켰다.

'포기할 수 없다.'

균열이 닫히기 전에 의식을 끝마치는 것.

아키야마는 필사적으로 주문을 외웠다.

검은 마기에 뒤덮여 있는 리리스의 모습이 힐끗 보였다. 검은 마기 안에서 무언가 꿈틀거리는 것이 보이긴 하지만 아마 악마의 몸으로 변하는 과정의 일환일 것이다.

"으랴아아아아아압!!!"

일갈을 내지르며 마기를 제어했다.

이제, 의식의 끝이 머지않았다.

"으아아아아아!!"

강우는 포효를 내질렀다.

전신의 혈관이 흉측하게 돋아났다. 한계까지 끌어 올린 마기에 몸이 안쪽에서부터 터져 버릴 것만 같았다.

만마전이 일종의 탱크라고 한다면 그 탱크의 물을 끌어다 쓰는 호스가 수압을 견디지 못하고 찢어지기 직전에 놓인 상황.

'하지만.'

여기까지 와서 포기할 수는 없었다.

강우는 짓누르고 있는 균열을 내려다보았다. 균열의 크기는 이제 고작해야 3미터 남짓. 30미터였던 원래 크기에 비하면 10분의 1로 줄어들어 있었다.

[띠링.]

[균열의 마기를 흡수하였습니다.]
[경고. 마기의 질이 너무 떨어집니다. 마기의 정제 작업을 시작
합니다.]

메시지창이 떠올랐다. 하지만 신경을 쓸 틈은 없었다.

강우는 이를 악문 채 폭주한 균열을 억눌렀다.

그리고.

슈우우우우.

"하아! 하아!"

맥 빠진 소리와 함께 균열이 닫혔다.

강우는 거친 숨을 몰아 내쉬며 다급히 고개를 돌렸다.

씨익 웃고 있는 아키야마의 모습이 보였다.

"흐흐흐. 이미 늦었다."

득의양양한 미소를 짓고 있는 아키야마. 그는 제단을 향해
몸을 돌리며 무릎을 꿇었다.

"아아! 리리스 님! 어서 진정한 모습을 제게 보여주소서!"

열망으로 타오르는 아키야마의 눈빛.

찔꺼억.

점액질이 떨어지는 소리와 함께 제단 위에 누워 있던 리리
스가 몸을 일으켰다.

“어?”

　아키야마의 두 눈이 부릅떠졌다.

　수십 개의 촉수가 꿈틀거렸다. 18개의 붉은 눈동자가 그를
향하며 뱀처럼 긴 혓바닥이 그녀의 입술을 핥았다. 꿈에 나올
까봐 두려울 정도로 끔찍한 괴물의 모습.

　서큐버스 퀸의 본래 모습을 영접할 생각에 갖은 망상으로
부풀어 있었던 아키야마는 멍하니 입을 열었다.

“뭐, 뭐야?”

“후후훗. 고맙다, 하찮은 인간아. 덕분에 본래의 모습을 되
찾을 수 있었다.”

“그, 그게… 서, 서큐버스 퀸의 본모습이라고?”

　그는 충격을 받은 듯 몸을 떨었다.

　리리스는 짙은 미소를 입가에 머금었다.

“호호호. 너무 아름다운 모습에 넋이 나간 것 같구나.”

“아, 아니…….”

“뭐, 추잡하게 생긴 인간 여자들만 보다가 나를 봤으니 당연
한 반응이겠지.”

“이게 무슨…….”

　아키야마가 그 자리에 주저앉았다. 그는 고개를 돌려 강우

쪽을 바라보았다.

"허억, 허억."

강우는 거친 숨을 몰아 내쉬며 절망에 찬 표정으로 리리스를 바라보고 있었다.

"멈, 추라고 했잖아, 이 개자식, 아."

"아, 아아……."

아키야마는 창백하게 질린 표정으로 리리스를 올려다보았다. 벌어진 입에서 절망에 찬 신음이 흘러나왔다.

리리스의 촉수로 이루어진 손이 아키야마의 이마에 닿았다.

"잘해줬다, 인간. 보상을 주고 싶었지만……."

리리스의 눈이 강우를 향했다. 그녀의 입이 귀까지 찢어졌다.

"허억."

비유적인 표현이 아니었다. 말 그대로 입이 귀까지 찢어졌다.

"내 왕이 보고 있으니 그럴 수가 없구나."

숨 막히는 색기가 뿜어져 나왔다. 저렇게 끔찍한 외모인데도 남자의 혼을 빼놓는 색기가 느껴진다는 게 정말 놀라웠다.

귀신에라도 홀린 듯 아키야마의 눈이 흐리멍덩해졌다.

콰드드득!

날카롭게 세워진 촉수가 아키야마의 머리를 꿰뚫었다. 그는 부릅뜬 눈을 감지도 못한 채, 그 자리에서 절명했다.

아키야마를 간단하게 처리한 리리스는 강우를 향해 빠른

속도로 걸음을 옮기기 시작했다.

"오, 오지 마."

"어머. 무슨 소리신가요, 나의 왕이시여."

순식간에 접근한 리리스가 강우의 품에 안겼다. 균열을 막아내느라 너무 많은 힘을 쓴 강우는 그녀에게서 도망칠 수 없었다.

전신에 돋아난 수십 개의 촉수가 강우의 몸을 뒤덮었다.

찔꺽.

투명하고 끈적한 점액질이 강우의 몸을 타고 흘러내렸다.

"하아, 하아. 나의, 나의 사랑스러운 왕이시여."

"씨, 씨발."

흥분에 찬 숨결이 느껴졌다. 18개의 눈이 그를 향했다.

'살려줘.'

지구에 온 이후 이 정도 공포감을 느낀 것은 처음.

강우는 떨리는 목소리로 입을 열었다.

"오랜, 만이다."

"죄송합니다, 왕이시여. 마왕님께서 이 리리스를 간절히 원하신다는 것을 알면서도 미리 찾아뵙지 못했습니다."

'간절히 원한 적 없어.'

"이제는 안심하세요, 왕이시여. 추악한 외모에서 벗어나 원래 저의 모습으로 돌아왔답니다."

'제발 다시 인간의 모습으로 돌아와 줘.'

입술이 바짝 타들어 가는 듯한 감각.

"인간의 모습으로는… 다시 되돌아가지 못하는 거냐?"

"아뇨, 그런 것은 아닙니다."

리리스가 가볍게 손을 튕겼다. 그러자 그녀의 몸에 돋아났던 수십 개의 촉수가 다시 피부 안으로 들어가며 쿠로사키 유리에의 모습으로 되돌아왔다.

'오!'

강우의 눈이 번쩍인 것은 당연.

리리스는 깊은 한숨을 내쉬며 뺨에 손을 올렸다.

"왕에게 보여드리기는 너무 추한 외모라 부끄럽습니다만… 인간들의 세계에서 생활하기 위해서는 원래의 외모가 방해될 것 같아 인간의 모습으로 변할 수 있도록 해두었습니다."

"그렇지. 악마의 외모로 여기서 생활하기는 제약이 많지."

강우는 연신 고개를 끄덕였다.

쿠로사키 유리에의 모습을 한 리리스가 가볍게 미소를 지었다.

"호호. 맞습니다. 제 원래 외모는 인간이 감당하기는 너무 아름다우니까요."

'그건 또 뭔 개소리야.'

"하아. 너무 아름답다는 것도 피곤한 일이네요."

'아니.'

머리가 아파 왔다.

'잠깐만.'

강우의 눈에 빛이 서렸다.

이유야 어찌 됐든 그녀는 인간 세계에 원활이 녹아들기 위해서 인간의 모습을 취할 생각을 가지고 있었다.

'즉, 그 말은.'

대부분의 상태를 쿠로사키 유리에의 모습으로 있겠다는 의미.

'그렇지!!'

주먹을 불끈 쥐었다. 리리스가 인간의 모습으로 돌아올 수 있다는 사실만으로도 지옥에서는 상상할 수도 없었던 수확.

강우는 고개를 끄덕이며 말했다.

"그래. 네 말이 맞다. 인간들은 네 아름다운 외모를 결코 감당하지 못할 거야."

"어머, 마왕님도 차암."

리리스는 부끄럽다는 듯 뺨을 붉혔다.

"그리고 난 네게 쓸데없는 날파리들이 꼬이는 건 원하지 않는다."

"호호. 질투하시는 건가요? 마왕님도 참 귀여우신 분이라니까."

쫘악.

강우는 그녀의 허리를 거칠게 끌어안았다.

"꺄앗!"

"리리스. 네 본모습을 다른 누구에게도 보여주고 싶지 않아."

"아아, 나의 왕이시여……."

"그러니까 항상, 언제나, 계속 인간의 모습으로 있어줘."

"하, 하지만 이 외모는 너무나 추합니다."

리리스는 시무룩한 표정으로 고개를 돌렸다.

"아냐, 리리스. 중요한 건 외모가 아니야."

단호한 표정으로 고개를 저었다.

손을 들어 그녀의 뺨을 상냥하게 쓰다듬었다. 그리고 감미로운 목소리로 말을 이었다.

"중요한 건 네가 리리스라는 사실이다. 외모는 중요하지 않아."

"아아……."

리리스는 눈물을 훔치며 몸을 떨었다.

'성공했다.'

강우의 입가가 비틀어 올라갔다.

"알겠습니다. 추한 외모이지만… 왕의 뜻이 그러시다면 인간의 모습으로 생활하겠습니다."

'슈바, 성공했어!!'

두 손을 번쩍 들어 만세라도 부르고 싶은 심정.

'드디어, 드디어 해냈다!!'

끔찍한 촉수에서 벗어나는 것. 그의 기나긴 염원이 이루어지는 순간이었다.

감격에 차 있는 강우의 모습을 보고 리리스가 가볍게 웃음을 흘렸다.

"후훗. 걱정하지 마세요, 나의 왕이시여."

"응? 뭔 걱정……."

"왕의 침실로 향할 때에는 원래 제 모습으로 가겠습니다."

"뭐?"

"아이 참, 다 아시면서 그렇게 능청을 떠신단 말씀이십니까?"

"아니, 잠깐만."

"후후훗. 앞으로도 왕을 단둘이 만날 때는 언제나 제 원래 모습으로 알현할게요. 너무 걱정 마세요."

리리스는 밝게 웃으며 몸을 배배 꼬았다.

"사실 제가 인간 모습일 때의 외모를 아름답다고 말하는 인간들 때문에 인간과 악마 사이에 미적 감각이 크게 다르지는 않을까 걱정했는데, 다행이 마왕님은 제 본모습을 더 좋아해 주셨군요. 후후훗. 그럴 줄 알았습니다, 나의 왕이시여."

뒤통수를 거칠게 후려 맞은 감각. 머릿속이 새하얗게 변하는 것 같았다.

그는 다급하게 입을 열었다. 뭔가를 생각할 시간조차 없이, 순수한 본심이 입에서 흘러나왔다.

"지, 지금 모습이 더 예뻐."

"예?"

리리스는 무슨 소리를 하냐는 듯 그를 바라보았다.

"네 말이 맞아. 적어도 내 눈에는 인간인 지금 모습이 훨씬 더 아름다워 보여."

"어머, 마왕님도 참."

"믿어줘."

"마왕님이 이렇게 질투가 많은 분인지 미처 몰랐네요."

"제발……."

리리스는 짙은 미소를 지으며 강우의 코를 손가락으로 가볍게 찔렀다.

"그렇게 걱정하지 않으셔도 제 본모습은 마왕님과 둘이 있을 때만 보이겠습니다."

"아니."

"후후훗. 생각해 보니 지금도 단둘이니 원래 모습으로 돌아와야겠군요."

"아냐. 그러지 마. 시바."

다급한 목소리. 하지만 그런 그의 발악에도 불구하고 쿠로사키 유리에의 피부가 갈라지며 끔찍한 촉수들이 나타나기 시작했다.

"리리스, 내 말을 들어. 너는 인간일 때가 더 아름……."

"아아, 역시 이 모습이야말로 진정한 제 모습이죠."

"인간 모습이 더 예쁘다고!!"

강우는 절박하게 손을 뻗었다. 그녀의 얼굴이 갈라지며 18개의 눈동자가 나타났다.

"우리 마왕님도 참 부끄러움이 많으시군요."

"리리스! 솔직하게 말하마! 사실 지금 네 모습은 그냥 끔찍한 괴물처럼 보일 뿐이야!!"

"어머, 귀여우셔라~"

"아니 제발 말을 좀 들어어어어!!"

그가 포효했다. 눈가가 축축해졌다. 괜한 연기를 하지 말고 처음부터 솔직하게 말할 걸 그랬다는 후회가 밀려왔다.

하지만 후회라는 것은 언제나 뒤늦은 법.

"사랑해요, 나의 왕이시여."

리리스의 얼굴이 가까이 다가왔다.

"앞으로 우리는 영원히 함께예요."

그녀는 수줍은 소녀처럼, 강우의 뺨에 입을 맞췄다.

"쪽♥"

점액질이 뚝뚝 떨어지는 촉수가 강우의 전신을 휘감았다.

그때였다.

콰과과과과과!!

마기의 격류가 주변을 집어삼켰다. 거대한 폭발이 일어나듯, 강우의 몸 주변으로 마기의 격류가 퍼져 나왔다.

"꺄앗!"

리리스가 다급하게 뒤로 튕겨져 나갔다.

[띠링.]

[균열의 마기 정제가 완료되었습니다.]
[마기 스탯 130에 도달하였습니다.]
[8차 각성 특성이 개화되었습니다.]

위기를 통해 영웅은 각성하는 법.
강우의 몸이 검은 어둠에 물들었다.

◆ 6장 ◆
8차 각성 특성

'아.'

몽롱한 의식 속에서, 한 줄기 빛이 폭발한 것 같은 감각.

억지로 균열을 틀어막느라 고갈되어 있던 마기가 단번에 다시 차오르고 활력이 전신에 끓어 올랐다. 그리고 머리가 맑아지는 감각과 함께 복잡했던 생각이 정리되었다.

'좋군.'

강우는 양손을 내려다보았다.

130 스탯. 10단위로 큰 변화가 있는 스탯이기에 그 효과는 전과는 또 달랐다. 악마의 영혼을 흡수한 것이 아닌 탓에 만마전의 깊은 쪽과 이어진 통로가 넓어진 것은 아니었지만, 마기의 절대량 자체가 몰라볼 정도로 많아졌다.

"마, 마왕님?"

리리스가 당황스러운 표정으로 자신을 바라보는 것이 보였다.

그녀를 바라보자 내면에서부터 깊은 한숨이 흘러나왔다.

"일단 인간 모습으로 돌아와."

"하지만……."

"리리스."

낮게 그녀를 불렀다. 그리고 가늘게 눈을 떴다. 리리스와의 웃지 못할 콩트도 여기까지.

"계속 두 번 말하게 만들지 마."

"명을 받들겠습니다."

리리스가 깊게 허리를 숙였다.

강우는 그녀를 바라보며 쓴웃음을 지었다. 일단 위험한 불을 끄게 된 셈.

'근본적인 해결 방법은 아니지만.'

지금이야 명령에 따른다고 해도 일단 본래의 외모가 더 아름답다는 생각 자체를 바꾸지 않는 이상 언제든 다시 악마의 모습으로 돌아올 것이다. 리리스는 그를 유혹하기 위해서라면 뭐든지 할 수 있는 악마였으니까.

다시 그 끔찍한 촉수에 휘둘려야 할 것을 생각하면 벌써부터 머리가 띵해져 오지만, 지금 그것만을 신경 쓸 상황이 아니었다.

찔꺽. 찌거억.

'읍.'

촉수가 꾸물거리며 피부 안으로 들어가는 모습 또한 가만히 지켜보고 있기 끔찍한 광경.

'차라리 이 시간에 다른 걸 보자.'

강우는 리리스가 원래의 모습으로 되돌아가는 과정에서 시선을 떼고는 상태창을 열었다.

'8차 각성 특성.'

균열의 마기를 흡수하며 도달한 130 스탯.

그로 인해 개방된 8차 각성 특성에 대해서는 기대감을 품지 않을 수 없었다.

[8차 각성 특성: 대공 학살자(Rank : SS)]

효과: 악마 대공의 영혼을 사용하여 대공의 권능을 사용할 수 있습니다.

"이건……."

두 눈이 크게 뜨였다. 설명은 짧았지만, 그 안에 담긴 내용은 아찔할 정도로 충격적인 것이었다.

대공의 권능.

사탄을 비롯한 일곱 대공의 힘은 만마전의 '심연' 쪽에 위치해 있었다. 과거 구천지옥을 지배하고 있던 당시에도 사용할 수 없었던 심연의 영역.

'대공의 권능을 사용할 수 있다.'

그것은 지구의 오기 전 그조차 불가능했던 일을 가능하게 만든다는 의미.

절로 입꼬리가 올라가는 것은 당연했다.

'조건을 보니 영혼을 거두는 자 특성을 대공에게도 사용할 수 있는 게 확실한 것 같네.'

영혼을 거두는 자 특성으로 대공의 영혼을 흡수할 수 있다는 것은 한 가지 가능성에 불과했다. 하지만 지금 조건을 보면 그 특성으로 대공의 영혼을 흡수할 수 있는 것이 확실한 모양.

'대공의 영혼이 마령의 두 번째 조건과 연관이 있을 가능성이 커.'

이제까지의 패턴을 봤을 때 각성 특성과 마신이 되기 위한 조건은 어느 정도 연관성을 가지고 있었다. 그렇다면 필시 8차 각성 또한 마령의 두 번째 조건과 연관이 있을 터.

'하지만.'

그는 곧 표정을 일그러뜨렸다.

8차 각성으로 얻은 특성은 두 눈이 휘둥그레질 정도로 강력한 것이었다. 마령의 2번째 조건의 단서도 얻었다.

'문제는……'

그 조건. 다른 악마도 아닌 대공의 영혼이 필요한 조건은 강우로서도 부담스러운 조건이었다.

'아니, 애초에 대공이 모두 부활했는지조차 몰라.'

루시퍼의 경우 부활했다는 것은 알아도 다른 차원에 있으니 간섭할 수 없었다.

"흠……."

침음을 흘리며 생각을 이어갔다.

'방법이 없지는 않은데.'

지금 유일하게 부활한 것이 확인된 대공, 루시퍼를 이 세계에 불러들이는 것.

사실 씨앗 자체는 이미 뿌려둔 상태였다. 사탄이 이끄는 악마교와 루시퍼의 세력 간의 분쟁.

'문제는 그 분쟁이 심화된다고 해서 루시퍼가 직접 이 세계까지 올 거냐, 인데.'

만약 루시퍼가 이 세계에 오는 것 자체가 가능하기만 하다면 가능성은 낮지 않았다. 사탄이 마왕에게서 가로채 간 마해는 그만큼 악마의 욕망을 자극하는 것이었으니까.

"대공이라."

문제는 그것으로 끝이 아니었다. 만약 루시퍼가 넘어온다고 해서 지금 그를 이길 수 있는가.

'확신할 수는 없어.'

싸워볼 희망도 없다 말할 수는 없었지만 그렇다고 해도 100% 이길 수 있다는 보장 또한 없었다.

루시퍼는 악마 대공들 사이에서도 사탄, 바알과 더불어 강력한 축에 속했다.

정확한 순위로는 3위. 바알이 가장 강력하고 그 아래로는 사탄, 루시퍼가 있었다. 1:1 정면 대결로는 아직 루시퍼를 상대하기는 힘들었다.

'하지만.'

발록과 리리스가 가세한다면 가능성이 있었다.

"흠……."

침음을 삼켰다.

'변수가 너무 많은데.'

마음에 들지 않았다. 루시퍼가 그의 세력 없이 달랑 홀로 지구에 올 가능성도 적을뿐더러 리리스, 발록을 포함한 3:1 구도를 만들 수 있다는 확신도 없었다.

'그렇다면…….'

빠른 속도로 머리가 돌아갔다. 생각에 잠긴 강우의 눈이 날카롭게 빛났다.

'악마교를 이용한다.'

노리는 것은 어부지리. 악마교와 루시퍼가 피 터지게 싸우는 도중 습격하여 루시퍼의 머리를 깔끔하게 따버리는 것.

'해볼 만해.'

입가를 비틀어 올렸다.

대공. 발자하크를 통해 루시퍼가 부활했다는 사실을 알고 난 이후 계속해서 견제해 오던 그 존재들과의 전투가 머지않았음을 직감적으로 느꼈다.

'쯧, 지옥 생각나게 하네.'

천 년 동안 이어졌던 일곱 대공과의 전쟁. 그 기나긴 전투의 기억들이 머릿속에 떠올랐다.

"나의 왕이시여, 변신이 끝났습니다."

귓가에 들리는 아름다운 목소리.

강우는 고개를 돌렸다. 그곳에는 어느 새 쿠로사키 유리에의 모습으로 돌아온 리리스가 보였다.

'아, 행복하다.'

일단 리리스가 인간의 모습으로 변할 수 있다는 사실만으로도 무거운 짐을 하나 덜어낸 기분. 물론 악마의 모습으로 돌아가지 못하게 만드는 것이 베스트였으나 이것만으로 어디인가.

강우는 근처 잔해 위에 걸터앉으며 물었다.

"악마교에 몸을 담은 이후 무슨 일이 있었는지부터 들어보자."

지금 가장 중요한 것은 그녀가 자신의 정체에 대해서 얼마나 악마교에 퍼뜨렸는지에 대한 것.

"아직 별다른 일을 하지는 못했습니다. 우선 왕이 사랑하시는 원래 육체를 되찾는데 더 집중했기 때문에 마왕님의 이름을 악마교에 확실히 새길 시간은 없었습니다."

듣던 중 반가운 소리.

리리스는 깊게 허리를 숙이며 말을 이었다.

"더 빠르게 일을 처리하지 못해 죄송합니다. 최대한 빠른 시일 내에 마왕님의 이름을 악마교에……."

"아, 우선 그 부분에 대해서 할 말이 있어."

강우는 자신과 악마교의 관계, 그리고 그의 사정에 대해서 설명했다. 애기가 진행 될수록 리리스의 얼굴이 창백하게 질렸다.

"죄, 죄송합니다, 마왕님!"

넙죽 엎드려 이마를 땅에 찧었다. 그녀는 울먹이는 목소리로 입을 열었다.

"마, 마왕님의 뜻이 그러신 지도 모르고 제가… 오히려 적에게 정보를 넘기는 멍청한 짓을……."

"물론, 이번 일을 그냥 넘어갈 생각은 없어."

아무리 모르고 한 일이라고는 하나 리리스의 책임은 컸다.

발록과는 경우가 달랐다. 그녀는 지구에 온 이후에 꽤나 시간을 보냈고, 강우의 존재와 정체에 대해서 알고 있었다. 그런데도 불구하고 그의 의지와 반대는 일을 멋대로 벌인 것은 가만히 넘어가기 힘든 일이었다.

"……어떤 죄라도 달게 받겠습니다."

그녀는 뚝뚝 눈물을 떨어뜨리며 낮은 목소리로 말했다.

강우는 한숨을 내쉬었다.

"일단 이 얘기는 나중에."

"반드시… 제 몸으로 이 죗값을……!"

"아니."

"지금 바로 원래 몸으로 돌아가 왕에게 극진한 봉사를 하겠습니다!"

"하지 마."

"서큐버스 퀸으로서의 자존심을 걸고 왕에게 극락을……!"

"하지 말라고, 제발."

강우는 악마의 모습으로 돌아가려는 그녀를 다급히 말렸다. 그러고는 질린 표정으로 말을 이었다.

"그래서, 악마교는 내 정체에 대해서 하나도 모르는 거야?"

"……."

침묵이 내려앉았다. 리리스는 초조한 표정으로 우물쭈물하더니 이내 조심스럽게 입을 열었다.

"그건 아닙니다. 지옥의 서를 이미 악마교 내부에 퍼뜨리기 시작했기 때문에……."

"지옥의 서? 그건 또 뭔데."

"구천 지옥에 있었던 천 년 간의 전투를 대략적으로 옮겨 적은 것입니다. 그들은 아직 일곱 대공이 지옥을 다스리고 있다고 생각했었으니까요."

"책이라."

확실히 마왕의 존재를 악마교에게 각인시키기 위해서는 구천지옥에서 일어났던 대공과 마왕 사이의 기나긴 전쟁에 대한 정보를 퍼뜨리는 것이 가장 좋았다. 결국 그 전쟁의 승리자는 일곱 대공을 모두 패퇴시킨 마왕이었으니까.

"대놓고 책을 유통시킬 수는 없었겠군."

"그렇습니다. 그들은 일곱 대공을 신처럼 여기고 있었으니까요."

그렇다면 아직 기회가 있었다.

강우는 날카롭게 눈을 빛내며 물었다.

"그 책을 유통하고 있는 장소는?"

"중동에 있는 악마교 지부라고 들었습니다."

"호오."

악마교의 지부에 대한 정보까지.

'이거 생각보다 나쁘지 않은데.'

악마교에 가담한 리리스의 행동이 단순히 피해만 주는 트롤링이라고 생각했었다. 하지만 지금 가디언즈가 전력을 다해서 찾아도 찾을 수 없었던 악마교 지부에 대한 정보를 물어온 것만으로도 의미 있는 수확.

'이럴 거면 좀 더 잠입시켜 둘 걸 그랬나.'

내부 스파이로 그녀를 이용하는 것도 나쁘지 않겠다는 생각이 들었다.

하지만 이내, 고개를 저었다.

'아키야마가 죽은 이상 그것도 힘들겠지.'

그녀가 악마교에서 이토록 빨리 활동할 수 있었던 이유는 열렬한 추종자인 아키야마가 있었기 때문. 아키야마라는 기반 세력 없이는 지금처럼 움직일 수 없을 것이다.

'일단 그 중동에 있다는 악마교 지부로 가봐야겠군.'

지옥의 서가 어디까지 유출됐는지를 알기 위해서라도 그곳에 들릴 이유는 충분했다.

"그러고 보니 원래 쿠로사키 유리에는 어떻게 된 거야?

"지금은 제가 완전히 의식의 주도권을 잡아서 잠들어 있어요."

"깨울 수는 있고?"

"예, 왕이 명하신다면."

고개를 끄덕였다. 육체의 주도권을 리리스가 가지고 있다는 것은 반길 만한 일이었다.

가만히 있다가 몸을 통째로 빼앗긴 쿠로사키 유리에에게 살짝 동정심이 들긴 했지만 생판 모르는 사람의 인생까지 챙겨 줄 정도로 오지랖이 넓지 않았다.

'나 혼자 살기도 벅찬 인생인데.'

알렉도 아니고 사람 하나하나의 인생까지 신경 쓰며 살 필요는 없었다.

"쿠로사키 유리에가 지닌 능력은?"

"그녀의 능력이요?"

"그래. 분명 이계의 힘을 빌려올 수 있는 힘을 가지고 있을 텐데."

"음……. 그건 잘 모르겠어요. 일단 지금 저는 그 능력을 사용할 수 없어요."

"그건 쿠로사키 유리에 본인의 능력이다, 이건가."

리리스가 고개를 끄덕였다.

강우는 가늘게 눈을 떴다.

'이거 신경 쓸 필요가 있을지도 모르겠는데.'

지금 당장은 아니라도 그녀의 힘을 유용하게 활용할 때가 있을지도 모른다.

악마교는 균열의 씨앗으로 인해 가이아 시스템이 약화되기도 전에 그녀를 통해 리리스를 소환하려 했었다.

즉, 시스템이 더욱 약해진 지금 그녀의 힘을 잘만 활용한다면 대공, 혹은 그 이상 가는 존재를 소환할 가능성도 충분하다는 의미.

'불쌍한 것.'

아무 죄도 없이 악마에게 몸이 약탈당한 쿠로사키 유리에를 생각하면 절로 눈물이 나올 것 같았다.

무슨 수를 써서라도 잠들어 있는 그녀의 의식을 깨워 육체의 주도권을 어느 정도는 되찾아줘야겠다는 생각이 드는 것은 당연.

"역시 사람이 서로 도우며 살아야지."

연신 고개를 끄덕이며 자리에서 일어섰다.

죄 없는 여인을 악마의 손에서 당장에라도 구하고 싶었지만 지금 당장은 그럴 여유가 없었다.

'가볼까.'

중동에 있다는 악마교 지부. 지금은 그곳을 찾아가는 것이 급선무였다.

◆ 7장 ◆
악마 사절단

'여긴가.'

황량한 사막 위. 모래벌판 위에 작은 도시가 하나 세워져 있었다.

도시라고는 하나 이제는 사람이 살지 않는 폐허. 을씨년스러운 분위기가 풍기는 그곳에는 드문드문 몬스터들의 모습이 보이고 있었다.

강우는 리리스가 알려준 장소로 발걸음을 옮겼다. 중동의 강렬한 태양 빛이 내리쬤다.

"쯧, 이런 곳에 숨어 있으니 찾기 힘들지."

그가 가볍게 혀를 찼다. 악마교의 지부가 있는 위치는 중동 내에서도 극히 오지에 있었다.

격변의 날 이후 지구에서 '국가'라고 할 수 있는 나라가 반 이하로 줄어들었으니 작정하고 이런 곳에 숨어버리면 찾을 방법이 없었다.

'은신의 권능.'

강우는 몸의 기척을 숨기고 가면을 꺼내어 얼굴에 썼다. 목표는 악마교 지부의 은밀하게 잠입하는 것.

'파괴는 나중에.'

리리스가 집필한 '지옥의 서'를 은밀하게 유통하고 있는 지부였다. 어느 정도 다른 악마교 지부와 커넥션을 가지고 있을 가능성도 충분했다.

'지옥의 서가 얼마나 퍼져 나갔는지 확인하는 것도 필요하고.'

혹은 전혀 생각 못 했던 다른 정보를 가지고 있을지도 모른다. 어떤 이유에서든 기껏 발견한 악마교 지부를 단순히 지워버리는 것은 아까운 일이었다.

강우는 주시자의 권능을 같이 사용해서 악마교의 흔적을 찾았다.

흔적 자체는 어렵지 않게 찾을 수 있었다. 폐허가 된 도시 아래에 만들어진 지하 기지가 머릿속에 그려졌다.

"찾았……."

그의 중얼거림이 끊기고, 가면 속 표정이 거칠게 일그러졌다.

강우는 지금 느끼고 있는 마기의 흔적을 다시 한번 확인했다.

'역시.'

자신이 지금 느끼고 있는 감각에 대한 확신이 들었다.

그가 가늘게 눈을 떴다.

'악마가 있다.'

확실하지는 않지만 구천지옥급의 악마.

다만, 구천지옥 내에서 상위 악마라고 할 수 있는 대악마급은 아니었다. 잘 쳐줘 봐야 중하위. 구천지옥의 악마라고는 하지만 대공과 비견해도 크게 꿀리지 않는 강우의 입장에서는 가벼운 운동거리도 되지 않는 악마였다.

"흠."

강우는 침음을 흘렸다.

악마교 내부에 악마가 있다는 것 자체는 그다지 큰 문제가 아니었다. 그들이 전 세계적으로 악마를 소환하는 것을 모조리 찾아가서 막은 것은 아니었으니까.

'그건 그런데.'

주시자의 권능을 사용해 다시 한번 지하 기지의 내부를 살폈다. 악마들과 악마교도들의 모습이 머릿속에 그려졌다.

'뭔가 좀 이상한데.'

악마의 숫자는 다섯. 모두 한 방에 들어가 나란히 앉아 있었다. 그들의 반대편에는 악마교도 3명 정도가 앉아 무언가를 얘기하고 있었다.

'미팅이라도 하나?'

겉으로 보여지는 모습은 딱 그 정도. 악마와 악마교도가 함께 있는 모습이라기보다는 무슨 영업직 사원들끼리 서로 만나 거래를 하는 듯한 구도였다.

'아니, 뭐 악마라고 해서 24시간 때려 부수며 싸우는 건 아닌데.'

아무리 그래도 악마 다섯이 나란히 앉아 진지하게 악마교도와 대화를 나누고 있는 모습은 이질적이었다.

'확인해 봐야겠군.'

주변을 두리번거렸다.

지하에 설치된 기지라고 하나 사람이 살고 있는 이상 환풍구라도 있을 것이 분명. 주시자의 권능을 사용해 기지의 내부 구조를 파악했다. 그러자 외부로 통하는 환풍구의 위치는 어렵지 않게 찾을 수 있었다.

"시바, 무슨 쌍팔년도 첩보 영화도 아니고 환풍구로 잠입해야 하나."

짧게 투덜거렸지만 마땅한 다른 방법이 없었다. 아무리 은신의 권능을 사용하여 기척을 죽이고 있다고 하지만 대놓고 기지 내부를 활보할 수는 없었으니까.

사람 하나 간신히 통과할 수 있는 작은 크기의 환풍구는 마법적인 장치로 보호되어 있었다.

"쯧."

하지만 강우에게 큰 문제는 되지 않았다.

그는 가볍게 손가락을 튕겼다. 마기가 뿜어져 나가며 환풍구에 설치된 마법적인 장치를 통째로 짓뭉개 버렸다. 그리고 그대로 환풍구를 통해 몸을 움직였다.

주시자의 권능으로 파악한 구조를 따라 몸을 옮기니 악마들의 목소리가 들려왔다.

-이 지구라는 세계에도 마기를 다룰 수 있는 인간들이 있는 줄 생각하지 못했군.

-그리고 마기를 다루는 경지도 에르노어 대륙의 흑마법사와는 차원이 달라.

-어지간한 지옥의 악마들은 상대도 안 되겠어.

'뭐?'

표정이 일그러졌다. 악마들의 대화 사이에 섞인 '에르노어 대륙'이라는 명칭. 강렬한 이질감이 느껴졌다.

'무슨 일이야 이게?'

그들의 대화에 귀를 기울였다.

"당치 않습니다. 구천지옥의 악마님들에 비하면 피라미에 불과한 수준입니다."

-우리들은 구천지옥의 존재가 아니다.

"아 참. 그러고 보니 대공 루시퍼 님의 권속이라고 말씀하셨죠."

악마교도의 말을 들은 강우의 두 눈이 부릅떠졌다.

'루시퍼의 권속들이라고?'

이해하기 힘든 일이었다.

'왜 시바 루시퍼의 권속들이 여기에 있는 거야?'

할파스와 말파스, 페넥스가 떠올랐다. 자신은 그들을 통해 떡밥을 하나 뿌려두었다. 루시퍼라는 팔팔한 물고기를 낚을 수 있는 미끼를.

만약 저 악마들이 루시퍼의 권속들이 맞는다면 저렇게 악마교도와 평온하게 대화를 하는 것은 이상했다. 루시퍼의 권속, 말파스와 페넥스가 악마교를 이끄는 악마 사탄의 손에 직접 희생되었으니까.

'대체 뭔 일이야 이게.'

복잡해지는 머릿속. 강우는 표정을 일그러뜨리며 이어지는 대화에 집중했다.

-대공 또한 틀린 말이다.

-루시퍼 님은 이미 대공의 경지를 넘어 신성을 얻으신 분.

-악신 루시퍼 님이라고 불러라.

"아아, 죄송합니다."

악마교도는 악마들의 말에 가볍게 고개를 숙였다. 허황된 말이라 생각해 믿지 않는 것처럼 보였다.

"그보다 이계에 계시다는 루시퍼 님의 권속 분들이 어찌 이곳에……."

-너희들의 수장이 벌인 죄를 추궁하기 위해 왔다.

"예?"

악마교도는 대체 무슨 생뚱맞은 소리를 하냐는 듯 고개를 갸웃거렸다.

-할파스 님을 통해 이미 모든 얘기는 들었다.

-설마 모른다고 하지 않겠지?

"죄송합니다. 저희는 아무것도……."

콰앙!!

악마의 주먹이 테이블을 거칠게 내려찍었다.

그는 분노에 찬 목소리로 외쳤다.

-어디서 감히 발뺌을 하는 가! 너희들의 주인, 사탄이 페넥스 님과 말파스 님을 죽였다는 것을 우리가 모를 거라 생각했나?

"……예?"

"사탄이라고요?"

악마교도는 어리둥절한 표정으로 루시퍼의 권속들을 바라보았다.

'이런 시바.'

악마와 악마교도의 대화를 듣고 있던 강우는 터져 나오려는 욕지기를 간신히 참았다.

이어지는 대화를 들으며 상황은 파악했다. 국가 간에 사절단을 보내듯, 자신의 권속들을 지구에 사절단으로 보낸 것.

'사절단이라고?'

헛웃음이 절로 흘러나왔다. 말로는 사탄의 죄를 추궁하니 뭐니 말했지만, 사절단을 보낸 의미는 하나였다.

'사탄과 전쟁을 피하고 싶다는 것.'

적당하게 대화로 풀어 상황을 해결하자는 것.

'루시퍼 이 새끼……'

강우는 가늘게 눈을 떴다. 짧은 대화였지만, 얻을 수 있는 정보는 귀중했다.

'꽤나 똥줄 타는 상황인 것 같은데.'

악마들 사이에 대화로 해결해서 싸우지 말자, 라는 개념은 존재하지 않는다. 그들의 대화는 언제나 피와 살육으로 이루어져 왔다.

'그런데 이 상황에서 사절단을 보낸다고?'

심지어 루시퍼는 사탄에게 선제공격을 받은 상태. 여기서 사절단을 보내어 대화로 해결하려는 것만으로도 그의 상황이 얼마나 절박한지 알 수 있었다.

'가능성은 두 가지.'

하나는 마해를 가진 사탄을 절대로 이길 수 없다고 판단한 경우. 악마가 무슨 뇌가 없는 종족도 아니고 불리할 것 같으면 패배를 시인하기도 했다.

'하지만……'

이 가능성은 낮다고 생각했다.

그가 아는 루시퍼는 이 상황에서 마해에 대한 욕망을 불태웠으면 태웠지 깔끔하게 포기할 악마는 아니었다.

'그렇다면.'

가늘게 눈을 떴다. 다른 하나의 가능성.

'사탄을 신경 쓸 수 없을 정도로 절박한 상황에 처해 있거나.'

정확히 어떤 상황인지는 모른다. 아득한 과거 그와 싸웠다는 대천사들일 수도, 그게 아니라면 신일 수도 있었다.

어쨌든 상관없었다. 그건 중요하지 않았다.

'중요한 건 놈이 선빵을 맞고도 사탄에게 대화를 시도했을 만큼 최악의 상황이라는 것.'

입가가 비틀어 올라갔다.

"무, 무슨 말씀을 하는지 잘 모르겠습니다."

"저희들이 섬기는 존재는 사탄 님이 아닙니다."

-뭐라?

악마들의 표정이 일그러졌다.

그때였다.

콰아아아아아앙!!

거대한 폭음과 함께 천장이 폭발했다.

-무, 무슨 일이　!

"크윽! 가, 갑자기 뭔 일이……."

방 안에 있던 다섯 악마와 세 명의 악마교도는 혼란에 빠졌다.

턱.

천장이 무너져 내리며 그 위에서 무언가가 떨어졌다.

"어……?"

천장에서 떨어진 존재를 본 악마교도들의 두 눈이 부릅떠졌다. 악마교의 상징이라고 할 수 있는 붉은 악마 가면. 그 가면을 쓴 채 칠흑 같은 어둠에 휩싸여 있는 존재가 있었다.

마치 캄캄한 어둠 속에 가면 하나만 둥둥 떠다니는 듯한 모습.

'뭐지?'

이런 존재는 이제까지 본 적도, 들은 적도 없었다.

'다른 악마교도… 인가?'

악마교 지부는 서로 단절되다시피 점조직으로 운영되고 있었다. 처음 보는 존재가 있어도 이상하지 않았다.

-너는…….

-서, 설마.

악마들은 공포에 질린 채, 가늘게 몸을 떨었다. 붉은 가면의 존재에게서 뿜어져 나오는 강대한 마기가 그들에게 본능적인 공포를 각인시켰다.

-나는 사탄이다.

망설임 없이, 붉은 가면의 악마가 말했다.

-사, 사탄!!

-크윽! 모, 모두 물러나라!

다섯 악마들 중 가운데에 있던 악마가 앞으로 나섰다. 그는 사탄 앞에 한쪽 무릎을 꿇었다.

-미, 미천한 존재가 대공을 뵙습니다. 저는 루시퍼 님의 권속 다르킨이라고 하옵니다.

-지구에는 무슨 일이지? 할파스를 통해 내 의지는 충분히 전달했을 텐데.

-그건…….

다르킨은 조심스럽게 입을 열었다.

그는 품속에서 사람 머리만 한 크기를 가진 수정 구슬을 내밀었다.

-루시퍼 님께서 사탄 님과의 대화를 원하십니다.

-대화?

-그렇습니다.

-…….

침묵이 흘렀다. 사탄은 다르킨이 내민 수정 구슬을 향해 천천히 손을 뻗었다.

-크, 크크크.

붉은 가면 사이로, 음산한 웃음소리가 흘러나왔다.

-크하하하하하!!!

-사, 사탄 님! 이게 무슨!!

쫘지지직!

사탄이 손을 댄 수정 구슬이 처참하게 박살 났다.

-대화? 대화라고? 크하하하하하!!! 아주 재밌군! 아주 재미있는 말이야!

광소를 터뜨리며 가볍게 손을 뻗었다. 그러자 그의 손에 사탄의 상징과도 같은 지옥 무구, '분노'가 그 모습을 드러냈다.

칠흑 같은 검신을 가진, 어둠의 검. 그 검을 휘둘렀다.

퍼억!!

다르킨의 머리통이 검날에 닿자, 산산조각이 나며 폭발했다.

-악마에게 대화란 없다!

전쟁이다!

-커헉!!

검은 피가 튀어 올랐다. 다섯 악마 중 넷이 눈 깜짝할 사이에 사탄의 공격에 희생됐다.

-이, 이게 무슨 짓입니까!

사탄의 무자비한 공격 속에서 살아남은 한 악마가 다급히 외쳤다.

붉은 가면이 기울어졌다.

-무슨 짓이냐고?

붉은 가면은 낄낄 웃음을 터뜨렸다.

-악마가 전쟁을 하는 데 이유가 필요한가?

-크웃…….

-대화라니, 가소롭기 짝이 없군. 역시 루시퍼 그 한심한 놈이 할 만한 생각다워.

-루시퍼님을 모욕하지 마라, 사탄!!

살아남은 악마는 이글거리는 눈빛으로 외쳤다.

사탄은 고개를 돌렸다.

-그렇다면 그가 한심하지 않다는 것을 증명해라.

사탄이 손을 뻗었다. 3미터에 달하는 거구를 지닌 악마의 목덜미를 붙잡고 고개를 가까이 기울였다.

-우리들은 살육을 위해 태어났고, 피를 갈망하며 살아왔다. 루시퍼에게 전해라, 직접 이 세계로 올 자신이 없으면 그냥 찌그러져 있으라고.

-네놈은… 지금 그분이 어떤 상황인지 모른다.

-하하하! 맞는 말이군. 나는 루시퍼가 어떤 상황인지 모른다. 신경 쓸 이유도 없지.

가면 너머로 보이는 노란 눈동자가 악마를 향했다.

-하지만, 놈이 꽤나 절박한 상황인 건 알 것 같군. 좋은 기회야, 이번 기회에 놈의 영혼을 가져갈 수 있겠군.

-지금은 우리끼리 싸우고 있을 때가 아니다! 천계의 세력이 악마를 멸절시키기 위해 움직이고 있다는 것을 모르는 거냐!

'역시 천계였군.'

-에르노어 대륙 다음은 이곳이다! 악마들끼리 싸우다 천계의 세력에 멸절당하고 싶은 건가?

처절한 외침에 사탄은 폭소를 터뜨렸다.

-천계? 고작 그딴 하찮은 놈들에게 당하고 있었던 거냐?

-하찮다고?

발작을 일으키듯, 악마의 외침이 이어졌다.

-그들은 하찮지 않다! 네놈도 알고 있지 않은가! 마왕 오강우의 손에 의해 구천지옥의 힘이 얼마나 나약해졌는지! 그자가 지옥을 멸망 직전까지 몰아넣었다는 것을! 천계의 세력은 그 기나긴 전쟁 동안 힘을 쌓았다! 우리가 뭉치지 않으면 그들을 막을 수 없다!

장황하게 이어지는 일장 연설. 악마의 현실과 절박함을 알려주는 외침이었지만 사탄은 아랑곳하지 않았다.

-마왕은 내 손에 의해 죽었다. 마해 또한 내가 가져갔지. 천계의 세력 따위는 위협조차 되지 못한다.

느긋한 목소리로 말을 이었다.

-루시퍼에게 전해라, 천사들 따위에게 빌빌거리지 말고 나를 찾아오라고. 나와 싸워, 마해를 가져가라고.

-기어코 자멸의 길을 선택할 셈이냐!

-자멸? 우스운 말이군.

붉은 가면이 기울어졌다.

-언제부터 악마가 멸망을 신경 쓰며 싸웠던 거냐?

-……

-나약하고, 겁쟁이에, 졸렬하기까지 하군.

사탄은 가볍게 손을 휘저었다. 그러자 거대한 충격에 악마의 몸이 뒤로 튕겨 벽에 박혔다.

-잘 들어라, 루시퍼의 권속아.

사탄은 웃었다.

-악마에게 타협이란 존재하지 않는다.

"일단, 여긴 끝난 것 같군."

강우는 기절한 악마를 내려다보며 나지막이 말했다.

적당히 힘 조절을 했으니 머지않은 시간에 눈을 뜰 것이다. 그다음 루시퍼에게 돌아가 오늘 있었던 일들을 낱낱이 보고할 것이다.

'아무리 루시퍼가 절박한 상황이라고 해도 이번에는 피할 수 없겠지.'

이 정도로 강경하게 말했는데 다시 한번 대화를 시도할 만큼 참을성 있는 놈이 아니다.

'놈은 이곳으로 온다.'

대공으로서는 결코 넘어갈 수 없는 모욕을 당했다. 루시퍼는 사탄을 죽이기 위해 움직일 것이다.

'그리고 사탄이 이끄는 세력, 악마교와 피 터지게 싸우겠지.'

입가를 비틀어 올렸다. 생각했던 그림이 완성되기까지 머지 않았다는 것을 직감했다.

'그나저나.'

루시퍼의 권속에게 들었던 말들을 떠올렸다.

'악마가 멸망할 위기에 처했다, 라.'

강우는 가늘게 눈을 떴다.

마냥 기뻐할 수 있는 얘기는 아니었다. 악마는 그의 힘을 되찾고, 더욱 강하게 만들기 위해 필수 불가결한 존재였다.

비유하자면 먹음직스러운 먹잇감. 그 먹잇감들을 잃는다는 것은 반길 수 없는 소식이었다.

'물론 악마들이 천계 세력에 멸망하면 평화롭게 지낼 수도 있겠지만……'

가능성은 낮았다. 천사들이 모든 악마를 멸절시키려고 한다면, 강우 또한 그 대상 중 하나일 테니까.

'결국 그 미카엘인가 뭐시긴가 하고도 싸워야 한다는 건가.'

절로 욕지기가 치밀어 오르는 상황.

'그래도 당장 닥칠 일은 아니야.'

루시퍼의 권속은 분명 에르노어 대륙 다음이 지구가 될 것이라고 말했다. 즉, 루시퍼의 세력이 남아 있는 이상 천사들이 이곳을 습격할 리는 없다는 의미.

'그리고 이번 일로 인해 마왕 오강우는 이미 사탄의 손에 죽은 게 되겠지.'

끝까지 그들의 눈을 속일 수 있으리라고는 생각하지 않았다. 하지만 시간을 버는 것 정도는 충분히 가능할 것이다.

대비할 수 있었고, 대처할 수 있었다.

'악마교와 루시퍼, 둘의 갈등의 극대화시킨다.'

노리는 것은 루시퍼의 영혼. 쉽지 않은 일이지만, 그렇다고 해서 불가능한 일 또한 아니었다.

'그 계획을 위해서도.'

고개를 돌렸다.

"히익!"

공포에 질려 있는 악마교도의 모습의 보였다. 숫자는 세 명. 강우는 그들에게 다가갔다.

"다, 당신은……."

"지, 진짜 사탄이십니까?"

갑작스러운 사탄의 등장에 당황한 그들이 더듬거리는 목소리로 물었다.

강우는 씨익 미소를 지으며 가면을 툭 건드렸다. 붉은 악마 가면이 방패 문양이 그려진 새하얀 가면으로 변했다.

"엇! 그, 그 가면은!"

"가디언즈?"

그들은 이해할 수 없다는 표정으로 고개를 두리번거렸다.

"몇 가지 물어볼 게 있어서 말이야."

애초에 이곳에 온 목적은 리리스가 직접 쓴 '지옥의 서'가 어디까지 퍼졌는지 확인하기 위해였다.

루시퍼의 권속들을 만난 것은 어디까지나 우연. 이제는 본래의 목적을 달성할 시간이었다.

"하! 누가 가이아의 권속 따위의 질문에 대답……."

퍼석!

소리치던 악마교도 하나의 머리가 터져 나갔다.

강우는 짙은 미소를 입가에 지으며 남은 두 악마교도에게 다가갔다.

"대답하고 말고는 너희들이 선택할 게 아냐."

"히, 히익!"

두 악마교도가 서로의 눈치를 살폈다.

"음. 그러고 보니."

가늘게 눈을 떴다.

"입이 두 개나 필요 없을 것 같은데 말이야……."

장난을 치듯 가벼운 어투로 말을 이었다.

"둘 중 누가 말할래?"

"그러니까… 지옥의 서는 얼마나 유통됐는지는 너희들도 잘 모른다고?"

두 악마교도가 다급히 고개를 끄덕였다.

"그, 그렇습니다! 내용이 워낙 허무맹랑한 내용인지라… 사실 흥미 위주로 다른 지부가 몇 권 가져간 것이 전부입니다."

"그걸 가져간 다른 지부의 위치는?"

"모, 모릅니다. 다른 지부의 위치에 대한 것은 저희도 알지 못합니다. 정보나 소환 의식의 재료를 거래하는 과정에서 같이 넘겨줬을 뿐입니다."

"그래도 접선 장소 정도는 있을 거 아냐."

"물론 있긴 합니다만……."

두 악마교도의 눈이 흔들렸다. 그것만으로 대답은 충분했다.

"말하면 죽나 보군."

"……."

침묵이 흘렀다.

잠시 후 두 악마교도가 서로의 눈치를 살피며 말했다.

"저, 접선이 이루어지는 국가는 알려 드릴 수 있습니다!"

"어딘데."

"주, 중국입니다."

범위가 너무 넓었다. 쓸 수 있는 정보는 아니었다.

'그래도 일단 중국 내부에 악마교의 접선이 이루어지고 있다는 것 하나 정도는 건질 수 있겠구만.'

천무진을 닦달해서 중국 내부를 조사할 필요가 있었다.

'일단.'

생각을 정리했다.

'얻은 정보는 3개.'

하나는 루시퍼가 천계의 세력에게 공격받고 있다는 사실.

둘은 지옥의 서가 아직 제대로 유통되지 않았고, 사실상 소설에 가까운 취급을 받고 있기에 큰 걱정을 할 필요가 없다는 것.

셋은 중국 내부에 악마교의 접선지가 있으며, 그곳에 악마교 지부가 있을 가능성이 있다는 것.

'나쁘지 않군.'

이곳에서 뽑을 수 있는 정보는 어느 정도 뽑아 먹었다는 생각이 들었다.

"여기 지부에는 악마교도가 몇 명있지?"

"초, 총원이 50명 정도밖에 안 되는 작은 지부입니다!"

"악마 소환에 직접 참여한 적도 없습니다!"

두 악마교도는 다급한 목소리로 외쳤다. 그들은 강우 앞에 무릎을 꿇으며 손을 들어 올렸다.

"자, 자수하겠습니다."

"법의 심판을 받겠습니다."

가디언즈가 범국가적인 단체라고는 하나 기본적으로 선을 위해서 싸우는 단체. 아무리 끔찍한 범죄를 저지른 연쇄 살인범이라도 자수했을 때 함부로 죽일 수 없듯, 원칙적으로는 투항한 악마교도를 인도적으로 대해줘야 했다. 무고한 사람들을 희생시키고, 그들의 목숨을 제물로 바쳐 힘을 얻은 그들에게도 '인권'이라는 것이 존재했으니까.

"흠."

강우는 침음을 흘렸다. 그들의 제안을 예전처럼 간단하게 무시할 수는 없는 노릇이었다.

'나도 가디언즈의 일원이니까.'

빛의 용사라는 타이틀을 달고 어찌 인권을 함부로 유린할 수 있단 말인가.

강우는 깊은 한숨을 내쉬며 고개를 저었다. 아무래도 지금은 자신이 할 수 있는 최대한 그들을 인도적으로 대해줄 수밖에 없다는 생각이 들었다.

"하아. 어쩔 수 없군."

"아……."

"둘 중 하나만 살려줄게."

"예?"

악마교도의 눈이 휘둥그레졌다.

"마지막으로 너희가 해줘야 할 일이 있거든. 근데 그 일이 두 명은 필요 없단 말이야. 그러니까 한 명만 살려줄게."

"자, 잠깐!"

"저희는 가디언즈에게 투항하지 않았습니까!"

"그랬지."

쇄도하는 비난. 강우는 아무 말 없이 마해의 열쇠로 작은 단검 두 개를 만들어 그들에게 던졌다.

"이건 무슨……."

"서로 죽여."

"예?"

"이기는 놈이 사는 거야."

"허업……."

끔찍한 조건에 두 악마교도의 눈이 부릅떠졌다.

"이건 인도적으로 문제가……."

"빛의 용사라는 인간이 어떻게 그런 짓을!"

"얘들아."

딱.

강우는 손가락을 튕겼다. 그러자 거대한 기운이 뿜어져 나와 두 악마교도의 몸을 짓눌렀다.

그가 나지막이 말을 이었다.

"너희들에게 선택지를 줬지, 선택권을 주지는 않았다."

"……."

침묵이 이어졌다. 두 악마교도는 서로의 눈치를 살피며 몸을 떨었다.

움직임은 느렸지만 그들이 머지않아 단검을 손에 쥘 것은 불 보듯 뻔한 일. 강우는 의자에 다리를 꼬고 앉아 느긋이 그들을 구경했다.

"이익!"

"주, 죽어!!"

두 사람이 단검을 쥐고 서로에게 달려들기 시작했다. 그리고 검붉은 피가 튀기는 살육전이 펼쳐졌다.

푸욱!

"커헉!"

'아니, 그렇게 움직이면 안 되지.'

"아아아악!!"

'더럽게 못 싸우네. 진짜.'

"컥!"

'오, 그렇지!'

치열한 혈전. 강우는 흥미진진한 눈빛으로 둘의 싸움을 바라보았다.

"이, 이 쓰레기 자식!!"

"어떻게 빛의 이름을 걸고 이런 끔찍한 짓을 할 수 있단 말이냐!!"

한창 싸우고 있던 두 악마교도가 눈물을 흘리며 외쳤다.

강우는 고개를 갸웃거렸다.

'아니, 실력 여하에 따라서 충분히 살 수 있는 여지를 만들어줬는데.'

둘 다 죽일 수 있는데도 불구하고 자신의 힘과 의지로 삶을 쟁취할 수 있도록 만들어준 것 아닌가?

'여기서 어떻게 더 인도적으로 하냐.'

고개를 절레절레 저었다. 그들의 비난을 듣고 열심히 머리를 쥐어짜 냈지만, 아무리 생각해도 이보다 더 인도적이고 자비로운 방법이 떠오르지 않았다.

"너무 억울하네."

마치 자신이 쓰레기라도 된다는 듯 비난하는 그들.

강우는 차오르는 억울함에 표정을 구겼다.

"누가 들으면 진짜 내가 쓰레긴 줄 알 거 아냐."

◆ 8장 ◆
정상 회의

중동. 황량한 사막 위에 지어진 작은 도시. 그 도시 안에 은밀하게 지어진 악마교의 지부.

그곳에서 강렬한 폭음이 연달아 터져 나오고 있었다.

콰앙!

쿠구구궁!

"아아악!!"

"무, 무슨 일이야?"

지부에 있던 악마교도들은 갑작스러운 폭음에 당황한 듯 허둥지둥거리며 각자의 무기를 챙기고 마법을 캐스팅했다.

"서, 설마……."

"아까 그 악마들이 벌인 짓인가?"

예상 가는 바는 있었다.

몇 시간 전에 지부에 나타난 정체불명의 악마들. 악마교가 소환한 악마가 아닌, 다른 모종의 방법으로 이 세계에 나타난 존재. 갑작스러운 폭음의 원인은 그들 외에는 생각하기가 힘들었다.

쿵!

"도, 도망쳐라!!"

"지부장님?"

문이 열리며 온몸이 피에 젖은 지부장이 나타났다. 그는 공포에 질린 표정으로 다급히 외쳤다.

"스, 습격이다!! 루시퍼의 권속들이 악마교를 습격했다!!"

"루시퍼의 권속?"

"대체 왜 그들이 저희를……."

뜬금없이 튀어나온 대공의 이름에 악마교도는 고개를 두리번거렸다.

지부장은 남은 생명을 쥐어짜 내듯, 처절한 목소리로 외쳤다.

"이번 한번으로 끝나지 않을 것이다! 도망쳐라! 어서 도망쳐서 교단에 이 사실을 알려! 에르노어 대륙의 악마들이 지구에 나타날 것이다!!"

쿨럭.

한 움큼의 피가 쏟아졌다.

날카로운 단검에 쑤셔진 듯 온몸에서 피를 쏟아내고 있는 지부장. 그는 자신의 부하들에게 소리쳤다.

"전쟁이다! 루시퍼의 권속들이 악마교에게 전쟁을 선포했다!!"

그 외침을 끝으로, 그는 의식을 잃고 쓰러졌다.

"……"

짧은 침묵. 악마교도들은 서로의 눈치를 살피다, 이내 몸을 돌려 도망치기 시작했다.

연달은 폭음과 함께 악마교 지부가 무너져 내렸다. 사막의 모래가 쏟아져 내리며 지부 전체가 뒤흔들렸다.

"저, 전쟁!"

"전쟁이다!!!"

도망치는 악마교도들은 지부장이 마지막으로 외친 그 말을 머릿속에 새기며 다급히 지하 기지를 빠져나갔다.

"허억, 허억."

홀로 남은 지부장. 거친 숨을 몰아 내쉬는 그의 뒤에 새하얀 가면을 쓴 청년이 걸어 나왔다.

"잘해줬어."

"야, 약속은……."

"당연히 지키지."

무슨 소리를 하냐는 듯 고개를 끄덕였다.

피에 젖은 지부장의 표정이 일순 밝아졌다.

"그, 그렇다면 어서 여기서 날 꺼내주시오."

무너져 가는 기지. 쏟아지는 잔해를 올려다보며 간절히 말했다.

강우는 그의 옆에 쪼그려 앉았다.

"내가 왜?"

"뭐, 뭐라? 부, 분명 살려주겠다고 약속을……."

"살려주는 거랑 여기서 꺼내주는 건 다른 얘기지."

"이, 이익!!"

악마교도의 표정이 일그러졌다.

강우는 그에게 손을 저으며 지부 밖으로 걸어갔다.

홀로 남은 악마교 지부장. 그는 입술을 깨물었다. 솔직히 이렇게 되리란 걸 어느 정도는 예상하고 있었던 일.

'죽을 수 없다.'

그는 엄지손가락만 한 크기를 가진 검은 보석을 품속에서 꺼냈다.

마정. 마기를 응축하여 만든 보석으로 순간적으로 폭발적인 마기를 얻을 수 있었다.

물론, 함부로 사용한다면 폭주하는 마기에 바로 마물로 전락하지만 지금은 그걸 가릴 때가 아니었다.

"오, 그거 오랜만에 보네."

"허업!"

갑작스럽게 나타난 강우의 모습에 지부장은 기겁했다.

"어, 어째서……."

"그냥 죽을 거라고는 생각 안 해서. 뭐라도 하겠거니 하고 구경하고 있었는데 역시 좋은 거 하나 가지고 있었네."

그의 손에서 마정을 강제로 뺏어 들었다.

"아, 안 돼!"

"뭐, 솔직히 지금은 별 도움 안 될 것 같긴 한데. 그래도 없는 것보다는 낫겠지. 잘 쓸게. 고맙다, 인마."

강우는 그의 어깨를 두드렸다. 피에 젖은 채 바닥에 쓰러져 있던 지부장이 포효했다.

"으아아아아아! 이 개자시이이이이익아!!"

쿠구궁. 지하 기지가 무너져 내렸다.

으득.

"역시 별 효과는 없네."

심심하다는 표정으로 입안에 넣은 마정을 씹었다. 예전이었다면 그에게 큰 힘이 되어줬을 마정도 이제는 그다지 큰 효과가 없었다.

'역시 대공을 사냥해야 해.'

다른 방법 중에서는 폭발적인 힘을 쌓을 방법이 마땅히 없었다.

물론, 대공을 사냥하지 않고 다른 악마들을 잡아서 천천히 힘을 쌓는 방법 또한 있을 것이다.

'방금 전에 루시퍼의 권속들도 나쁘지 않았고.'

살려준 한 놈을 제외하고 남은 네 악마의 시체는 당연히 포식의 권능으로 먹어치웠다. 스탯이 상승한 것은 아니지만 그들의 영혼으로 인해 '깊은' 쪽으로 향하는 통로가 넓어진 것은 당연지사. 나중에 '대공'의 힘을 사용하기 위해서라도 깊은 쪽으로 향하는 통로는 미리 완성해 둘 필요가 있었다.

'잘못하면 터질 수도 있으니까.'

만약 지금 당장 대공의 영혼을 흡수한다고 해도 바로 사용할 수는 없었다. 거대한 수압을 견디지 못하고 찢어지는 호스처럼 마기의 통로가 폭주할 것이다.

한번이라도 폭주하면 끝. 리리스 소환 당시 균열이 폭주했던 것처럼 마기가 미쳐 날뛰며 몸이 터져 나갈 것이 분명했다.

"일단 중국을 뒤져볼 수밖에 없나."

루시퍼가 지구에 오기까지 가만히 기다리고 있을 수만은 없었다. 그 사이 악마들을 꾸준히 잡으며 통로를 완성해야 했다.

단서로 주어진 것은 중국 내부에 악마교의 접선지가 있다는 것. 그리고 접선지가 있으니 지부가 있을 가능성이 있다는 크다는 것 정도였다.

'너무 넓은데.'

중국은 넓었다. 한국이랑은 애초에 비교 자체가 불가. 세계적으로도 손꼽히는 면적을 자랑하고 있었다.

그 드넓은 국가에서 24시간 이루어지는 것도 아닌 악마교의 접선지를 찾는 것은 불가능에 가까웠다.

무슨 현상 수배범 잡는 것처럼 일반 시민의 도움을 기대할 수도 없었다. 움직인다면 플레이어로 이루어진 군대가 움직여야 했다.

'천무진이 할 수 있는 일이 아닌데.'

만약 한다면 세계 전체가 움직여서 수색을 해야 할 판이었다.

'가디언즈에 그런 권력이 있던가.'

분명 가디언즈는 각 국가의 수뇌부와 연결되어 있었다. 하지만 그렇다고 해서 그들을 휘하 세력처럼 마음대로 부릴 수 있는 것은 아니었다.

미국을 움직일 수 있다고는 하지만 어디까지나 그레이스 맥커빈이라는 일개 플레이어의 영향력 덕분이었다. 세계 전체는커녕 나라 하나도 마음대로 움직일 수 없는 것이 현재 가디언즈의 상황.

'손을 좀 써야겠어.'

악마교라는 거대한 위협을 고작 30명도 채 되지 않은 비밀 조직이 막을 수 없는 노릇. 세계 각 국가의 힘을 빌리지 않은 이상 움직임의 제약이 너무 많았다.

'가디언즈가 백날 빨빨거리면서 돌아다녀 봐야 군대 하나가 움직이는 것보다는 못할 테니까.'

능력의 문제가 아닌 단순한 숫자의 문제. 흔히 무협지에서 개방, 하오방 등 하층민으로 이루어진 집단이 많은 정보를 가지고 있는 것이 아니었다. 숫자가 지닌 힘은 무시할 수 없었다.

"좋아."

계획이 정해졌으면 망설일 이유는 없었다.

강우는 수호의 전당으로 향하는 게이트를 만들었다. 게이트를 통해 수호의 전당으로 들어가니 방금 막 수련을 마친 듯 땀을 닦으며 훈련실에서 나오는 김시훈의 모습이 보였다.

"아, 형님! 이번에 이토 씨에게 소식은 들었습니다. 쿠로사키 유리에 님을 찾으셨다고요?"

"아, 뭐 그랬지."

"연락해 주셨으면 바로 달려갔을 텐데……."

"그다지 어려운 일도 아니었어."

강우는 억지 미소를 지으며 말했다.

사실 김시훈을 비롯한 가디언즈의 도움이 간절했지만, 그들과 리리스가 만나게 할 수는 없었다.

"그보다 이제 넌 여기서 아예 생활하는 거냐?"

"예. 사부님께서 더 이상 가르쳐 줄 게 없다고 당분간은 개인 수련에 집중하라고 말씀하셔서요."

'뭐 가르치기 시작한 지 1년도 안 됐는데 더 이상 가르쳐 줄 게 없어.'

헛웃음이 흘러나왔다.

"어머니는?"

"병은 다 나으셨습니다. 지금은 한적한 곳에서 생활하고 싶으시다고 하셔서 춘천 쪽에 집을 하나 구해 드렸어요."

"자주 찾아뵙고."

김시훈의 어머니는 그의 트라우마에 결정적인 영향을 준 사람이었다. 그녀와 계속 교류하는 것은 김시훈이 가진 트라우마를 완화시키는 데 도움을 줄 수 있었다.

"예, 형님. 그보다 여기는 무슨 일이십니까?"

"가이아 씨 좀 만나러 왔어."

강우는 가볍게 대답하며 가이아가 있는 방으로 향했다.

방문을 열고 들어간 그는, 머릿속에 있는 계획을 그녀에게 설명했다.

"정상 회의, 말씀입니까?"

가이아가 고개를 갸웃거렸다.

"예. 세계 각국의 수뇌부가 모여 악마교에 대해 논의해 보자는 거죠."

"음……."

가이아는 난처하다는 듯 침음을 흘렸다.

"아마 쉽게 논의가 진행되지는 않을 것입니다."

한숨을 내쉬었다.

"아무리 절박한 상황이라고 해도 각 국가에는 다들 자신들만의 사정이 있으니까요. 정상 회의가 이루어진다고 해도 큰 변화는 기대하기 어려울 겁니다."

국가 간의 협력을 이끌어내는 것은 쉬운 일이 아니었다. 자국의 안전조차 지키기 힘든 세상에, 다른 나라가 어떻게 되건 세계가 위기에 빠지건 신경 쓸 수 있는 여유를 지닌 국가는 손에 꼽았으니까. 아니, 설사 여유가 있다고 해도 세계의 평화를 위해 손해를 감수할 수 있는 나라는 아예 없다고 해도 과언이 아니었다.

"하지만 시도조차 하지 않고 있을 수는 없죠. 미국을 중심으로 세계 정상 회의를 기획해 주셨으면 합니다."

"쉽지 않은 일이겠군요."

가디언즈의 능력을 벗어난 일. 하지만 다른 사람도 아닌 빛의 용사의 제안을 거절할 수는 없는 노릇이었다.

가이아는 고개를 끄덕였다.

"알겠습니다. 한번 추진해 보겠습니다."

"예."

강우는 고개를 끄덕였다.

어두운 동공. 얼음으로 이루어진 깊은 동굴 속에 거대한 검은 구체가 꾸물거리고 있었다.

30여 미터에 달하는 거대한 구체. 검은 로브에 붉은 악마 가면을 한 여인이 그 구체 앞으로 걸어갔다.

"악의 사도 율리아가 위상을 뵙습니다."

-무슨… 일이냐?

검은 구체에서 낮은 음성이 흘러나왔다. 듣는 것만으로 온몸에 소름이 돋는, 끔찍한 악의(惡意)가 서려 있는 목소리.

"지금 교단에 크고 작은 사건들이 많이 벌어져 보고를 위해 왔습니다."

-말하라.

근엄한 목소리.

율리아는 그 경이로운 존재 앞에 무릎을 꿇었다.

"우선, 불의 위상님이 곧 깨어나실 예정입니다."

-그렇군.

"바로 계획에 따라 움직이라 전하면 되겠습니까?"

검은 구체가 꿈틀거렸다. 무언의 동의였다.

율리아의 말이 이어졌다.

"다음 보고는… 발록 소환에 실패하였습니다. 정확히는, 소환된 발록을 제어하는 데 실패하였습니다."

-상관없다. 어차피 마왕이 없는 지금 누구도 그자를 제어할 수 없다. 적당히 날뛰어주기만 해도 충분해.

"그게… 아무래도 가이아의 권속들에게 당한 모양이라 기대했던 효과는 얻기 힘들 것으로 보입니다."

-가이아의 권속에게 발록이 당했다고?

검은 구체가 처음으로 동요했다.

발록. 그 악마에 대해서 그는 잘 알고 있었다. 신의 선택을 받았다고는 하나 감히 인간이 상대할 수 없는 괴물이었다.

-흠. 이건 손을 써둬야 할 것 같군.

"안 그래도 괜찮은 기회가 곧 생길 것 같습니다. 제가 직접 나서겠습니다."

-믿고 맡기지. 보고는 그것으로 끝인가?

율리아가 고개를 저었다.

"중동에 위치한 지부가 습격당했습니다."

-보고할 가치가 있는 안건인가?

"그들을 습격한 존재가 루시퍼의 권속들이라 합니다."

-뭐라?

검은 구체가 꿈틀거렸다. 이해할 수 없다는 목소리.

-뭔가 오해가 생긴 것 같군. 루시퍼 또한 함부로 움직이지 않을 것이다. 그가 사절단을 보내면 설득시켜 돌려보내라.

"예."

율리아는 깊게 고개를 숙였다.

-가장 중요한 것은 마몬을 깨워 계획을 진행하는 것이다.

"알겠습니다. 중국 지부에 신속히 불의 위상을 깨우라 전하겠습니다."

그녀는 자리에서 일어섰다. 그러고는 한 번 더 허리를 숙이며, 그녀는 검은 구체를 향해 입을 열었다.

"모든 것은 사탄님의 뜻대로."

검은 구체에서 숨 막히는 마기가 흘러나왔다.

정상 회의. 사악한 악의 군주, 사탄이 이끄는 악마교를 척살하기 위한 세계 정상급들이 모인 거대 규모의 회의.

격변의 날 이후 이 정도 규모의 회의는 처음이었다.

중국, 한국, 일본 등 동아시아 국가와 유럽의 국가들, 러시아와 미국까지. 현재 '국가'라는 이름을 부를 수 있을 정도로 기능하고 있는 거의 모든 국가가 참여한 정상 회의가 미국에서 준비되고 있었다.

사람들은 미국의 주도하에 이뤄지는 회의라고 생각했지만, 그 실상은 달랐다. 가디언즈. 가이아의 선택을 받은 수호자들이 모인 범국가적 비밀 조직.

사실 월드 랭커라고 불리는 최강의 플레이어들에 준하거나 그 이상의 존재들이 모인 집단인 탓에 단순 무력만 따지면 국가 몇 개에 필적할 정도로 강한 집단이었다.

인류의 희망이라고 할 수 있는 조직. 그들을 중심으로 세계가 뭉치고 있었다.

"아, 강우 씨. 넥타이 흐트러지셨어요."

한설아가 그의 넥타이에 손을 뻗었다. 평소에 넥타이를 맬 일 따위는 한 번도 없었던 강우는 얌전히 그녀의 손에 몸을 맡겼다.

"고마워."

"후훗. 이렇게 차려입으시니까 훨씬 멋지네요."

"쯧. 시훈이 놈이랑 비교하면 오징어인데 뭘."

"무슨 소리세요. 전혀 그렇지 않아요."

그녀는 무슨 소리를 하냐는 표정으로 정장을 차려입은 강우를 바라보았다.

김시훈처럼 마냥 잘생긴 얼굴은 아니었지만 강우의 외모 또한 어디 가서 꿀리는 외모는 아니었다.

일단 몸 자체가 잔근육이 가득한 수영 선수와도 같은 몸을 하고 있기 때문에 슈트 핏이 예술에 가까웠다.

완벽한 핏과 날카로운 눈매가 더불어져 마치 드라마에 등장하는 성깔 있는 재벌 2세처럼 보였다.

"강우, 이 옷 불편해."

에키드나가 눈살을 찌푸리며 그의 옷깃을 당겼다.

현재 에키드나와 한설아 모두 파티용 드레스로 갈아입은 상태. 둘 다 외모가 워낙 출중한 탓에 다소 지나쳐 보일 수 있는 드레스의 화려함이 전혀 과하지 않게 느껴지고 있었다.

쾅.

"야! 준비 다 끝났어?"

"응."

차연주가 문을 박차며 들어왔다. 그녀 또한 머리칼 색과 같은 새빨간 드레스를 입고 있는 상태.

"에이씨, 귀찮게 뭐 연회를 한다는 거야."

차연주는 파티용 드레스가 불편하다는 듯 오만상을 찌푸리며 중얼거렸다.

정상 회의 전날. 미국 워싱턴에 모인 세계의 수뇌부들이 친목을 다질 겸 연회가 열렸다. 차연주 또한 한국의 수뇌부라고 할 수 있는 인물이었으니 연회에 반강제적으로 참여해야 하는 것은 당연.

"뭐, 솔직히 말해서 이게 본회의보다 중요할 수도 있으니까."

세계 각국의 수뇌부는 우려했던 것보다 훨씬 더 흔쾌하게 정상 회의가 열리는 것에 찬성했다. 정상 회의를 추진한 가이아와 강우조차 예측할 수 없었을 정도로 손쉽게.

하지만 그렇다고 해서 그들이 악마교를 막는 일에 무조건적으로 협력하는 것을 기대하긴 힘들었다.

'최대한 친분을 만들어둬야지.'

각국의 수뇌부들과 어느 정도 인맥을 만들어둘 필요성이 있었다.

친분으로 인한 무조건적인 협력을 기대할 수는 없었지만, 적어도 우호적인 관계만큼은 형성해야 하는 것이 사실.

"아 참. 강우 너, 연회장 들어가면 좀 정신없을걸?"

"응? 내가 왜?"

"다들 널 엄청 기다리고 있는 눈치거든."

차연주는 피식 웃으며 말했다.

강우는 눈살을 찌푸렸다.

'왜지?'

그 자신이 과거 마왕이었다는 사실, 어둠에서 태어나 빛을 받아들여 티리온의 사도가 되었다는 것, 가디언즈 내에서 따를 자가 없는 강자라는 것. 이 모든 사실은 가디언즈 외에 퍼지지 않도록 철저하게 입막음을 해뒀다.

그를 대신해서 내세운 것은 바로 김시훈. 자신이 이제까지 이뤄왔던 공로의 대부분을 마치 김시훈이 했던 것처럼 위장해서 정보를 퍼뜨렸을 정도로 세심하게 공을 들였다.

그 덕분에 '빛의 용사 오강우'에 대한 소문은 가디언즈의 멤버, 혹은 그와 개인적으로 친분이 깊은 사람들만 알고 있는 사실. 어중간하게 가디언즈에 대해 알고 있는 각국의 수뇌부들은 검룡 김시훈에 대해 오히려 큰 주목을 하고 있었다.

'그렇게밖에 할 수 없도록 만들었을 텐데.'

한국을 구한 영웅. 새롭게 떠오르는 검의 별. 검황 천무진의 제자. 온갖 타이틀을 붙여서 적극적으로 김시훈을 팔았다.

그럼에도 자신을 기다리는 사람들이 많다는 것은 이해하기 힘들었다.

"정확히는, 김시훈의 형인 너를 기다리는 거지만."

"아."

"두 사람 관계에 대한 것까지 숨기지는 못한 것 같네."

차연주가 가볍게 웃음을 터트렸다.

강우는 이제야 이해가 간다는 듯 고개를 끄덕였다.

"그것 때문이었군."

"뭐, 나쁜 얘기는 아니잖아?"

"그렇긴 하지."

각국의 수뇌부와 친분을 쌓기 위해서는 강우 자신도 어느 정도 그에 합당한 명성과 권위가 있어야 했다.

가디언즈의 멤버 B보다는 현재 세계적으로 주목받고 있는 영웅, 김시훈의 둘도 없는 형이라는 포지션이 더 효과적일 것은 분명한 상황.

'오히려 잘됐네.'

김시훈은 이런 정치적인 인맥 만들기에는 전혀 재능이 없어 보였으니 오히려 더 괜찮은 상황이었다.

저벅, 저벅.

강우 일행은 옷을 차려입은 가이아와 김시훈, 그레이스를 중간에 만나 연회장을 향해 함께 걸어갔다.

"오오!"

"저들이 소문의……."

가디언즈가 모습을 드러내자 연회장의 분위기가 한껏 달아올랐다.

역시 가장 주목을 받은 것은 가이아와 김시훈. 각 국가의 유명 정치가들, 플레이어들이 그들에게 다가가 말문을 트기 시작했다. 우르르 다가오는 그들의 모습에 당황한 가이아와 김시훈.

그리고 이토 신지나 제갈현, 그레이스와 같은 가디언즈의 다른 멤버들에게도 사람들이 향했다.

'가디언즈의 이름이 크긴 하네.'

강우는 멀리 떨어져 그 광경을 바라보았다.

현존 인류의 최강 무력 단체, 가디언즈. 플레이어가 등장하기 전 지구였다면 아무리 강력하다고 하나 고작 10명 남짓한 인원으로 구성된 무력 단체에 이 정도 관심을 표하지는 않았을 것이다.

'하지만.'

상황이 달라졌다.

지금 가디언즈에게는 시간은 걸리더라도 말 그대로 한 국가를 흔적도 없이 지워 버릴 수 있을 정도로 강력한 힘이 있었다. 월드 랭커가 각 국가에서 최상급의 대우를 받고, 천무진의 경우 중국 정치권조차 한 손에 휘어잡고 있다는 것을 생각한다면 지금 이 모습이 그리 이질적인 상황은 아니었다.

'그런데.'

강우의 눈이 가늘어졌다.

'조금 이상한데.'

솔직히 세계의 각 국가가 악마교를 처단하는 일에 선뜻 지원을 하리라고는 기대하지 않았다. 도저히 말이 통하지 않으면 사용하려고 최후의 방법을 준비해 두기도 했다.

하지만.

'아무리 그래도 이건 너무 신경을 안 쓰는데.'

각 국가의 정치가들, 플레이어들은 마치 정상 회의가 열린 근본적인 이유 자체에 대해서 듣지 못했다는 것처럼 행동했다. 아무리 무사태평 안일주의를 가지고 있다고 하더라도 악마교가 버젓이 존재하고, 활동하고 있는 이상 지금 그들의 모습은 이상했다.

"아, 반갑습니다. 저는 프랑스 대사로 온 에마뉘엘 아몽이라고 합니다."

"검룡 김시훈 씨의 의형이라고 하셨죠? 소문은 많이 들었습니다."

의문이 해결되기도 전에, 주변을 살피던 정치가들이 강우에게도 달라붙기 시작했다.

강우는 사람 좋은 미소를 입가에 지으며 고개를 숙였다.

"세계 평화를 위해 이렇게 먼 곳까지 와주서서 감사합니다."

완벽한 영업용 미소.

"하하하! 아닙니다. 이게 다 가디언즈의 원활한 활동을 지원하기 위함이 아닙니까?"

"당연히 할 수 있는 한 최대한의 지원을 하는 것이 국가로서 당연하지요."

'뭐야 이것들.'

생각지도 못한 반응에, 미세하게 눈살이 찌푸려졌다.

프랑스, 영국, 이탈리아, 미국, 중국, 심지어 한국의 정치가들까지 강우에게 삼삼오오 모여들어 입을 열기 시작했다.

'뭐 이렇게 적극적이야.'

다른 국가의 전폭적인 지원을 얻어내기는 어려울 것이라는 가이아의 추측과 달리 그들은 간이고 쓸개고 다 떼어줄 것처럼 적극적이었다. 아무리 본격적인 회의 전이라고 하지만, 이건 과했다.

서로 어느 정도 각을 재면서 최소한의 지원으로 최대한의 이득을 챙기려는 모습조차 보이지 않았다. 무슨 경매장에 나온 상품을 사는 것처럼 파격적인 조건을 하나씩 늘어놓고 있었다.

"안 그래도 이번에 프랑스 특수 부대를 가디언즈 휘하로 지원해 드릴까 합니다."

"아, 저희는 매년 1억 달러 상당의 지원을 약속드릴 수 있습니다."

"하하. 여러분들이 그렇게 말씀해 주시니 마음이 든든합니다."

강우는 방긋 미소를 지으며 여러 사람들과 동시에 대화를 이끌어갔다.

'아, 이런 시바.'

그들과 대화를 나누다 보니, 대체 이게 무슨 상황인지 대충 이해되기 시작했다.

"이번에 악마교 놈들이 남미에서 크게 당했다고 하더군요."

"하하! 놈들은 잘 숨는 것 이외에는 별반 대단할 게 없는 놈들인가 봅니다."

'이 개자식들이.'

악마교에 대한 긴장과 위협이라고는 조금도 느껴지지 않는 대화. 이들이 왜 이런 대화를 할 수 있는지 추측하는 데는 오랜 시간이 걸리지 않았다.

'남이 뼈 빠지게 뛰어댕겼더니 뭐? 숨는 것 이외에 별반 대단할 게 없는 놈들?'

한국, 중국에 이어 남미의 사건.

악마교가 본격적으로 활동하기 시작하면서 일으킨 모든 일들이 '생각보다 별로 어렵지 않게' 해결됐다. 한국 때가 그나마 민간인 피해가 있었고, 중국 때는 약한 마물들을 상대로 대승을 거뒀다. 남미는 애초에 가디언즈를 비롯한 소수 랭커들이 악마교가 뭘 해보기도 전에 해결해 버렸다.

그들 입장에서 악마교는 그냥 정신 나간 광신도들이 세계적으로 날뛰는 것 정도로 인식된 모양. 세계의 위협은커녕 국가의 위협조차 제대로 느끼지 않고 있는 것이 분명했다.

'빌어먹을.'

강우의 표정이 일그러졌다. 악마교의 피해를 너무 완벽하게 막아버렸기 때문에 오히려 그 부작용이 생겨 버렸다.

'좋지 않은데.'

하하호호 웃는 그들의 얼굴에 절박함과 긴장감이라고는 조금도 느껴지지 않았다. 이 상태라면 가디언즈에게 지원을 해주더라도 거북이마냥 느릿하게 움직일 것이 분명한 상황.

'이거……'

갈등이 생겼다.

강우는 가늘게 눈을 떴다. 머릿속이 복잡해졌다.

"아! 율리아 님!"

"오셨군요! 기다리고 있었습니다! 이분이 전에 저희들이 말씀드렸던 오강우 씨입니다!"

강우의 주변에 모여든 사람들이 동시에 시선을 돌렸다. 그들이 시선을 옮긴 곳을 향해 강우는 고개를 돌렸다.

"반갑습니다. 러시아 대사로 온 율리아 빌코바라고 합니다."

눈이 번쩍 뜨일 정도로 아름다운 외모. 길게 땋은 갈색 머리칼에 붉은 입술, 장인이 조각한 것 같은 완벽한 몸매. 가슴골이 깊게 파인 드레스와 코를 자극하는 묘한 향기, 그리고 퇴폐적인 분위기를 물씬 풍기는 미녀.

'천소연이랑 리리스의 중간 정도 되려나.'

천소연이 이제 막 색기를 터득한 애송이, 리리스가 색기에서만큼은 정점을 찍은 완전체라 하면 딱 그 중간에 있는 것 같은 여인이었다.

"예, 반갑습니다."

강우는 그녀에게 인사했다. 동시에 주변을 살폈다.

'이놈들······.'

날카롭게 눈을 빛냈다. 지금 강우에게 접근한 모든 정치가, 플레이어들이 그녀를 중심으로 모여 있었다. 힐끔힐끔 눈치를 살피는 것을 보니 애초에 강우에게 접근한 것조차 그녀의 말을 따른 모양.

'조직적으로 접근한 거였군.'

강우는 사람 좋은 미소를 지으며 그녀가 내민 손을 잡았다.

그녀는 색기 어린 미소를 지으며 말을 이었다.

"아참, 아까 보니 연회장에 VIP 룸이 따로 있더라고요. 강우 씨에게 따로 드릴 말씀이 있는데······. 잠시 시간을 내주실 수 있을까요?"

율리아가 고개를 기울였다. 몸을 가까이 붙이며 강우를 향해 손을 내밀었다. 그녀에게서 느껴지는 정체를 알 수 없는 향이 한층 더 강렬해졌다.

"······."

일순, 강우의 표정이 일그러졌다. 코를 자극하는 알 수 없는 향에 가늘게 눈을 떴다.

잠시 생각에 잠긴 듯 생각을 이어가던 강우는 이내 피식 웃음을 흘렸다. 그리고 살짝 주먹을 쥐었다.

찌릿. 따끔한 자극이 손가락을 타고 올라왔다.

"물론이죠."

그는 내밀어진 그녀의 손을 붙잡았다.

"그럼 다들 방으로 이동하죠."

그리고 정치가들을 데리고 VIP 룸으로 향했다.

달칵.

"허."

VIP 룸의 안을 보자 절로 헛웃음이 흘러나왔다.

'야, 아무래도 이건 너무 노골적인 거 아니냐?'

VIP 룸 안에는 온갖 산해진미와 함께 율리아에 뒤지지 않을 정도로 발군의 외모와 몸매를 가진 미녀 30명 정도가 대기하고 있었다.

강우가 자리에 앉자 도열해 있던 미녀 30명이 그에게 다가왔다.

"최고급 샥스핀 요리에요. 한 번 드셔보세요."

"푸아그라에 캐비어를 곁들인 요리인데 이것도 한 번 드셔보세요."

30명의 미녀들은 율리아와 함께 들어온 다른 정치가들은 관심도 없다는 듯 오로지 강우만을 둘러싼 채 온갖 애교를 부리며 테이블 위에 산해진미를 건네고 있었다.

'이야, 시바. 아주 작정을 했네.'

강우를 자신의 편으로 끌어들여 이용하겠다는 의도가 적나라하게 보이는 광경.

"제가 특별히 선별한 아이들이에요. 가디언즈의 막중한 업무로 지친 강우 씨에게 좋은 휴식이 되지 않을까, 하는 마음에요."

율리아는 방긋 미소를 지으며 의자에 앉았다.

강우는 그를 둘러싼 미녀들과 온갖 산해진미, 그리고 정치가들을 둘러보았다.

'이 새끼들이 날 잘 모르네.'

그는 쯧, 혀를 찼다.

1억 달러라는 상상하기 힘든 거금과 듣도 보도 못한 산해진미, 눈이 번쩍 뜨일 미녀들까지.

"하하하."

절로 헛웃음이 나오는 조합.

강우는 최고급 가죽으로 만들어진 소파에 등을 기대며 피식 웃었다.

'날 유혹하려면 이딴 조잡한 걸로는 안 되지.'

의도는 알겠지만, 가소롭기 그지없었다. 그는 고작 이딴 것으로 눈이 돌아갈 한심한 남자가 아니었다.

'적어도 김치찌개 정도는 내놨어야지.'

그들의 멍청함을 비웃으며, 입가를 비틀어 올렸다.

'나 비싼 남자야.'

'쉽게 끝나겠네.'

율리아는 미녀에게 둘러싸이자마자 금방 헬렐레해지는 강우를 바라보며 차가운 조소를 머금었다.

'향도 충분한 것 같고.'

방 안 가득 피워놓은, 미약 성분이 담긴 특제 향.

그녀가 직접 연구하고 개발한 이 흑마법은 악마의 육체가 가져오는 욕구의 증폭을 인간에게 고스란히 느끼게 만든다. 독실한 신자도, 고행을 견딘 스님이라도 욕망에 눈이 멀어 침을 질질 흘리는 상태로 만들어 버리는 강력한 효과.

그녀와 입을 맞춘 방 안의 정치가들과 미녀들은 향에 저항할 수 있는 약을 미리 먹어둔 상황이지만 강우는 고스란히 향에 노출되어 있었다.

'일단은 약하게.'

한 번에 향을 확 풀어버린다면 그가 신체의 이상을 느끼고 방 밖으로 나갈 가능성이 있었다.

"음식은 좀 어떠신가요?"

"아, 아주 맛있습니다."

"후훗."

더듬거리며 고개를 끄덕이는 그의 모습은 멍청하기 짝이 없어 보였다.

'쯧, 소문 이하네.'

그녀는 가볍게 혀를 찼다. 그리고 오강우, 라는 이름을 가진 남자를 한심하다는 듯 바라보았다.

김시훈의 의형. 가이아의 선택을 받은 권속이 아님에도 그 재능과 실력, 정의로운 심정을 인정받아 가디언즈에게 합류하게 된 남자라고 들었다.

'가이아의 신뢰를 받고 있다고 들었는데.'

지금까지 가이아가 가장 신뢰하고 있던 인물은 두말할 것 없이 그레이스 맥커빈. 1위에 자리한 월드 랭커이자 아픈 그녀의 몸을 직접 보살펴 주고 있는 것이 바로 그레이스 맥커빈이었다.

최근 들어 그런 그녀의 신뢰가 검룡 김시훈과 그의 의형인 오강우를 향했다는 것은 알 만한 사람들은 다 알고 있는 사실이었다.

'눈먼 놈이라 그런가, 역시 보는 눈이 없네.'

여자들에게 둘러싸여 정신없이 고개를 두리번거리는 오강우의 모습은 가관. 이 정도면 애초에 향을 쓸 필요조차 없었지 않았나, 하는 생각까지 들 정도였다.

'이럴 거면 바로 검룡에게 작업을 쳤어도 됐으려나.'

김시훈과 친형 이상으로 끈끈한 존재라는 오강우가 이런 한심한 모습을 보여주니 김시훈에 대해서도 기대감이 떨어지는 것은 당연. 괜히 먼 길을 돌아가고 있나, 하는 후회가 밀려왔다.

'아니, 아니지.'

검룡 김시훈. 가디언즈의 에이스이자, 가장 강력한 수호자라고 평가받는 플레이어. 이번 남미의 사건도 그가 거의 홀로 처리하다시피 했다는 소문까지 있을 정도로 가디언즈 내에서 중요한 역할을 맡고 있는 인물이었다. 다른 건 몰라도 발록과 싸워 이긴 강자였으니 주의를 기울이는 것이 맞았다.

'이제 한동안 사탄님에게 지혜를 구할 수도 없고.'

그녀가 모시는 주인, 악마교를 지배하는 '악의 위상'들 중 정점. 사탄은 현재 완전히 부활한 것이 아니었다. 아니, 그는 단순히 '부활'하는 것 이상을 준비하고 있는 상황. 대화를 할 수 있는 기회를 만들기는 어려웠다.

'사탄님의 지혜를 구할 수 없는 동안에는 최대한 철저하게 일을 처리해야 해.'

위상의 빈자리를 사도인 자신이 메워야 하는 것은 당연한 의무. 가디언즈를 와해시키고 그 힘을 약화시키는 계획을 안일하게 진행할 수는 없는 노릇이었다.

율리아는 이제는 무슨 유흥업소에라도 온 것처럼 양쪽에 미녀들을 낀 채 몽롱하게 풀어진 눈으로 실실 웃고 있는 강우를 바라보았다.

'우선 이 한심한 놈을 완전히 꼭두각시로 만든다.'

그 이후에 일은 굳이 고민할 필요도 없었다. 그에 대한 김시훈의 신뢰를 역이용하여 가디언즈의 내분을 일으킨다.

'그때 가이아 년의 표정이 궁금하네.'

비릿한 미소가 지어졌다.

인류의 희망이라며 어렵사리 키워놓은 조직이 내분으로 공중분해가 될 때. 가이아의 화신이 지을 절망에 찬 표정을 상상하니 절로 몸이 달아올랐다.

"후훗, 저희 아이들은 좀 마음에 드시나요, 강우 씨?"

"아. 제, 제가 무슨 짓을… 죄송합니다."

그녀의 말에 정신을 차린 듯 강우가 다급히 고개를 저으며 미녀들을 떨어뜨려 놓았다. 아직까지는 이성의 끈이 남아 있는 모양.

'하지만 그것도 시간문제지.'

그녀는 방 안에 향을 더욱 짙게 풍기도록 만들었다. 향이 짙어지자 그의 눈빛이 한층 더 몽롱하게 변했다.

"아……."

"아닙니다. 그동안 악마교를 처단하기 위해 쉴 틈 없는 나날을 보내셨잖아요?"

"그, 그렇기는 합니다만."

"이것은 영웅이 마땅히 누려야 할 일종의 휴식입니다."

"하지만 그렇다고 해도……."

'아, 이 답답한 새끼. 고자야 뭐야?'

호구처럼 덜떨어진 그의 모습에 절로 눈살이 찌푸려졌다.

'이래서 신의 권속들이란 놈들은.'

겉으로는 선한 척, 정의로운 척 온갖 위선을 떨지만 결국 이렇게 욕망 앞에 한없이 나약한 모습을 보인다. 마기를 받아들이고 자신의 욕망을 인정하고, 그 이상을 갈망하게 된 그녀의 입장에서 보면 정말 한심하기 짝이 없는 존재들.

'네놈이 악마의 육체가 가져다주는 쾌락을 알고서도 그딴 위선을 부릴 수 있을까?'

향을 통해 간접적으로 느끼는 것이지만 그 쾌락만큼은 실제 악마의 육체로 느끼는 감각과 비슷했다. 과연 저 만년 동정처럼 보이는 놈이 그 위대한 쾌락을 맛본 이후에 얼마나 꼴사납게 변할지 상상하는 것은 즐거웠다.

"정 아이들이 부담스럽다면 물러나라고 할까요?"

"아~ 오빠. 우리들이 싫은 거야?"

"한국 애들하고는 비교가 안 될 텐데~"

율리아가 가볍게 운을 띄우자 미녀들이 애교를 부리며 한층 더 엉겨 들었다.

강우의 광대가 승천한 것은 당연지사.

"아, 아닙니다."

꼴사나움의 정점을 찍었다. 주변에 있던 정치가들도 그런 그의 모습에 비웃음을 날렸다.

"근데……. 아까 전에 따로 하실 말씀이 있다고 하지 않으셨습니까?"

'어머, 그래도 이건 안 까먹은 모양이네.'

율리아는 태연하게 입을 열었다.

"딱히 중요한 말이 있는 것은 아니었습니다. 다만, 평소 강우씨에 대해 동경하고 있었기에 꼭 한번 얘기를 나눠보고 싶었습니다."

"하하, 동경이라뇨."

"수호자가 아님에도 동생을 위한 마음 하나로 가디언즈에들어가신 것만 하더라도 동경할 이유는 충분하죠."

"과찬입니다."

"다른 분들은 어떻게 생각하시나요?"

"무, 물론 강우 씨의 이야기는 저희도 큰 감명을 받았습니다!"

"동생을 위해 최전선에서 직접 싸우는 형! 심지어 서로 피도이어지지 않았다고 들었는데 사실인가요?"

"아, 예. 사실입니다."

"정말 대단한 결단력이라고 생각합니다."

방 안에 있던 정치가들이 기회가 왔다는 듯 눈에 불을 켜며달려들기 시작했다. 그들은 강우에게 각 국가에서 지원해 줄수 있는 것에 대해 서로 경쟁하듯 나열하고 있었다.

'이놈들도 꽤 잘해주네.'

먹잇감을 노리는 하이에나처럼 달려드는 정치가들의 모습에 피식 웃음을 흘렸다.

그들은 악마교와 직접적으로 연관되어 있지 않았다. 그녀가 '가면'으로 사용하고 있는 신분, 러시아 대사라는 것을 활용해 끌어들인 사람들이었다.

'뭐, 이럴 때라도 쓸모가 있어줘야지.'

그렇지 않으면 고생해서 그들을 끌어들인 보람이 없었다.

정치가들의 목적은 강우를 꼭두각시로 만드는 것을 통해 가디언즈를 자국의 전력으로 만드는 것. 내분을 일으켜 가디언즈 자체를 와해시키려는 그녀의 목적과는 지향점이 달랐지만 큰 상관은 없었다. 어차피 그를 꼭두각시로 만든다는 중간 과정까지의 이해가 일치했으니까.

"아참, 이렇게까지 대접해 주시는 데 가만히 있기는 좀 그러네요."

정치가들의 허황된 얘기를 들으며 눈을 빛내고 있던 강우가 입을 열었다.

그는 품속에서 와인병 하나를 꺼냈다. 무슨 마법적인 장치가 되어 있는지 꽤나 큰 크기를 가진 와인이 작은 옷 주머니에서 나왔다.

"이건……."

"하하. 사실 오늘 연회가 끝나면 저희 멤버들과 함께 마시려고 구한 귀한 술인데, 여러분들이 이 정도로 세계 평화를 위해 신경 써주고 있다는 걸 들으니 가만히 있기 그래서요."

"오오."

"굳이 이런 것까지."

"하하하! 제가 또 와인에 환장하는 걸 어찌 아시고……."

정치가들은 눈을 빛내며 연신 강우를 찬양했다.

강우가 준비한 와인에 관심이 있는 것이 아니었다. 그들이 관심을 보인 것은 멤버들과 함께하기 위해 구한 술을 선뜻 내미는 그의 자세.

'이렇게 쉬우니까 오히려 맥이 빠지네.'

율리아는 하품을 하며 푹신한 소파에 등을 기댔다. 그의 반응에 따라 사용할 몇 가지 장치를 더 준비해 두었지만, 막상 사용할 기회도 없을 것 같았다.

'뭐, 가디언즈니 뭐니 해도 결국 이 정도로군.'

아무리 봐도 교단의 대업에 지장을 줄 수 있을 정도의 인물은 보이지 않았다.

검룡을 만나봐야 확실해지겠지만 지금 저 오강우라는 인간을 의형으로 두며 신뢰하고 있다는 것만으로도 기대감이 팍팍 떨어졌다.

'그 발록이라는 놈에 대해서 과대평가를 하셨던 것 같네.'

사탄은 지옥에 대한 말을 거의 하지 않았다.

일곱 대공과 천 년을 싸웠다는 마왕에 대한 것도, 그의 최측근 수하라고 할 수 있는 발록과 리리스에 대한 것도 언급 자체를 꺼렸다. 마치 트라우마라도 있는 듯이.

'그러실 만도 하지.'

인정하기는 싫지만, 사탄을 비롯한 일곱 대공은 기나긴 싸움 끝에 마왕에게 패배했다고 들었다.

그리고 그 마왕은…….

'차원의 벽에 불타 사라져 버렸다고 말씀하셨지.'

일곱 대공을 죽인 마왕의 최후는 허망했다. 구천지옥을 모두 지배한 마왕은 다른 차원에 손을 뻗었다.

하지만 그 결과는 처참. 시스템의 제약에 맨몸으로 돌진한 마왕은 '마해'라는 힘의 근원만을 남긴 채 소멸했다고 한다.

'이미 소멸한 놈을 신경 쓸 필요는 없지.'

지금은 계획에 집중해야 할 때.

"자, 그럼 모두 한 잔씩 하시죠!"

강우가 직접 방 안에 모인 정치가들에게 와인을 따라주었다. 와인을 받아 든 율리아는 색기가 흘러넘치는 미소를 지은 채 와인 잔을 들어 올렸다.

"악마교의 박멸과, 세계의 평화를 위해!"

"위하여!"

짠.

와인 잔이 부딪쳤다.

강우를 비롯한 각국의 정치가들은 잔에 담긴 와인을 마셨다. 율리아 또한 아름다운 붉은빛을 띠는 와인을 한 모금 마셨다.

'좋네.'

어렵게 구한 술이라는 말이 허언으로 들리지 않을 정도로 와인의 맛과 향은 감미로웠다.

"하하하! 정말 기분 좋은 날이네요."

강우가 들뜬 목소리로 말했다.

흑마법으로 만든 향에 취한 듯 그의 눈은 몽롱했고, 움직임은 흐느적거렸다.

"아, 기왕 이렇게 됐으니 여러분들에게 긴히 말씀드릴 게 있습니다."

"오, 무엇입니까?"

"강우 씨가 그렇게 말하니 괜히 기대가 되는군요."

흥에 겨워 가디언즈 내부의 주요 정보라도 발설할 모양. 율리아는 입가에 짙은 미소를 지었다.

"그게 말입니다……."

강우는 말끝을 흐리며 고개를 두리번거렸다. 그에게 달라붙어 있는 미녀들을 의식한 모습.

율리아는 가볍게 손을 저었다.

"너희들은 나가 있어. 조금 있다가 부르면 그때 다시 들어오고."

"네."

30명의 미녀들이 우르르 밖으로 나갔다.

율리아는 눈을 빛냈다.

'꽤 중요한 정보인 것 같은데.'

제정신이 아닌 상태에서도 주변 사람의 귀를 신경 쓰는 것을 보니 꽤나 중요한 정보인 모양.

"크흠."

강우는 헛기침을 하며 괜스레 분위기를 잡았다.

"지금부터 제가 알려 드리는 정보는 다른 사람에게 절대 발설하시면 안 됩니다."

"하하. 물론입니다."

"저희처럼 입이 무거운 사람이 또 없죠."

은근한 목소리로 말을 이었다.

"사실⋯⋯."

꿀꺽.

침이 넘어가는 소리가 들리고 묘한 긴장감이 방 안에 내려 앉았다.

강우는 낮은 목소리로 말을 이었다.

"여러분이 방금 마신 와인에는 독이 들어 있습니다."

"⋯⋯예?"

"아, 정확히는 독이 아니지만 뭐 비슷한 겁니다. 여하튼 이제 여러분은 주기적으로 제게서 해독제를 받지 않으면 그대로 끔찍한 고통에 몸부림치다 뒤집니다."

"그, 그게 무슨 소리……."

혼란이 퍼졌다.

쨍그랑.

율리아의 손에 들린 와인 잔이 바닥에 떨어졌다. 피처럼 붉은 와인이 카펫을 적셨다.

"뭐라고……?"

떨리는 목소리.

"지, 지금 뭐라고 말씀하셨죠?"

"그러니까. 해독제를 제게서 받지 않으면 고통에 몸부림치다 뒤진다, 이 말입니다. 이해하기 어려운 말 아니잖아요?"

강우는 소파 등받이에 느긋이 몸을 기댔다. 여전히 몽롱하게 풀린 눈빛에, 축 늘어진 몸짓을 하고 있었다. 하지만 그런 약에라도 취한 듯한 겉모습과 달리 그가 입 밖으로 내뱉는 말들은 이해하기 어려운 수준.

율리아는 대체 무슨 헛소리를 하냐는 듯 날카롭게 그를 쏘아보았다.

"하, 하하하!"

"강우 씨가 또 개그 센스가 있으시네요!"

와인을 받아 마신 정치가들 또한 어색한 웃음을 흘리며 어떻게든 상황을 파악하려 했다.

소파에 느긋하게 기대어 있던 강우가 한 손을 들어 올렸다.

딱.

그리고 손가락을 튕겼다.

"아아아아아악!!!"

그러자 프랑스 대사, 에마뉘엘 아몽의 몸이 바닥을 굴렀다. 그의 전신에 혈관이 흉측하게 돋아났다. 돋아난 혈관이 검은 빛으로 물들었고, 피부가 시체처럼 창백하게 질렸다.

까드득.

고통에 몸부림치던 그가 바닥을 긁었다. 손톱이 뒤집혀 뽑혀 나갔다. 입에서는 거품이 흘러나오며 바지 사이가 축축하게 젖어 들기 시작했다.

"우웨에에에에엑!!"

에마뉘엘의 입에서 구토가 쏟아졌다. 그가 충혈된 눈으로 얼굴을 긁자, 피부가 갈라지며 검붉은 피가 쏟아졌다.

딱.

다시 한번 손가락이 튕겼다. 고통에 몸부림치던 에마뉘엘이 거친 숨을 내쉬며 몸을 벌벌 떨었다.

"이, 이게 무슨……."

"여러분 몸속에 들어간 독을 발작시킨 겁니다. 앞으로 1주일에 한 번, 제가 드린 약을 복용하지 않으면 방금 전처럼 발작을 일으키다 죽습니다."

"……."

침묵이 내려앉았다. 지금 상황이 이해되지 않는 듯, 아연한 표정으로 고개를 두리번거린다. 눈이 데굴데굴 굴러가는 소리가 들릴 정도.

이내 한 정치가가 거칠게 발을 구르며 자리에서 일어섰다.

"지, 지금 무슨 짓을 하신 건지 알고 계십니까?"

"설마 모르고 했겠습니까."

"이건 범죄입니다! 그것도 국제적인 범죄! 가디언즈는 세계를 상대로 선전 포고라도 할 생각인 겁니까?"

"선전 포고라뇨. 전 되도록 평화롭게 일을 처리하고 싶을 뿐입니다."

그는 점잖은 목소리로 답했다.

그 태연하기 짝이 없는 태도에 정치가들이 하나둘씩 자리를 박차고 일어나기 시작했다. 그리고 붉게 달아오른 얼굴로 노성을 토해냈다.

"이 일에 대해서는 가이아 씨의 동의하에 진행된 것입니까?"

"가디언즈에 약속했던 지원을 모두 취소하겠습니다. 아니! 이 일은 반드시 죄를 물어 죗값을 받도록 만들겠습니다!"

"인류의 희망이니 뭐니 떠들어대던 가디언즈가 이런 정신

나간 짓이라니!! 당신 미치기라도 한 거요?"

"악마교! 이자는 악마교가 분명합니다!!"

시끄럽게 쏟아지는 소리. 강우는 등받이에 기댄 채, 고개를 뒤로 젖혔다.

"하아."

깊은 한숨이 흘러나왔다.

그그그긍.

"엇?"

"이, 이건……"

방 전체가 흔들렸다.

강우가 뒤로 젖힌 고개를 내렸다. 그러자 숨 막히는 살기가 뿜어져 나와 방 안에 있는 모든 사람을 짓눌렀다.

"거, 말 ×나게 많네."

그는 표정을 일그러뜨렸다. 그리고 다리를 꼬아 테이블 위에 올렸다.

"까라면 그냥 까세요."

퉤. 바닥에 침을 뱉은 그가 계속 말했다.

"꼬우면 뒤지시던가."

"……"

율리아는 살며시 입술을 깨물며 강우를 노려보았다.

"제가 강우 씨를 잘못 봤군요. 대의와 세계의 평화를 위해 그 누구보다 힘쓰는 정의로운 분이라고 생각했는데 말이죠."

"지랄 똥 싸고 있네."

헛웃음을 흘렸다.

"유혹을 할 거면 뭐 티라도 안 나게 하던가. 대놓고 이용해먹으려고 난리를 치는데 그걸 뭐 어떻게 모르겠냐."

"……."

"아니, 뭐 아부를 해도 적당히 해야지. 이러다 헐겠다, 헐겠어."

"저희의 호의를 그렇게 받아들이시다니, 유감스럽네요."

"유감스러운 건 네 대가리고."

신랄하다 못해 저열한 욕설. 율리아는 그 저렴한 도발에 눈살을 찌푸렸다.

'대체 어떻게.'

지나치게 노골적이었다는 것은 그녀도 알고 있었다.

천천히, 티가 나지 않도록 접근할 수도 있었다. 하지만 할 수 있음에도 그렇게 하지 않았던 이유는 하나.

'왜 향이 통하지 않는 거지?'

초조한 듯 입술을 깨물었다.

그녀가 직접 개발한, '악마의 욕망'을 느낄 수 있게 만들어주는 향. 악마의 육체가 가져다주는 욕망의 충동에 면역도, 경험도 없는 인간이라면 절대 저항할 수 없을 거라 생각했다. 그렇기 때문에 노골적이고, 단순한 방법을 취했던 것이다.

'그러면.'

악마의 충동을 단순한 인내만으로 참아냈다는 것.

'그럴 리가.'

믿을 수 없다는 표정으로 그를 돌아보았다. 악마의 욕망이 얼마나 강렬한지는 그녀 자신이 가장 잘 알고 있었다.

'그걸 참는다고?'

마약 중독자의 눈앞에서 마약을 흔들고, 메마른 사막에서 쓰러진 사람의 바로 앞에 물을 놓고 마시지 말라고 하는 것과 같았다. 애초에 참는다고 해결될 종류의 충동이 아니었다.

'제길.'

율리아의 표정이 일그러졌다. 머릿속으로 그렸던 가디언즈와해 계획이 산산이 박살 나는 기분.

'저런 새끼가 가디언즈라고?'

정의를 부르짖으며 세계의 평화를 지키겠다는 조직. 그곳에 저런 인간이 속해 있다는 것 자체가 아이러니였다.

주먹을 쥐었다. 이렇게 된 이상 마기를 일으켜 제압이라도 할까 생각했지만, 이곳은 완전한 적진. 이곳에서 마기를 일으켰다가는 가디언즈에게 둘러싸여 허망하게 죽을 것이 분명했다.

'어떻게 해야 하지.'

머릿속이 복잡해졌다.

쾅!

그때, 정치가들 중 하나가 거칠게 테이블을 걷어찼다. 플레이어에서 정치가가 된 케이스인 듯 걷어차인 테이블이 한 방에 두 쪽으로 박살 났다.

테이블을 걷어찬 그는 이글거리는 눈빛으로 강우를 노려보았다.

"이 개자식이!"

푸른 마력을 잔뜩 머금은 주먹이 강우를 노렸다.

턱.

"어?"

하지만 강우는 손쉽게, 마치 솜방망이를 움켜쥐는 듯 가볍게 주먹을 잡았다.

그러고는 피식 웃음을 흘렸다.

"아니, 뭐. 어디 공장에서 찍어내기라도 하셨어요? 어떻게 국적이랑 인종이 다 다른데 하나같이 말하는 건 똑같냐."

"뇌, 뇌라!!"

"아, 근데 처음에는 이럴 생각까지는 없었거든? 사정이 어떻건 일단 지원만 받으면 나야 상관없으니까. 근데……."

우드드득.

그가 손에 힘을 주었다. 뼈가 어긋나는 소리가 들렸다.

"아, 아아악!!"

"잘 생각해 봐."

진중한 목소리로 말을 이었다.

독을 탄 와인을 마시게 해서 조종한다는 초강수. 자칫 잘못하면 세계 전체가 뒤집어질 수 있는 이 위험천만한 일을 벌일수밖에 없었던 중요한 이유가 있었다.

"한 번 이렇게 넘어가기 시작하면 앞으로 계속 너희들의 비위를 맞춰줘야 할 거 아냐? 뭐만 하려고 하면 또 서로 아주 지랄 파티가 날 거란 말이지. 뭐, 나야 좋다 이거야. 예쁜 여자들이랑 놀면서 맛있는 요리 신나게 먹을 수 있으니까. 그런데……"

콰득.

"아아아아아악!!!"

"그렇게 되면, 분량을 너무 잡아먹어. 이름도 안 나오는 엑스트라 새끼들의 대사가 점점 많아진다는 거야."

"무, 무슨 헛소리를 하는 거냐! 놔, 놔라!! 이 정신 나간 자식!! 네가 가디언즈? 세계의 평화를 지킨다고? 헛소리하지 마라! 지금 네가 누굴 건드렸는지 알고 있는 거냐? 나로 말할 것같으면……"

"봐봐, 이거. 누가 이름도 없는 놈이 그렇게 길게 대사 치래."

콰드드득!

"끄아아아아아악!!!"

"이게 이렇게 된다니까."

가늘게 눈을 떴다.

"방금 인마. 네 대사가 만약 소설에 나왔으면 공백 포함 114자야, 114자. 50번만 씨부려도 소설 한 편이 나와요."

프레스기에 짓눌려진 듯, 사내의 손이 산산이 짓뭉개졌다.

강우가 손을 놓자, 사내는 짓뭉개진 손을 붙잡으며 그 자리에 쓰러졌다.

"자, 이제 이유는 충분히 설명됐지?"

공포에 질린 사람들의 시선이 자신을 향했다.

"……원하시는 게 뭐죠?"

율리아가 떨리는 목소리로 물었다.

강우는 입가를 비틀어 올렸다.

원하는 건 간단했다. 처음 그들이 이 방으로 안내했을 때부터, 자신을 꼭두각시로 만들려는 것이 노골적으로 보였을 때부터 그들에게는 두 가지 선택지밖에 존재하지 않았다.

"복종하거나."

그는 낄낄 웃으며 말을 이었다.

"죽어라."

To Be Continued

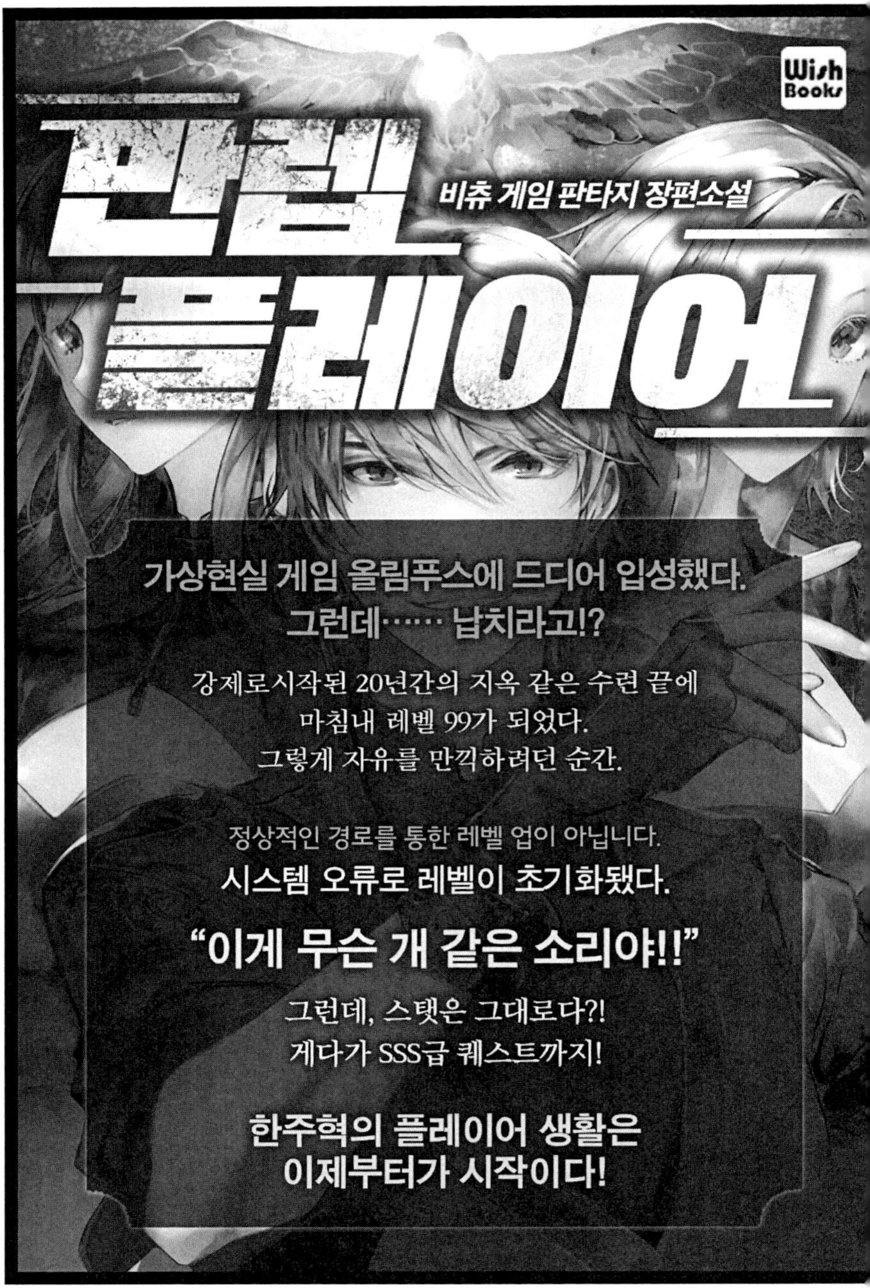

Wish Books
만렙
플레이어
비츄 게임 판타지 장편소설
가상현실 게임 올림푸스에 드디어 입성했다.
그런데…… 납치라고!?
강제로시작된 20년간의 지옥 같은 수련 끝에
마침내 레벨 99가 되었다.
그렇게 자유를 만끽하려던 순간.
정상적인 경로를 통한 레벨 업이 아닙니다.
시스템 오류로 레벨이 초기화됐다.
"이게 무슨 개 같은 소리야!!"
그런데, 스탯은 그대로다?!
게다가 SSS급 퀘스트까지!
한주혁의 플레이어 생활은
이제부터가 시작이다!

막장 악역이 되다

크레도 퓨전 판타지 장편소설
WISHBOOKS FUSION FANTASY STORY

자고 일어나니 소설속, 그런데……

[이진우]

재벌 3세, 안하무인, 호색남, 이상 성욕자, 변태.
가장 찌질했던 악역. 양판소에나 등장할 법한 전형적인 악인.

"잠깐, 설마…… 아니겠지."

소설대로 가면 끔찍하게 죽는다.
주인공을 방해하면 세계는 멸망한다.

막장 악역이 되다

흙수저 이진우의 티타늄수저 악역 생활!